雷桜

新装版

宇江佐真理

角川文庫
24040

目次

一

呟《つぶや》くような声が聞こえる。一人の声ではない。三人、あるいは五人かも知れぬ。経のようだ。だがそれは読経で鍛えた僧侶《そうりょ》の声とは違って、どこか拙《つたな》い響きがある。

おお、そうだ。江戸の民が大山石尊《おおやませきそん》の加護を求めて喉《のど》から絞り上げる祈りの声だと合点がいった。

さんげさんげ、六こんざいしょう、おしめにはつだい、こんごうどうじ、大山大聖不動明王、石尊大権現、大天狗《おおてんぐ》小天狗……

大山石尊信仰は江戸の庶民に深く根づいていた。相模国《さがみのくに》への大山石尊参りも盛んに行なわれている。相模国に出かけられない者は両国橋の下にある、俗に垢離場《こりば》と呼ばれる所で遠く大山石尊に祈願する。江戸のあちこちにある富士塚に詣《もう》でて富士の山に登ったこととする、何んともお手軽で手前勝手なこじつけと同じ類《たぐ》いである。しかし、そこには富士塚と違って切羽詰まった事情がある。

重い病人を抱えた者や女房の安産を願う者が近隣の人々を誘い、下帯一つとなり、「吉広《よしひろ》」の銘の入った木刀を携えて垢離を掻《か》く。くだんの経を唱え、手に持った藁《わら》しべを水に放つ。藁しべが流れればよし、漂うは悪しとされた。

さんげさんげは「慚愧《ざんき》懺悔《さんげ》」、六こんざいしょうは「六根清浄《しょうじょう》」、おしめにはつだいは「大峯《おおみね》八大」である。経の文句は所々、誤って唱えられているといえども、信ずる心に嘘いつわりはない。

榎戸角之進《えのきどかくのしん》は午睡から覚めた。見慣れぬ煤《すす》けた天井が目についた時、一瞬、そこがどこなのか判断できないところがあった。ゆっくりと起き上がり、辺りを見回して、歩き疲れてようやく辿《たど》り着いた峠の茶店だと気がついた。

囲炉裏の前で少し横になったつもりが、すっかり眠り込んでしまったらしい。榎戸の身体にはどてらが被《かぶ》せられていた。

その茶店を商う老婆が掛けてくれたのだろう。外から射し込む茜色《あかねいろ》の夕陽が眩《まぶ》しい。

榎戸は三日前に江戸を発《た》ち、足に任せて歩いて来た。しかし、茶店に着くまでの峠越えが齢《よわい》六十八の身体には、こたえた。大山参りの経と聞こえたものは茶店の老婆が二人の男の客と話をする声だった。老婆の抑揚のない喋《しゃべ》り方が榎戸にそう思わせたものか。

榎戸は息子に家督を譲り、隠居してから江戸の市中を歩き廻《まわ》ることが多かった。垢離場で水垢離をする人々の姿を見たこともある。

特別興味を覚えた訳ではない。しかし、一人旅に出た心細さのなせる業か、久しく忘れていた垢離場の経が榎戸の耳に甦《よみがえ》ったようだ。

「ようくお休みになっておいでだね」

老婆が囲炉裏の火にのせてある鍋《なべ》の蓋《ふた》を取りながら声を掛けた。二人の客は囲炉裏から少し離れた板の間で向かい合って話をしている。

鍋の蓋を開けると湯気が上がり、しゃもじで中身を掻き回した老婆の顔に薄い紗《しゃ》が掛かったように見える。

「もはや夕暮れになってしまった。さて、先を急がねば……」

榎戸はどてらを脇《わき》に畳んで身繕いをした。

「泊まって行きなせェ。次の宿場に着く前に夜中になってしまうずら」

「しかし……」

「あの二人のお客さんも泊まるずら。ちょうど芋粥《いもがゆ》も煮えたところだで」

「迷惑ではないかの」

「なん、気にすることはねェ」

「かたじけない」

榎戸は座り直して老婆に律儀に礼を言った。

老婆はすっかり白くなった髪を頭のてっぺんでちょこんと髷《まげ》にして、野良着に前垂れという恰好《かっこう》で旅人の世話をしていた。笑った顔は童女のように無邪気である。

「お連れさんはいなさらんのか」

老婆の問い掛けに二人の客はちらりと榎戸を振り返った。二人は江戸と地方を往復する商人のようだ。隅の方に大きな風呂敷《ふろしき》で包まれた荷物が置いてある。荷物は背負い易いように木の枠が取り付けられていた。二人とも頭を手拭《てぬぐ》いで覆っている。「米屋被り」と呼ばれるもので、名のごとく米屋が埃《ほこり》よけに頭に巻いたものだが、次第に他の業に就く者も真似るようになった。

二人の客は年寄りといえども容貌魁偉《ようぼうかいい》な榎戸を警戒しているようだ。榎戸の髪には白いものが多く、腰も僅《わず》かに曲がっていた。しかし、剣術で鍛えた身体は他の年寄りとは違ってがっしりしているし、辺りに配る目付きもただならない。

「拙者は一人で旅をしておる」

榎戸が応《こた》えると老婆は心配そうな表情をした。

「大丈夫かね」

長いこと茶店で旅人の世話をして来た老婆は、相手が誰であろうと臆《おく》するところはなかった。榎戸にも最初から気さくに接してくれた。山賊に抜き身を当てられたこともあると愉快そうに話していた。

「お侍さんは幾つだね」

老婆は畳み掛ける。

「拙者は……六十八でござる」

「ほうか。まだ若いの。それなら一人旅でも大丈夫じゃろう」

老婆がそう言うと二人の客は苦笑した。六十八を若いと言ったことがおかしいのだろう。

彼らは三十そこそこにしか見えない。一人は痩《や》せて、もう一人は、がっしりした背の高い男である。似たような細い眼をしていた。

「お婆《ばば》は幾つだ」

榎戸も老婆に年を訊《たず》ねた。

「わしか？　わしは八十二だで」

老婆は得意そうに言った。

「それこそ若い。眼も耳も達者とお見受けする。何しろ肌の艶《つや》がいい。その様子では百までも生きようぞ」

榎戸はお世辞でもなく言った。老婆は甲高い声で笑った。前歯が一本だけ残っている。

老婆は大ぶりの椀《わん》に芋粥をよそって榎戸に差し出した。芋粥は茶店の売り物ではなく、老婆が榎戸と二人の客のために拵《こしら》えたものだった。

「かたじけない」

榎戸はまた律儀に礼を述べた。老婆は二人の客にも囲炉裏の傍に寄って芋粥を食べるよう勧めた。芋粥は里芋や葱《ねぎ》、山菜がふんだんに入れてあった。野菜は老婆が裏の畑で育てているものだという。

「このように豪華な芋粥を食べるのは初めてでござる」

榎戸が言うと二人の客も相槌《あいづち》を打った。

「ほうかの。たんと召し上がれ。今日はもう、他のお客さんは来ないらしいで」

「わたしどもは上方に店がある翁屋《おきなや》の手代でございます。何卒《なにとぞ》よろしくお願い申し上げます。佐吉《さきち》と申します。そちらは清助《せいすけ》でございます」

痩せた方の男が如才なく口を利いた。もう一人の男も慇懃《いんぎん》に頭を下げた。

「拙者、榎戸角之進と申す者。江戸でさる所に奉公しておりましたが、今は隠居の身でござる。ひとつよろしく」

「お武家様でございますね」

痩せた男は念を押した。

「さよう」

榎戸が肯《うなず》くと二人は顔を見合わせた。

「拙者については何んの遠慮もご無用。いらぬ気遣いなどなさらぬように。袖摺《そです》り合うも他生の縁という諺《ことわざ》もござるゆえ」

「ありがとうございます。それでは今宵《こよい》、楽しく語り明かしましょう」

「やはり夜道は控えた方がよろしいかの」

榎戸は二人の男のどちらにともつかずに訊《き》いた。泊まれと勧められたが先を急ぎたい気持ちもあった。

「お泊まりになった方がよろしいでしょう。わたしどもも、そうするつもりです。山賊は出ないにしても山犬などに襲われることもございます。また、夜道は足許《あしもと》も危のうございます」

背の高い男がそう言った。榎戸は肯いて外に眼を向けた。

甲州街道から入った尾根道はゆるい勾配《こうばい》で、最初は楽なものだと高を括《くく》っていたが、その茶店に着くまでがひと苦労だった。深い杉林を抜け、眺望が開けると四方は山々に囲まれていた。麓《ふもと》からの高低差は七、八町ほどにもなろうか。見渡す山々の一つに、榎戸がこれから目指す場所も含まれているはずだった。しかし、薄みずいろに霞《かす》む風景の中に榎戸がそこだと見当をつけることは難しかった。

外から聞こえる烏《からす》の鳴き声がやけに耳につく。峠の夕暮れ刻《どき》だった。

「それでは、お婆。拙者、ひと晩、宿を借り受ける」

榎戸は決心して老婆に告げた。

「そうそう。それがいい。蒲団《ふとん》もろくに用意しておらぬが、囲炉裏の火は絶やさないだで寒い思いだけはせずに済む」

老婆は愛想《あいそ》のよい笑顔を榎戸に向けて言った。春とはいえ、さすがに山の峠はまだ火の気が恋しい。

老婆は榎戸と二人の客に芋粥を食べさせている間、表に出て長床几《ながしょうぎ》を引き入れ、母屋に通じる油障子を潜り戸のついた雨戸で覆った。

中に入るとさるを掛けた。一応は用心のためだ。一人で過ごすより泊まり客がいた方が心強いと老婆は言った。

老婆はそれから客に構わず、くるくるとよく働いた。母屋についている水屋の傍に出入り口があり、そこから出て行っては裏の沢から水を汲《く》む。老婆はそれを何回か繰り返した。

榎戸が手伝うと申し出ても老婆は休んでいなされと断った。水汲みが終わると茶店で出す草餅《くさもち》の仕込みを済ませ、老婆はようやく自分も芋粥の椀を手にした。

「子供はおらぬのか」

榎戸はひと息ついた老婆に訊ねた。二人の客は若さに任せて五杯も食べた。榎戸は三杯も芋粥を食べて、すっかり腹は満たされていた。

老婆は榎戸の問い掛けに、娘を一人産んだが、その娘は四歳の時に流行《はや》り病で死んだと応えた。それから亭主と二人で茶店を切り盛りして来た。亭主も十五年ほど前に死ぬと、後に残された老婆は頼る者もなく、峠の茶屋を一人で商っているという。

「寂しくはないか」

榎戸が訊ねると老婆は「なん……」と首を振った。埒《らち》もないという表情である。

「人は一人で生まれて来たものだで、死ぬ時も一人だに……」

「………」

老婆の言葉の潔さに榎戸はひどく感動した。いかにもそうだ。自分には家督を譲った息子と、その家族がいるが、日中は一人で過ごすことが多かった。務めを終えた息子が帰宅すると一緒に夕餉《ゆうげ》を囲む。それが済むと、榎戸はすぐに屋敷の離れに建てられている自分の部屋に戻る。寝るまでの間、書物を読んだり、長い日記を書くこともある。

嫁は榎戸が眠る頃になると蒲団を敷きにくる。榎戸の世話を女中任せにはしない。蒲団を敷く嫁に榎戸は孫達は寝たかと訊く。

嫁はまだ起きているとか、もはや疲れて休みました、とか応える。嫁は榎戸に親切であった。糟糠《そうこう》の妻を亡くしてから榎戸を寂しがらせまいと色々と気を遣ってくれる。それは息子に言い含められたことなのかも知れない。二人の孫は五歳の男の子と三歳の女の子である。お爺様《じじさま》と慕われれば可愛くない訳がない。

嫁は時々、天気のよい日などに散歩に誘ってくれる。孫達と一緒に出かけようというのだ。ありがたいが、そうして出かけたところで、格別、榎戸の心が華やぐ訳でもない。むしろ、嫁が孫を叱る声が癇《かん》に触って疲れを覚えた。

榎戸はその内、一人で出かけるようになった。部屋に籠《こも》っていては嫁がいらぬ気遣いをすると考えたからだ。古くからの友人にばったりと会い、つい話に花が咲いて帰宅が遅れると、嫁は門の外に出て榎戸の帰りを待っていた。

大事にされているという思いはある。心底、ありがたいとも思う。そういう生活が嫌やではなかったが、榎戸はひどく息苦しい気持ちになることもあった。自由に時間に縛られずに心の赴くままに行動したい。

旅に出たいと思ったのも何かから解き放たれたいという気持ちが強かった。そろそろ江戸に桜の季節を迎える頃、榎戸は矢も盾もたまらず旅仕度を始めた。もちろん、息子は反対した。そのお年で一人旅は無理でござる、道中、何が起こるか心配でなりませぬと。

榎戸は息のやむ前に会っておきたい人がいると息子に言った。仕えた主家に因縁の深い人であることを強調した。言い出したら後へは引かぬ榎戸の気性を知っている息子は、最後には折れた。しかし、飛脚を頼める宿場に入った時は必ず手紙を寄こすようにと念を押していた。

老婆は寝る前に囲炉裏に炭を足した。囲炉裏の傍に榎戸と二人の客はごろ寝するつもりだった。老婆が火箸《ひばし》で摘《つま》んだ炭は形は細かったがよい香りがした。

「これは何んの炭かの。大層よい香りがする」

榎戸が訊くと二人の客も改めて気づいたという顔で老婆の手許を見た。

「桜の炭だで。ここから十里ほど離れた村から運ばれて来る」

「瀬田《せた》村か？」

榎戸は懐かしい村の名を口にした。桜の炭から、すぐに村の名を思い浮かべたのだ。

老婆は瀬田村の名を口にした榎戸に驚いた顔をした。

「江戸のお方にしては、この土地に大層詳しいのう」

「いやいや。拙者、二十五年ほど前に、その瀬田村を訪れたことがござるゆえ」

「お務めでかいな」

「さよう」

「この炭は、その瀬田村の東にある瀬田山という山で焼かれたものだに。瀬田山は桜の名所だで。払った枝で炭を拵《こしら》えている人がいての、わしがほしいと言うたら届けてくれるようになったずら。炭屋の炭に比べたら大層細いが火付きもよいし、魚を焼くとうまい。わしはこの炭が気に入っているだに」

「それでは、この炭は瀬田村から運ばれて来るのだな」

そう訊いた榎戸の胸の鼓動は僅《わず》かに速くなった。

「ふん。馬でぱかぱか運んで来られる。ここに来ると、ひと晩泊まって行きなさる。それ、お武家様の座っている場所に気軽に横になってのう」

「もしや、その炭焼きの者はおなごではなかろうの」

「おなごだで。お武家様はよくご存じだのう」

老婆はまた驚いた眼を榎戸に向けた。

「お遊《ゆう》様……」

榎戸は独り言のように呟《つぶや》いた。

「そうずら、狼女《おおかみおんな》のお遊様だで」

老婆は榎戸の呟きに相槌《あいづち》を打った。

「狼女？」

二人の客の声が重なった。

「お遊様は瀬田村の庄屋様のお嬢様だったずら。だが、赤ん坊の頃、雛《ひな》の節句の宵に何者かに連れ去られてしまっただに。庄屋様も村の人も必死に捜したが行方は知れなかった。それから死んだものと、すっかり諦《あきら》めておったそうじゃ。ところが、それから十年以上も経ってから、お遊様はひょっこり庄屋様のお屋敷に戻られたそうな。何しろ山育ち、野育ちでのう、庄屋様も奥様も面喰《めんく》らった様子じゃ。三つ子の魂、百までもと言うてな、どんなにうるさく躾《しつけ》をなされても、とうとう人並の娘には戻らなかったそうじゃ。無理もない。今は庄屋様も奥様も亡くなられて、お遊様の兄《あに》さの息子が庄屋を継いでいなさるが、お遊様は山の塒《ねぐら》に住んでいて、滅多に村には戻らぬようだに。狼女だで、やはり山にいる方が気が休まるんじゃろうのう」

「…………」

「お武家様、あんたはお遊様を知っていなさるだにか」

俯《うつむ》きがちになった榎戸に老婆は訊《き》いた。榎戸は顔を上げて「よっく存じております」と応《こた》えた。懐かしさに胸が塞《ふさ》がる思いだった。実際、榎戸の眼はうっすらと濡《ぬ》れていた。

息災でおられた。それだけで榎戸は嬉《うれ》しかった。

「しかし、あの方も四十を幾つか過ぎたはずである。瀬田山からここまで炭を運んでいらっしゃるのは骨であろうの」

榎戸がそう言うと老婆は「なん」と言下に否定した。

「何せ狼女のお遊様だで、夜道を馬で飛ばして来られる。灯《あか》りがなくても平気だとおっしゃられての。大したものずら。後ろ姿だけ見れば、まだ若い娘のようだで。たまに山で迷った者が出ると、瀬田村の人はお遊様に助けを求めるそうじゃ。お遊様のお蔭《かげ》で命拾いをした者が何人もおる。だから村の人はお遊様を粗末にはしない。田圃《たんぼ》で米が穫《と》れると米を運び、畑で野菜が穫れると、それもまた、せっせと運ぶそうじゃ。村の人がお遊様を大事にするのはそればかりではないぞ。お遊様はれっきとした大名の殿様の思い人《びと》だったに……」

「思い人」と言った時の老婆は年に似合わず、うっとりした目付きになっていた。

「お婆《ばば》、詳しく話をして下され」

佐吉と名乗った痩《や》せた男が意気込んで老婆に言った。

「是非にも」

もう一人の清助も覆い被《かぶ》せて言った。

「お武家様、あんたはお遊様と因縁のある人とお見受けするだに、話しても構わぬかのう」

老婆は少し遠慮を見せて榎戸に了解を求めた。榎戸は逡巡《しゅんじゅん》する顔になった。

「お武家様、お頼み申します。われ等はまだまだ世間知らずの身。色々と他人の話を聞いて、これからの人生の糧と致したいと考えております」

佐吉は縋《すが》るような眼で榎戸に言った。

「しかし……おぬし等はお遊様が狼女と呼ばれていることだけに興味があるのであろう。拙者に言わせれば、それは無礼なことだ」

「いえいえ……確かに狼女という言葉には心が惹《ひ》かれました。しかし、何やら深い事情も察せられます。われ等はいたずらに口外致しませぬ。どうぞ、お武家様……」

佐吉がそう言うと清助も「お願い致します」と頭を下げた。榎戸は深い溜《た》め息をついて老婆に口を開いた。

「拙者が知っているお遊様はお屋敷に戻られてからのお遊様でござる。それ以前のこととなるとよくは存じ上げませぬ。お婆はその経緯《いきさつ》をご存じのようだの」

「それはもう……お遊様が連れ去られた時は大騒ぎでのう、十里も離れたこの茶店まで噂が流れて来ましただに。わしはお遊様が無事に戻られるように毎朝、仏様にお縋りしていたずら」

「お婆の願いが通じたのであろうの。お遊様は無事に瀬田の家にお戻りになった。世間が言う狼女になっての……お婆、お遊様が連れ去られた経緯を知っておるのなら拙者もとくと伺いたいものだ」

榎戸の言葉に二人の客は安心したように笑顔を見せた。老婆は茶道具を引き寄せた。

「もはや、四十年以上も前のことになる……」

老婆は抑揚のない声で話し始めた。

峠の夜は恐ろしく静かだった。時々、獣の遠吠《とおぼ》えが聞こえた。山犬か、それとも狼か。

老婆は恐ろしがるふうもなく、淡々と言葉を繋《つな》いだ。

遊が生まれて間もなく何者かに連れ去られたことは榎戸も遊の父親である瀬田助《せたすけ》左衛門《ざえもん》から聞いた。助左衛門は何んの目的で遊を連れ去ったのか、皆目見当がつかないと最初は言っていた。しかし、榎戸にはおおよその察しがついていた。

瀬田村は隣接する二つの藩の、ちょうど境界に位置する村だった。最初は西側の岩本《いわもと》藩の支配に置かれていた。しかし、岩本藩が藩内の騒動がもとで移封《いほう》になると、それよりも江戸側にあった島中《しまなか》藩に瀬田村の支配が移った。島中藩は以前より幕府の重職に願い出て瀬田村の支配を移すよう運動していたらしい。

瀬田村は街道沿いにあり、しかも風光明媚《ふうこうめいび》な所である。そこに一夜の宿を求める旅人も少なくない。

村の中央を流れる瀬田川の上流では、かつて砂金も採れた。砂金の埋蔵量は村人が期待したほど多くはなく、助左衛門が庄屋に就いた頃は大がかりな砂金掘りは鳴りを静めていた。

しかし、かつて砂金が採れていたという触れ込みは旅人の興味を惹く。そんな瀬田村を支配に置くかどうかで藩の財政に著しい差が出る。

岩本藩は帰封を強く望んでいた。移封となった藩主から二代後、英明な藩主と家老達の努力で晴れて帰封が叶《かな》った。しかし、岩本藩が領地に戻ると瀬田村が支配から外れていた。

これはどうしたものか。藩主は強く幕閣に喰らいついた。帰封のために岩本藩は多大な金子《きんす》を遣っていた。借財も並大抵ではなかった。瀬田村からの収入がないとなれば借財の目処《めど》も容易に立たない。岩本藩と島中藩は瀬田村をめぐって激しく抗争を始めることとなったのだ。

瀬田助左衛門は代々、瀬田村の庄屋を務める家に生まれた。庄屋は村を開拓した者の末裔《まつえい》や、資産家で、しかも村人に声望のある人間が任じられる。助左衛門は若い頃、京に上ったり、江戸に下ったりして見聞を拡めた男だった。学問もある。祖父や父親がそうであったように助左衛門も瀬田村のために尽力して来た。

街道の整備や川の護岸工事の際には自分の屋敷を開放して藩の役人の世話をした。むろん、村からは助っ人として野良仕事を休ませてまで村の男達を手伝いに行かせた。瀬田助左衛門は村の開拓に実に熱心だった。

それまで村人があまり足を踏み入れることのなかった村はずれの天女池《てんにょいけ》も整備して、今では絶好の狩り場になっている。季節になれば、その天女池に鶴が飛来した。瀬田村が島中藩の支配になってから、庄屋の助左衛門は名字・帯刀を許された。代官職の一部も任ぜられ、助左衛門の立場は岩本藩にいた時より、はるかに重いものとなった。

島中藩は助左衛門をねんごろに扱い、藩からいくばくかの報酬も与えていた。当然、助左衛門も島中藩に対しては服従の気持ちが強かった。

しかし、瀬田村の支配を取り戻そうと躍起になった岩本藩は瀬田村に様々な圧力を掛け始めた。瀬田村から京へ向かう街道を遮断したり、瀬田村に入ろうとする商人を追い払ったりの嫌やがらせをした。その嫌やがらせと助左衛門は果敢に闘って来た。あまり面と向かって苦情を言うのは藩の役人を刺激することだと考え、代官を通じて嘆願書を差し出す形で岩本藩の嫌やがらせを戒めた。嘆願書はその何年かの間に三十通を越えたという。しかし、岩本藩はその中の幾つかに渋々承知することはあったが、相変わらず瀬田村に対しては嫌やがらせと思える行為がやまなかった。

節分の豆撒《まめま》きの時、瀬田村の子供達は村でただ一つの寺に集まる。住職が護摩を焚《た》き、子供達の無病息災と村の発展を祈願した後に恒例の豆撒きとなる。助左衛門や住職や島中藩の役人が、一升ますに入っている煎《い》った大豆、紅白の餅《もち》、鐚銭《びたせん》を集まった子供達の前にばら撒くのである。子供達はわれ先にと争うようにそれを拾う。豆撒きの行事は正月に負けないほど子供達が楽しみにしているものだった。しかし、その年の豆撒きの時、岩本藩の藩士が酒に酔って寺に入り込み、抜刀するという騒ぎがあった。さすがの助左衛門も腹に据えかね、きつく岩本藩に対して抗議した。

島中藩からはさらに厳しい書状が届けられたようだ。

岩本藩はこれを殊勝に受け留めるどころか逆恨みを覚えたふしがあった。庄屋の瀬田助左衛門は生意気なりと。そして、岩本藩の嫌やがらせの標的は助左衛門一人に絞られることになったようだ。

助左衛門に決定的痛手を与える事件が持ち上がったのは、そのひと月後のことになる。

助左衛門の鍾愛《しょうあい》の娘が連れ去られてしまったのである。

助左衛門には助太郎《すけたろう》、助次郎《すけじろう》の二人の息子の下に、ようやく生まれた娘がいた。遊と名づけられた娘は男系の瀬田一族に久々に生まれた女子であった。助左衛門はそれこそ、眼に入れても痛くないほどの可愛がりようだった。それが岩本藩の恰好《かっこう》の好餌《こうじ》となったのだろうか。

二

雛《ひな》の節句であった。助左衛門は蔵から取り出した由緒ある雛人形を客間に飾り、愛娘《まなむすめ》の初節句を祝うつもりだった。助左衛門の曾祖母《そうそぼ》が輿入《こしい》れする時に持って来たものだという。

京にわざわざ注文して作らせた品だった。

村人も助左衛門の父親としての喜びをわがことのように捉《とら》え、祝いの品を届ける者がひとしきり続いた。助左衛門は訪れる村人一人一人に晴れ着を着せた遊の顔を見せて相好を崩していた。

朝方に晴れていた陽射しは昼過ぎから厚い雲に覆われ、夕方から激しい雨になった。

せっかくの祝いの日が、これでは台なしだと助左衛門は妻のたえに嘆いたが、晴れ着を着せられた遊は網代籠《あじろかご》の中で機嫌よく笑っていた。

雨はやむ気配も見せず、その内、雷鳴が轟《とどろ》き出した。瀬田村は春先になると雷を伴った雨がよく降った。屋敷の眼前に村の象徴とも言うべき瀬田山が迫るように聳《そび》えている。瀬田家の茶の間から見れば何んの変哲もない小高い山であるが、いざ登ってみると道の勾配《こうばい》が急で、足の達者な者でも息が上がる険しい山だった。瀬田村では冬の前に樹木を伐採し、雪が降ってから、それを麓《ふもと》に下ろした。急勾配と雪を利用して樹木を滑り落とすのだ。それも瀬田村の恒例の行事の一つだった。

しかし、村人が瀬田山に入る領域は限られていた。うっかり沢にでも入り込むと戻るのが至難の業であった。昔から修験者さえも敬遠する山である。方向感覚を狂わせる何かが瀬田山に潜んでいると信じられていた。

温暖な気候と雨は樹木を繁らせる効果もあったが、もろい土は生長した樹木の幹を妙な具合にねじ曲げ、あるいは倒した。沢は山の中を縦横に流れ、春先は雪解けのせいで洪水が起こることも少なくない。それが、せっかく苦労してつけた道を洗い流した。さらに、その上に樹木が倒れたとなれば、景色は変わって当たり前である。村人は昔から様々な警告の言葉で村人が山の奥に入ることを、きつく戒めた。

瀬田村に生まれた時から住んでいる助左衛門さえ、瀬田山の輪郭を詳しくは知らなかった。
雨が降ると瀬田山は屋敷から遠退くように見える。反対に晴れた日は近づくようだ。存外に近い距離にあると思えるが、山の入り口まで歩いて半刻《はんとき》（一時間）を要した。
雨で仄暗《ほのぐら》くなった茶の間の外に閃光《せんこう》が走った。すぐに耳をつんざくような雷鳴が
轟く。
助左衛門は厚い雲の中から青白い光が瀬田山の頂上付近に垂直に延びたのを見た。
遊が泣いた。
妻のたえが慌てて遊を抱き上げて助左衛門に口を開いた。
「道を歩いている人はいないでしょうね。こんな日は雷に狙われて大層、危のうご
ざいます」
山間《やまあい》の村は水田の傍に民家がぽつりぽつりと建っている。街道はともかく、村に
入ってしまえば避難する所は少ない。昨年は道端の地蔵に雷が落ちて、地蔵の首が
落ちた。
村人はそれを見て、災いの前兆ではないかと大いに心配していた。雷避けの対策

を何か考えねばならぬと助左衛門も思っていたところである。雷はそれから何度も続いた。雨はますます激しくなり、屋根瓦《やねがわら》に穴を開けるような勢いだった。瀬田山に落ちたものと寸分も違わぬ大きな音が聞こえ、遠くの方から地響きがした。村のどこかに雷が落ちた様子である。ほどなく下男の吾作《ごさく》が裏口から切羽詰まった声で助左衛門に呼び掛けた。吾作は助左衛門の子供の頃から瀬田の家にいる男だった。年は五十を過ぎているが、小まめに動いて頼りになった。吾作は独り者で妻はいなかった。

「旦那《だんな》様、大榎《おおえのき》に雷が落ちたようです」

それを聞くと助左衛門は深い吐息を洩《も》らして吾作の傍に行き、蓑《みの》と笠《かさ》の用意を言いつけた。村の中央に立っている大榎は樹齢三百年とも四百年とも言われる。雷が落ちたとあっては様子を見に行かねばならない。

「雨がやんでからおいでなされませ」

たえは心配してそう言った。たえの傍には次男の助次郎が不安そうな顔で寄り添っていた。五歳の助次郎は普段はやんちゃな子供であるが、何より雷を恐れているところがあった。遊を抱いていたたえの着物の袖《そで》を、しっかりと摑《つか》んでいる。

「助太郎はどこにいる」

助左衛門は姿の見えない長男のことが気になった。たえは遊をあやしながら、座敷のあちこちに視線を投げた。しかし、助太郎の気配を感じることはできなかった。

「あの子は大榎を見に行ったのでしょうか」

「そうだとしたら心配だ」

助左衛門も少し慌てた声になる。

「さようでございます。助次郎、兄さんは表に出て行ったかえ」

たえは助次郎に訊《き》いた。助次郎はぶっきらぼうに「おら、知らね」と応《こた》えた。

「吾作、助太郎は表に出て行った様子ですか」

たえは首を伸ばして蓑と笠の用意をしている吾作にも訊《たず》ねた。

「さあ……」

吾作は首を傾げた。

「しっかり見ていてくれなければ困るではありませぬか。何かあった時はどうするのです」

たえは苛立《いらだ》った声になる。遊が泣きやまぬせいもあった。

「申し訳ごぜえません」

吾作は俯《うつむ》いて済まなそうに詫《わ》びた。

「わしが見て来るから吾作に文句を言うな」

助左衛門はたえを制した。

「これでは本当に遊の節句が台なしでございますね。お客様もお越しいただけるかどうか」

たえは夜の祝いの宴のことを気にしていた。

天候のせいで客が訪れないのは仕方がないが、朝から女中と用意した料理が無駄になることを悔しがっている様子だった。

「なに、もう少しすれば雨が上がるだろう。この激しさが長く続く訳がない」

「でも、大榎が倒れたとなっては道を塞《ふさ》いでおりましょう。その先には組頭の傘五《かさご》郎《ろう》さんや友兵衛《ともべえ》さんのお宅がありますもの」

「だから、わしが様子を見て来ると言っておるのだ、くどい！」

助左衛門はたえの愚痴に癇《かん》を立てた。そのまま、ものも言わず蓑と笠を身につけると、吾作と一緒にしのつく雨の中に飛び出した。

その日の雷雨も、村の中心で長く村人を見守っていた大榎が倒れたことも、人為的なものは微塵《みじん》もなかったはずである。それでもなお、事件が起きてしまったのは運命のなせる業だったのか。それとも、助左衛門の敵（もしも、はっきりと助左衛門に敵意を持つ者の仕業としたならば）は、そのような天候異変の機会をひそかに狙っていたものなのだろうか。

大榎はたえが心配したように通り道を塞いでいた。助左衛門は、ひとまず人が通れるようにするために駆けつけて来た村人とともに大榎を脇に寄せた。助太郎は村の子供達と一緒に大榎の傍にいた。子供が五人ほど腕を回しても余るほどの太い幹が根元近くから、見事に折れていた。幹の中は腐れも見えたので、倒れたことは雷のせいばかりでもなかったろう。

幹は注連縄《しめなわ》で飾っていたが、それも無残にちぎれていた。大榎の撤去は存外に刻を喰《く》った。ようやく人が通れるようになると、助左衛門は後のことは翌日にしようと村人を家に帰し、自分も家に戻った。雨は一刻後にやんだ。

助左衛門はひどく疲れを覚えたが、家に戻ると客が一人、二人と訪れて来た。そのまま着替えをすると客の接待に追われた。客も雨がようやく上がったので、出かける気になったらしい。

夜になって村の民家に被害のあった様子も知らされた。

翌日は村を見廻《みまわ》って、被害の様子を確かめねばならない。訪れた客と酒を酌み交わす間も、助左衛門はそのことが気になっていた。客は八人で、予定した人数より少なかったが、彼らは遅くまで瀬田家の客間で機嫌よく酒を飲んでいた。

たえは客がいる間は寝間に下がることもできず、遊を寝かしつけ、二人の息子を寝間に追い立ててからも客間と台所を忙しく往復して客の世話を焼いていた。

夜が更けて、助左衛門は最後の客を送り出すと、客間に大の字になった。ことの外、疲れを覚えた。酔いも手伝って眠気が差してたまらなかった。

「お床をのべております。どうぞ、お休みなされませ」

たえに言われても、すぐに起き上がる気になれなかった。寝間に行くことすら大儀に思えた。たえは客達の酒気で澱《よど》んだ部屋の空気を入れ換えようと障子を開けた。畳に横になった助左衛門の頬を外気が嬲《なぶ》る。それには、まだ雨の匂いが感じられた。助左衛門の耳にその時、遊の泣き声が聞こえたような気がした。遊が目を覚ましたのだ。

遊の泣き声は女の子にしては激しいものがある。遊が泣くと助左衛門はひどく気になった。あまり泣かせてはいかん。早く抱き上げて。

たえは何をしておるのだろう。後片づけに手間取っているのだろうか。それなら自分が立って寝間に行けばよいのだが、身体がどうしても言うことを利かない。助左衛門は頭の片隅で遊を案じながら、襲って来る眠気を追い払うことができなかった。

それからどれほど時間が経ったろうか。気がついた時は客間の膳《ぜん》はあらかた片づけられていた。開けた障子もいつの間にか閉じている。

たえが、ひどく動揺した声で女中のおしずを呼んでいた。おしずも悲鳴に近い声で「存じません！」と、わめいている。客間にたえの足音が近づいて来るのがわかった。

「あなた、あなた、起きて下さい。お遊の姿が見えませぬ」

たえは切羽詰まった声で助左衛門の肩を揺すった。

「ん？」

助左衛門はそう言われてもまだ、事態の深刻さがよくわかっていなかった。下からたえの二重顎《あご》をぼんやり見上げていただけである。

「お遊がおりませぬ」

たえはもう一度叫んだ。

「いないだと？」

助左衛門はゆっくりと起き上がった。頭が重い。

「でも、お蒲団《ふとん》の中にも、どこにも……」

「助太郎が自分達の寝床に連れて行ったのではないのか」

赤ん坊の妹を可愛がって助太郎と助次郎が自分達の寝床に遊を連れて行くことが、これまでもあった。

「いいえ、おりませぬ」

たえの声は震えている。ものも言わず立ち上がった助左衛門は微《かす》かに目まいを覚えた。

頭を強く左右に振って、助左衛門は息子達の寝間の襖《ふすま》をがらりと開けた。たえが持って来た手燭《てしょく》の灯《あか》りを寝間にかざす。二人の息子は蒲団を蹴《け》飛《と》ばした恰好《かっこう》で、ぐっすりと寝入っていた。遊の姿は影も形もない。慌てて助左衛門は自分達の寝間に向かった。

助左衛門とたえは遊を真ん中にして川の字で寝るのが習慣であった。遊の小さな蒲団は上掛けが捲《めく》られていた。助左衛門は敷蒲団にそっと掌《て》を触れてみた。そこはすでに冷たく、遊の体温を感じることはできなかった。

「どういうことだ、これは……」

　助左衛門は呆然《ぼうぜん》として独り言のように言った。

「お遊は、お遊はさらわれたのですか」

「そんな馬鹿な……誰かがこの家に忍び込んだと言うのか。それなら助太郎でも助次郎でも気づくはずだ」

「でも、二人ともぐっすり眠っておりましたもの」

「お前は気がつかなかったのか。足音や物音を聞かなかったのか」

「存じませんでした……」

　たえは、その場にぺたりと座り込んで呆《ほう》けたような顔になった。

「吾作！」

　助左衛門は怒鳴った。その途端、たえは獣のような声を上げ、畳に突っ伏した。女中のおしずがやって来て、たえの肩に遠慮がちに手を掛け「奥様、大丈夫ですよ。きっとお嬢様は見つかります」と慰めた。たえは、いやいやをするように肩を激しく揺すった。

　吾作も青白い顔をして助左衛門の所にやって来た。家の周りを捜していたのだ。

「村の者を叩《たた》き起こせ。ぐずぐずするな」

「へい」

助左衛門は玄関から履物を突っ掛けて表に出た。遊はまだ歩くことができない。一人で表に出る訳がない。しかし、大人が目を離した隙に子供が池や肥溜《こえだ》めに落ち、変わり果てた姿で発見される話は助左衛門もこれまで聞いたことがあった。

遊の捜索は村人総出でひと晩中、続けられた。川、池、田圃《たんぼ》のあちこち、鎮守のお堂、道端の雑草の陰、橋の下。心当たりはくまなく捜した。しかし、遊の姿を見つけることはできなかった。

夜明けを迎え、助左衛門は代官屋敷に吾作をやって遊の失踪《しっそう》を知らせた。間もなく島中藩にもそれが伝わり、藩の役人や足軽が何人も瀬田の家を訪れ、大掛かりな捜索が始まった。

遊の手掛かりは何一つとして浮かび上がって来なかった。全く風のように消えたとしか思えなかった。ただ、瀬田山の麓《ふもと》近くに住んでいる村人が、夜中に赤ん坊の泣き声を聞いたと知らせてきた。その時に馬のひづめの音も聞いたので、遊は馬に乗った者に連れ去られたのではないかと言った。

そうだとしたら、何んの目的で。連れ出して、どうしようというのだろうか。身代金でも要求するつもりだろうか。身代金目当てならば、その内に知らせが来るはずであった。

島中藩の馬廻りを務める山中善助《やまなかぜんすけ》と鹿内六郎太《しかうちろくろうた》が野歩きの恰好で瀬田の家にやって来たのは遊がいなくなった翌日の夕方であった。

助左衛門は一睡もしていなかったが、不思議に眠気は感じなかった。山中善助は苦汁を飲んだような顔で助左衛門に口を開いた。中年の藩士である。鹿内は山中より、はるかに若い青年であった。

「助左衛門、もしもこれが、あちら様の陰謀だとすれば、おぬしも覚悟を決めねばなるまい」

山中が言う「あちら様」とは岩本藩を指していた。

「山中様、それでは、娘はあちら様の手の者に連れ去られたとおっしゃるのですか」

助左衛門は驚いて山中の顔を見た。そういうことを言い出す山中が助左衛門には解せなかった。

「村中をくまなく捜しても、おぬしの娘の姿が見えぬ。しかも昨夜遅く、赤ん坊の泣き声と馬を走らせる音を聞いたとあらば、誰かが連れ去ったとしか思えぬ。わが藩でそういうことをする者はおらぬ。すると、おのずとあちら様の仕業であることになろうの」

「卑怯《ひきょう》な……」

助左衛門は押し殺した声で呟《つぶや》くと唇を噛《か》み締めた。

「豆撒《まめま》きの時の意趣返しかのう。子供じみたことをする」

山中は吐息をついて続けた。

「山中殿、助左衛門の娘が連れ去られたことを、まだあちら様の仕業と断定するのはいかがなものでござろう。滅多なことは申されぬ方がよろしいかと拙者は考えまする」

鹿内が口を挟んだ。利発そうな広い額を持った若者である。

「何を悠長なことを申すか。言葉も喋《しゃべ》られぬ赤ん坊を何んのために連れ去る。あちら様の魂胆であるに決まっておる」

山中は鹿内に怒鳴るように言った。

「よく確かめもせずに、あちら様に真偽を質《ただ》したとしても埒《らち》は明きませぬ。確かな証拠がなければ……それより、もう少し心当たりを捜す方が先でございましょう」

鹿内は、山中とは反対に冷静な表情を崩さずに淡々と言葉を繋《つな》いだ。

「心当たりは、ほとんど捜しました。しかし、娘の姿は影も形もございません」

助左衛門は低い声で鹿内に言った。

「いいや。まだ捜しておらぬ所がある」

鹿内は助左衛門の言葉を即座に否定して、視線を瀬田山の方に向けた。助左衛門は、はっと胸を衝《つ》かれた。鹿内は遊が瀬田山に連れ去られたと思っているようだ。麓から八町ほどの高さの瀬田山は、いつものようにその姿を助左衛門に見せていた。ぞくりと冷たいものが助左衛門の背中を走った。

「鹿内様は瀬田山の捜索をお考えなのですか」

助左衛門は恐る恐る訊《き》いた。

「村中で必死になって捜しても、おぬしの娘の行方が知れぬ。とすれば、おぬしの娘は捜索の手の及ばぬ所にいるとしか考えられぬ」

「しかし、瀬田山は……」

助左衛門はそこまで言って絶句した。単独で山に入り、戻らなかった者がこれまで何人もいる。きこりが時々、白骨化した死体を発見して村に知らせて来ることがあった。道に迷って、そのまま死に至った者だ。きこりが踏み込む領域から僅《わず》かに外れただけでも、そのような事態となる。その瀬田山に遊が連れ去られたとしたら、もはや絶望的であった。

「お互いの身体を紐《ひも》で繋いで山に向かったらよかろう。さすれば危険は少ない」

「わが娘一人のために、そのようなご迷惑は掛けられませぬ」

助左衛門は畏《おそ》れ入って鹿内に言った。

「これはもはや、おぬしの家だけの問題ではないのだ。山中殿のおっしゃられるように、あちら様の陰謀とすれば、その黒白《こくびゃく》をつけねばならぬ。そして、間違いなくあちら様の仕業と知れた暁には……ご公儀に申し出て、きつく成敗していただかねばならぬ」

鹿内六郎太は、その時だけ怒りを漲《みなぎ》らせ、きっぱりと言った。

「もしや、娘はあちら様のお屋形で奉公している女衆《おなごし》などに介抱されているということはお考えになりませぬか？」

助左衛門は僅かに希望的な思いで鹿内に訊いた。

「かどわかしは、たとい武士であろうが農民、町人であろうが重罪である。それはどうかの。念のため、ひそかに密偵を差し向けておる。おぬしの娘らしき者がいれば知らせて来るはずだ。しかし、瀬田山のことは、あちら様も、よっくご存じのはず。わざわざその山に向かったというのは、瀬田山を知らぬ人間か、はたまた……」

鹿内はそこまで言って言葉を呑《の》み込んだ。

「どういうことでございましょう？」

助左衛門は鹿内の次の言葉を急《せ》かした。しかし鹿内は「いやいや。とにかく一刻も早く瀬田山の捜索を始めねばならぬ。助左衛門、すぐに若い者を集めよ」と、早口で言うと、山中に目配せをした。山中は肯《うなず》くと「明朝、瀬田山の麓に集合せよ」と助左衛門に言い置いて瀬田の家から去って行った。

瀬田山の捜索はそれから毎日続けられた。

村人は野良仕事を休んで捜索に加わった。

村人には足の達者な若者と断っていたのだが、その中には、かなりの高齢の者もいた。険しい山道を歩きながら、その高齢の者は助左衛門が不憫《ふびん》、たえが不憫、まして乳飲み子の遊はもっと不憫と泣いてくれる。

助左衛門は心底ありがたいと思う。しかし、村人の必死の気持ちに反して遊の手掛かりは一つとして得られなかった。捜索は陽のある内だけに限られたので、夜は助左衛門も家に戻った。

床についてからも遊のことばかり考える助左衛門の耳に、夜のしじまを縫って遊の泣き声が聞こえた。最初は空耳だろうと思った。しかし、横に寝ているたえも、がばと起き上がり「今、お遊の声が聞こえました」と言うのだった。

たえは張った乳を飲ませることができなくて苦しんでいた。助次郎が代わりにたえの乳房をくわえ、それはつかの間、助左衛門の微笑を誘うこともあったが、心はいつも暗澹《あんたん》たるもので埋め尽くされていた。

日が経つにつれ、捜索する村人が一人抜け、二人抜けするようになった。藩の役人も上役の姿が少なくなった。十日も過ぎると捜索する人々の間に諦《あきら》めと憔悴《しょうすい》の色が濃くなる。

そして、ひと月も経った時、島中藩から藩士の撤退が告げられた。

助左衛門もいよいよ遊のことを諦めなければならない時を迎えた。納得しなかったのは妻のたえだった。瀬田山から遊の泣き声が聞こえると言って譲らない。村人の中にも赤ん坊の泣き声を聞いた者は多かった。

「もっと山の奥を捜して下さいませ。お遊は確かに瀬田山におります。わたくしは母親です。お遊のことはわかります」

たえもすっかり憔悴しきっていたが、言葉つきは気丈だった。

「これ以上は無理だ。入り込める所は余さず捜したのだ。もっと奥となると今度は捜索する者の命が危ぶまれる。そこまでは幾らわしでも頼むことが憚《はばか》られる」

助左衛門はたえを諭した。たえはきッと顔を上げた。

「お遊を見殺しになさるのですか」

「見殺しにする訳ではない。できるだけのことはしたのだ。これ以上のことは無理だと言うておるのだ」

「わたくしにはお遊の泣き声が聞こえます。わたくしを山へ行かせて下さいませ。きっとお遊を捜してみせます」

そう言って口を返したたえの頬を助左衛門は力まかせに張った。

「お前に何ができるというのだ。大の男が何十人も山狩りして手掛かりの一つも見つけられぬのに、おなごのお前が遊を捜してみせるだと？　世迷言《よまいごと》も大概に致せ！」

助左衛門に激しく叱責《しっせき》されて、たえは腰を折って咽《むせ》んだ。たえの無念さが助左衛門には、わからぬ訳ではなかった。腹を痛めた母親ならばなおさら。

しかし、助左衛門は捜索の合間にひそかに岩本藩の役人に繋ぎをつけ、そっと様子を窺《うかが》っていた。案の定、答えは知らぬ存ぜぬのつれないものだった。うつけた藩に仕えておるから、そのような事態を招くのだと罵《ののし》られた。

「畏れながら瀬田村がどの藩の支配に置かれるかは、すべてお上のご采配《さいはい》。わたくしはただお沙汰《さた》のままに……」

助左衛門はひれ伏してそう言った。

「ええい、言うな。そちは自分達に有利に働いてくれる藩に靡《なび》いておる。わが藩の苦悩を少しも理解しておらぬ。罰が当たったと思え！」

役人は口汚く助左衛門に怒鳴った。微《かす》かな望みは完全に絶たれた。遊のかどわかしが岩本藩の陰謀だとしたら、役人の口吻《こうふん》から遊の命が保障されたものではないことを助左衛門は悟ったのだ。

遊の捜索が打ち切られた四日後、助左衛門は遊の弔いを出した。たえの気持ちに諦めをつけさせるためと、もちろん、自分の気持ちにも区切りをつけるためだった。

こうして瀬田助左衛門の娘、遊は享年一歳でこの世に別れを告げた者ということになった。

三

瀬田山は四季折々にその姿を変えた。助左衛門の一家にどれほどの悲しみがあったとしても、春は新緑が眩《まぶ》しく、やがて桜に彩られ、夏は濃い緑に萌《も》え、秋は全山紅葉した。冬は頂きの辺りが真っ白な雪で覆われた。

たえは瀬田山に毎朝、掌《て》を合わせる。そして「お腹は空いていませんか、具合は悪くないですか、いい子にしておりますか」などと、まるで自分の声が瀬田山の娘に届いているかのように話し掛けるのだった。

時々、瀬田山から白い煙が上っているのに助左衛門は気づくことがあった。山の裏側にある岩崎村で暮す人の竈《かまど》の煙であろうか、それとも炭焼きの煙だろうか。もしや、そこに遊がいるのではないかと助左衛門も思うことはあったが、それは誰に言うこともなかった。

しかし、瀬田村の村人はひそかに噂をしていたようだ。お遊様は山におられるのではないか、と。そして、その噂は奇妙な尾ひれがついて村人の間に拡まっていた。天狗《てんぐ》を見た――まず、そう言ったのはきこりの茂次《しげじ》だった。秋口に瀬田山の樹木を伐《き》るために山に入った茂次は、道なき道を疾走する黒い影を見た。その勢いは並の人間には到底考えられない速さだったので茂次は天狗と言ったのだ。

瀬田山の近くに住む友蔵《ともぞう》は猿だと言った。

柿の樹に登って柿の実を取っていたという。

やはり、すばやい動きから友蔵は猿だと当たりをつけた。山犬、狼と言う者もいた。夜道で光り輝く双の眼を見たという。甲賀者、修験者……様々な憶測が飛びかった。その話を聞いても助左衛門は俄《にわ》かに信じ難かった。

かつて、瀬田山に住みついた者など、いたためしはなかったからだ。

しかし、助左衛門は岩本藩のさらに西、京に近い場所に忍者が多く輩出した里があることを知っていた。外界から遮断された里である。狭い土地で縄張《なわばり》を守るために修験者同士が争う内、忍術が考案されたという。その里の出身者を警護のために抱えている藩が幾つかあった。もしも、忍者が遊をかどわかしたとするなら、その手口に助左衛門は納得するところがある。そして、瀬田山に住んでいたとしてもおかしくはないとも思う。

泰平の世の中で、忍者は半ば無用の存在である。それでもなお、生き永らえている忍者はいる。昔ながらの修行に励む者が。その者が遊のかどわかしを命じられたとしたら、苦もなくやってのけるだろう。

年が経つほどに助左衛門には遊を連れ去ったのは忍者の仕業と思えてならない。だが、依然として、遊を連れ去った本当の理由が助左衛門にはわからなかった。岩本藩の嫌やがらせが鳴りを静めたように感じられるのは気のせいだろうか。岩本藩は助左衛門に決定的な打撃を与えて溜飲《りゅういん》を下げたつもりなのだろうか。解決されない様々な疑問は相変わらず助左衛門を悩ますのだった。

遊がいなくなったところで助左衛門はその悲しみばかりに浸っていられなかった。庄屋としての助左衛門にはけりをつけなければならない問題が山積みされている。

旅人を泊める宿場の整備、流れた橋の架け替え、稲の生育状況の把握、年貢の交渉、瀬田山で伐採した樹木の後を補う植林、村の行事——助左衛門は遊を失った悲しみを忘れるかのように村務に励んだ。

遊が連れ去られてから五年の月日が流れた。瀬田家では、あれ以来、雛《ひな》の節句を祝うことがなかった。雛人形は土蔵の奥に仕舞い込まれたままだった。

十七歳になった助太郎は、かつて助左衛門がそうであったように京に上った。助左衛門の知人の家に逗留《とうりゅう》して学問に励み、見聞を拡める目的である。

次男の助次郎は十歳で、こちらは助左衛門の後ろをついて歩いたり、乗馬の練習に熱心であった。助次郎は兄と違って読み書きをするより身体を動かす方を好んだ。助左衛門はこの助次郎について、いずれ江戸にやって剣術の稽古《けいこ》でもさせようかと考えている。

農民の子に、そんなことをさせてどうなるという狭量さは、助左衛門にはない。いずれ、庄屋の別家、組頭になるとしても、覚えたことは必ず本人のためになると信じていたからだ。そして、それは村の発展に繋《つな》がることでもあった。

「おとう、天女池に今年も鶴が来るだにか」

助左衛門の伴《とも》をした助次郎は、天女池を見廻《みまわ》った帰り道で訊《き》いた。

「ああ、多分な」

助左衛門は息子を見下ろして応《こた》えた。

「鶴が来ることが知れたら、よその殿様が狩りに来て、鶴は獲《と》られるだに……」

助次郎は少し悔しそうな表情をした。

「島中藩のお許しがあれば、そういうことになろうの」

「一羽、二羽なら構わねェが、無闇《むやみ》に獲ったら鶴はいなくなるずら」

「心配するな。鶴はそれほど馬鹿でもない」

助左衛門は笑いながら助次郎を諭した。

「おら、遊に鶴を見せてやりたかったたな」

助次郎は独り言のように呟《つぶや》いた。助左衛門の胸がつんと疼《うず》いた。

「遊は鶴を見たら喜んだと思うのか」

助左衛門は、ためしに訊いてみた。

「そら喜んだわな。遊は馬を見ても犬を見ても喜んだに……」

「そうか……」

「おとう、遊は瀬田山にいるだにか」

助次郎は早口で助左衛門に訊いた。助左衛門はつかの間、黙った。

田圃《たんぼ》の畦道《あぜみち》を歩いている二人の眼に一面の稲の緑が眩しく感じられる。野分に遭わなければ秋は豊作となるだろう。背後の瀬田山は深緑色をして、気温の上昇とともに靄《もや》が掛かり、ゆらゆらと歪《ゆが》んでいるように見えた。

蝉の声がかまびすしい。しかし、通り過ぎる人もおらず、とろりとのどかな村の風景の中に二人はいた。

助左衛門は首筋の汗を拭《ぬぐ》うと「なぜ、遊が瀬田山にいると思う」と、ようやく口を開いた。

「皆、噂しているだに。遊は瀬田山に連れて行かれて天狗に養われているんだと。遊は天狗の子供になっただか」

「何を馬鹿な。天狗など、この世におらぬ。遊は死んだのだ。弔いをしたことを覚えているだろうが」

「そんでも、遊を墓に埋めた訳ではないずら。遊の亡骸《なきがら》は誰も見ていないだに……」

「遊は死んだのだ。余計なことを言うと、おっ母さんがまた、泣くぞ」

「うん……だけど、昔は赤ん坊の泣き声が山から聞こえただに。この頃はウフフ、アハハと笑う声が聞こえるってよ。米作《よねさく》も捨吉《すてきち》も、遊だ、遊だと言うずら」

米作と捨吉は助次郎の遊び仲間だった。

「空耳だ」

「おとうはそう思うだにか。おらは遊が生きていると思うし、おかあも信じているだに」

「……………」

「なあ、おとう。もしも遊が家に戻って来たら、おとうは遊を家に入れるだにか」

「当たり前だ。もしも本当に戻って来たらの話だが」

「遊が天狗の女になってもか」

「ん？」

「遊が猿や狼みてェな女で戻って来ても、おとうは家に入れるのかと聞いているずら」

助次郎は少し苛々《いらいら》した口調で続けた。

そういう想像を助左衛門はしたことがなかった。もしも、遊が生きていたなら助次郎の疑問はもっともなことだと助左衛門は気がついた。並の娘の暮しはしていないのだ。獣と見まごう姿になっていたとしても不思議ではない。しかし、その想像は助左衛門には堪え難いものがあった。それよりは、このまま故人として偲《しの》ぶ方がどれほどましか知れない。

だが助左衛門は息子の手前「どんな姿になっていても遊は遊だ」と低い声で言った。助次郎は嬉《うれ》しそうに乱杭歯《らんぐいば》を見せて笑った。


瀬田村出身で江戸の油問屋に奉公している正次《まさじ》が久しぶりに村に戻って来たのは、お盆を過ぎた頃だった。江戸に行って初めての里帰りである。正次は、長男の助太郎とは幼なじみであったので、瀬田の家にも土産を持って挨拶《あいさつ》に来た。正次は助太郎が京に上って会えないことをひどく残念がっていた。

助左衛門は正次を茶の間に上がらせ、江戸の話を熱心に聞いた。江戸から離れた山間《やまあい》の村にいる助左衛門にとって正次が話す近頃の江戸の様子は、すべてが興味深いものばかりであった。

流行《はや》りの芝居のことやら、世間を騒がせた心中事件、奢侈《しゃし》を禁止するお上の触れ書きのこと、野菜が驚くほど高直《こうじき》であることなど。

助左衛門は「ほう」と何度も感心した声を上げた。正次はすっかり大人びて、江戸の水に洗い上げられたせいで男前にも見える。

青洟《あおばな》を垂らして田圃の畦道を走り回っていた頃の面影は微塵《みじん》もなかった。

「正次はすっかり江戸者になったなあ」

世間話が済むと助左衛門はしみじみとした口調で言った。

「とんでもございません、庄屋様。店では田舎者、田舎者とからかわれているんでございますよ」

「そうか。奉公は辛《つら》くないか？」

「江戸に行って間もなくの頃は村に帰りたくて仕方がありませんでしたが、三年も経つと慣れましたよ。休みになると店の仲間と遊びに行くのが楽しみにもなりました。何しろ江戸は見物する所が幾らでもありますからね」

「遊びに夢中になって商いをしくじるではないぞ」

「わかっておりますよ、庄屋様。親父と同じことをおっしゃる」

正次は苦笑した。正次は旅の途中で瀬田村に立ち寄った油問屋の主人に見込まれて奉公に上がった男だった。しっかりして真面目な性格に主人は目をつけたのだ。その通り、正次は主人の期待を裏切ることなくお勤めに励んでいる様子だった。

「店の商売はどうだ？　繁昌《はんじょう》しておるのか」

助左衛門は話を続けた。

「江戸では灯《あか》りにする油が高直なんですよ。まあ、油だけに限りませんがね。昔は荏胡麻《えごま》の油を使っておりましたが、最近は菜種が主流です。それでも裏店住《うらだなず》まいをしている人達は魚の油を使っていたりします。こちらは値が安いことは安いのですが、何しろ匂いに閉口します。菜種はいいです。うちの店も菜種油を扱うようになってから大きくなったんですよ」

「そうか。それは結構なことだ」

「旦那《だんな》様は瀬田村の話をよくなさいます。いい所だと。よほどお気に召したんでございましょう」

「そうか、こんな田舎を気に入られたか」

「この村で菜種を作って、それを江戸に運ぶことができたらいいのにと申します」

「しかし、菜種を栽培するのはいいが、それを江戸に運ぶとなると運び賃の下敷きになる。馬も使えば人足も雇わねばならない」

「いずれ、この村で菜種を作り、その油を搾って江戸に運ぶことをお考え下さいませんか。そうすれば村はもっと潤います。菜種油は運び賃を入れたとしてもいい値で捌《さば》けますから。これからは米や麦ばかりに頼っていても駄目だと思います。日照りや野分に遭ったら、元も子もなくなり、借金しなければ喰《く》って行けません」

正次は熱心に菜種油の話をした。どうやらそれは店の主人に勧められたことでもあったようだ。

「ま、おいおい考えておこう。これで瀬田山を越えて江戸に行けるものなら、すぐにでも腰を上げるのだが……」

助左衛門は茶の間から見える瀬田山に眼を向けて独り言のように言った。瀬田山のことが助左衛門の口から洩《も》れると、正次はきゅっと眉《まゆ》を持ち上げた。

「庄屋様、瀬田山には誰か住んでいるのですか」

「ん？」

助左衛門は訝《いぶか》しい顔で正次を見た。

「いえね、村に戻る途中、岩崎村で昼飯を喰ったんですよ。めし屋の亭主の話によれば岩崎村に炭を売りに来る者がいるようなんです。どうやら、そいつは瀬田山に住んでいるらしくて、わたしが瀬田村の出だと言ったところ、知らないかと訊《たず》ねて来たのです。そいつの焼く炭が大層、具合がよくて、運んで貰《もら》いたいと思っているのに、なかなか姿を現さないと言っておりました。炭を売って、その金で米や喰い物を買うと、しばらく岩崎村にはやって来ないそうです」

「………」

岩崎村は瀬田山を挟んで東側にある村だった。そこは瀬田村より江戸に近く、村人の数も多かった。

「瀬田山に住んでいる者などおらん」

「そうですよね。昔からあの山は人が住めるような所じゃないですから……でも、わたしは天狗《てんぐ》が出たという噂を聞いていましたから何んとなく気にはなりました」

「天狗など、この世にいるものか」

助左衛門はそう言ったが声音は弱かった。

何やら心ノ臓もどきどきと音を立てた。

「すると、そいつは忍びの者ですかね」

正次は助左衛門が昔、ふと考えたことを、あっさりと口にした。

「正次、他にもっと詳しい話を聞きましたか」

たえが到来物の菓子を運んで来て正次の話を急《せ》かした。正次は助左衛門を上目遣いで見ると「はい……」と低い声で応《こた》えた。

「言うてみよ」

助左衛門も促した。

「そいつは痩《や》せていて、六尺近い大男だったそうです。着る物はぼろけていましたが、言葉遣いは丁寧で並の炭焼きとは違うと、めし屋の亭主は言っておりました。めし屋の女房は、そいつがよろず屋から菓子と小さい子供が喜びそうな玩具《おもちゃ》を買うのを見たこともあるそうです。男は、もしや子持ちではなかろうかと女房は思ったそうです」

「子供は、その子供を見たようなことは言っていませんでしたか」

たえは首を伸ばして正次の顔を見た。正次は気の毒そうな顔になった。

「いいえ。それは……」

「そうですか」

気落ちしたようなたえに、正次は「お遊様のことですか」と訊《き》いた。たえは曖昧《あいまい》に首を振った。

「あれから五年……お遊様が生きておれば、お庭で毬《まり》つきなんぞをしていられるお年頃だ。あの時は赤ん坊でしたが、わたしは若に顔を見せていただいたことがあります。りりしいお顔で、失礼ながら、お嬢さんのようには見えませんでした。わたしは、からかって、おなごのお遊様ではなく、三男の坊ちゃんだと申しました。若の怒った顔たるやありませんでしたよ」

たえは正次の話に笑いながら眼を拭《ぬぐ》った。正次は助太郎のことを「若」と呼んで、親しさの中にもけじめをつけていた。

「本当に……お遊は生まれた時から泣き声も激しくて、まるで男の子のようでした」

「正次、お前が江戸に戻る時、わしも一緒に岩崎村まで行こう。めし屋の亭主と女房に、炭焼きの男の話を直接聞いてみたいと思うでな」

助左衛門は思いついたように言った。正次は承知してくれたが、その眼に何やら哀れむ色が感じられた。助左衛門とたえが未《いま》だに遊のことを諦《あきら》められないのだと思ったせいだろう。どうにも気になった。大の男が菓子と玩具を買ったということが、
正次が帰ると、たえはそそくさと押し入れの行李《こうり》を引っ張り出し、中から手甲《てっこう》、脚絆《きゃはん》などを出して用意を始めた。たえの健気《けなげ》な母親の姿は助左衛門の胸を打った。

助左衛門はこみ上げるものに堪えられず口許《くちもと》を掌《て》で覆って咽《むせ》んだ。

「われ等はいつまで、いなくなった子供の消息を辿《たど》るのであろう……」

助左衛門の取り乱した様子に、たえは顔を上げた。

「わたくしは、この命が尽きるまでお遊のことは諦めませぬ。だってわたくしは母親ですもの。それが当然ではございませんか」

たえの眼に涙はなかった。久々に訪れた希望の灯《ひ》にその眼は輝いてすら、いた。

四

岩崎村には助次郎を伴った。助次郎は初めての遠出に大層、興奮していた。たえに、きっと遊を連れ帰るとまで豪語した。

岩崎村は街道沿いに細長く商家が軒を連ねている。商家の裏手は田圃《たんぼ》や畑になり、その景色は瀬田村とあまり変わりがない。瀬田山は岩崎村から見ると、また違った山に見えた。

助左衛門は軒を連ねる商家の一軒一軒に炭焼きの男のことを訊ねて廻《まわ》った。しかし、さほど詳しい様子はわからなかった。その男が最初に現れた頃がいつなのかも定かに憶《おぼ》えている者はいなかった。年は三十前後のようだが、それもはっきりとしない。めし屋の亭主と女房の話も正次が言っていたこと以上のものはなかった。

男が菓子と玩具を買ったというよろず屋の女房に訊いても話は似たようなものだった。男が余計な話を一切しなかったせいもある。助左衛門は、ついでにねじり菓子と麦落雁《むぎらくがん》を求めた。

たえにそういう物を買ったらしいと言えば少しでも気が紛れるだろうと思ったの

だ。

助左衛門が商家を廻っている間、正次と助次郎は通りに面した休み処で長床几《ながしょうぎ》に腰掛けて、ぼんやり行き過ぎる人を眺めていた。

正次は旅姿、助次郎も着物を裾《すそ》からげして、股引《ももひ》きに草鞋《わらじば》履きという恰好《かっこう》だった。肩から腰に風呂敷包みを斜めに結わえていた。

「まさ兄《に》い、岩崎村は瀬田村より、でかいだにか」

助次郎は草団子を頬張りながら無邪気に訊いた。

「ここは村人の数も多く、田圃も畑も瀬田村より広いですよ」

「ふうん……あれは瀬田山ずら」

助次郎はそこから見える山を指差した。

「そうです。でもこちらでは岩崎山と呼ぶそうです」

「何んでよ……瀬田山だに」

「山の半分は瀬田村にあって、残りの半分は岩崎村に掛かっております。岩崎村に住んでいる者が目の前にある山を岩崎山と名づけるのは当然です」

助次郎は正次の説明に不服そうではあったが肯《うなず》いた。

休み処の前は旅人が目についた。西へ向かう商人であろうか。皆、大きな荷を担いでいた。

助次郎は、おとなしく団子を頬張っていたが、そこに大八車が通り掛かると床几から立ち上がった。

「どうしたんです、坊ちゃん」

正次が訊いても応えない。助次郎の視線の先を見ると大八車には木樽《きだる》と一緒に小さな子供が乗せられていた。父親らしき男は黙って大八車を引いている。体格のよい男である。後ろの子供は、きょろきょろと辺りを眺めていた。その子供と助次郎は視線が合ったらしい。

子供は助次郎の顔を怪訝《けげん》そうに見ていたが、助次郎が「遊」と、呟《つぶや》くような声を洩《も》らすと喉《のど》の奥でくくっと笑った。

助次郎がその子供に向かって遊の名を呼んだのは、何か確信があってのことではなかった。助次郎は幼い子供を見ると、不用意にその名を呼ぶ。瀬田村から岩崎村へ来る道中も何度かそのようなことがあったのだ。

大八車に乗せられていた子供は、ぼさぼさ髪で、水を何度もくぐったような藍《あい》の単衣《ひとえ》に褪《さ》めた紅のしごきを締めていた。汚れた顔をしていたが小粒のきれいな歯が見えた。正次の眼には、男か女か判断はできなかった。

「これこれ、坊ちゃん」

正次は立ったままの助次郎を制した。しかし、助次郎はもう一度、遊の名を呼んだ。子供は少し興奮したように声を上げて笑った。

その間、大八車を引く男はこちらを見ることはもちろん、後ろの子供を振り返ることもしなかった。正次は男の様子に不自然なものを感じた。自分も子供の頃、父親に荷駄に乗せられたことがあった。騒いだり、暴れたりすると父親は振り向いて「うるせ」と怒鳴ったものだ。拳骨《げんこつ》が飛んで来ることもあった。正次の感覚では、後ろで甲高い声を上げた子供は一喝されて当然のような気もしたのだが、大八車を引く男は意に介する様子もなく前を進んでいた。

「もし、あのもし……」

正次は気後れした顔で、それでも男に呼び掛けた。そそけた髪を結いもせず、後ろで紐で束ねているだけの男だった。尻端折《しりっぱしょ》りした着物の下に鼠色の股引きを着けている。髭《ひげ》も伸ばしたままで、すこぶる鬱陶《うっとう》しい。

「何か……」

男はつかの間、歩みを止めて正次の方を向いた。

「不躾《ぶしつけ》を承知でお伺い致します。後ろのお子さんは、もしや遊というお名前ではないでしょうか」

「………」

　男は存外に澄んだ眼で正次を見つめた。しかし、何も言わず首を振ると、すぐに前を歩き出した。

「ご無礼致しました」

　正次は深々と頭を下げた。正次が顔を上げた時、大八車の男は通りのかなり先まで行っていた。何かもう少し気の利いた返答があってもいいのにと正次は思った。助次郎は思い切れない様子で大八車の後を追い掛け、もう一度「遊！」と呼んでいた。子供は振り向いてまた笑った。

　正次は助次郎の襟首を摑《つか》んだ。そうしなければ、どこまでも助次郎がついて行ってしまいそうだった。

「あれは遊だに。やっぱり遊だに」

　助次郎は正次の腕を振り払おうとして、もがいた。

「人違いですよ。父親が首を振っていたではないですか」

「だけど、あの声は遊だに。おらは何度も聞いた。ちゃんと憶えているだに。おとう、おとう！」

助次郎は切羽詰まった顔になり、助左衛門の名を声高に呼んだ。

よろず屋から出て来た助左衛門は助次郎の様子に少し驚いた表情で訊《き》いた。

「どうした？」

「大八に乗せられた子供を見て、坊ちゃんがお遊様だと言って譲らないのです」

正次は助左衛門に言った。

「あれは遊だに。おとう、遊だに」

助次郎は助左衛門の袖を掴んで揺すった。

「正次はどう思った」

「さあ……一応、声を掛けて子供の名がお遊様ではないかと訊《たず》ねました。父親らしい男は違うと首を振りました」

「炭を持っていたか」

「いえ、そのような物は持っておりませんでした」

「その男、どちらに向かった」

「あっちです」

正次は西の方向を指差した。街道沿いの一本道は視界が利いているのに、大八車を引く男の姿は、その時にはもう見えなかった。

「どうして引き留めなかったのだ」

助左衛門は詰《なじ》る口調になった。正次はそんな助左衛門に驚いた顔をした。

「引き留めるって、庄屋様……」

「せめて、わしが店から出て来るまで引き留めたらよかったのだ。それぐらいできなかったのか」

「…………」

正次は俯《うつむ》いて少しの間、黙った。自分が間違っていたのかどうかを思案する表情だった。

「庄屋様、わたしが引き留めたとして、その後でどうなさるおつもりでした」

しばらくして正次はようやく口を開いた。

「子供が遊かどうかを確かめる」

助左衛門は当然のように応《こた》えた。

「庄屋様には今のお遊様がわかるのですか。赤ん坊の頃に連れ去られて、五年も経っていても、それでもおわかりになるとおっしゃるのですか。子供の顔は五年の内に変わっておりましょう。まして人様が連れておられる子供にお遊様かどうかを確かめるなんざ……」

正次の言葉に助左衛門は、はっとしたような顔をした。遊が生きておれば、すでに六歳。

赤ん坊の頃とはすっかり顔も変わっているはずである。助左衛門の脳裏にある遊は、相変わらず赤ん坊のままだった。ぷっくりとした色白の頬の、髪の毛がぽやぽやと逆立っていた遊でしかなかったのだ。六歳の遊をはっきり確かめられる手立てなど、何一つない。

「兄妹なら、助次郎に少しは似ておろう。正次、その子供は似ていなかったか」

助左衛門は声音を弱めて正次に訊いた。正次は力なく首を振り「気がつきませんでした」と応えた。助左衛門はうんうんと肯いて正次の肩を叩《たた》いた。声を荒らげて悪かったという顔になっていた。

その夜、三人は岩崎村の旅籠《はたご》に泊まり、翌朝、江戸へ向かう正次を見送ってから助左衛門と助次郎は瀬田村に戻った。

たえは岩崎村での経緯にさほど落胆することはなかった。それよりも大八車に乗せられていた子供が遊かも知れないという新たな希望に胸を膨らましていた。

島中藩の馬廻《うままわ》り役、鹿内六郎太が助左衛門の屋敷にふらりと現れたのは、助左衛門が岩崎村に行ってから、ひと月ほど経った頃だった。

鹿内は馬廻りの支配役に出世していた。若いながら落ち着いた行動と指導能力が評価されたのだろう。いずれ家老職まで上る男だと藩内での評判は高い。

鹿内は同役の後輩を伴って訪れた。一文字笠《いちもんじがさ》、ぶっさき羽織、たっつけ袴《ばかま》という野歩きの恰好だった。助左衛門は客間に案内しようとしたが、鹿内は、すぐに城に戻るので庭先でいいと言った。鹿内は縁側に気軽に腰を下ろし、たえの淹《い》れた茶で喉を潤した。

「鹿内様にはご出世あそばされ、助左衛門、心からお喜び申し上げます」

助左衛門は慌てて羽織を引っ掛け、鹿内に祝いを述べた。鹿内は「なに、なに」と、照れたような微笑を浮かべた。一昨年、妻を迎えた鹿内は少し太って貫禄《かんろく》がついたが、陽に灼《や》けた顔には、まだ少年の面差しが残っている。

「今年の稲はどうかのう」

鹿内は秋の気配を感じさせる風に眼を細めながら助左衛門に訊いた。

「この調子では、まずまずの出来と思われます」

「さようか。いや、まことに結構」

鹿内は満足そうに肯いた。鹿内は娘が生まれたばかりである。その娘の日々の成長を眺めていると、遊を連れ去られた助左衛門の胸中がこたえるようで、ことあるごとに慰めの言葉を掛けてくれていた。

「例の瀬田山の天狗《てんぐ》の話であるが……」

鹿内は世間話の後で、そう切り出した。

「先日、山中殿が殿のお伴《とも》で大和国《やまとのくに》に参ったのだ。その時、耳寄りな話を聞いて来た」

山中善助も馬廻り役で助左衛門もよく知っている人物である。

「ちょうど、おぬしの娘が連れ去られた頃、大和国から出奔した者があったそうだ」

「………」

助左衛門は黙って鹿内の口許《くちもと》を見つめた。

膝《ひざ》が自然に前にせり出ていた。

「人妻に懸想《けそう》した男だそうだ。噂になるのを恐れた男は、その女を連れて、ひそかに他国に逃れる算段をしたらしい。何しろ急なことだったらしく着のみ着のままで道中の路銀も満足に持っていなかったようだ。男には追っ手が掛けられたが、男は必死で逃げ、どうにか岩本藩の藩領まで辿《たど》り着いた……」

「それで、いかが致したのですか」

助左衛門は鹿内の話の続きを急かした。

「男は江戸の知人を頼るようだったが、まだまだ道中は遠いし路銀も心許ない。それで岩本藩に縋《すが》ったらしい」

「岩本藩はその男の申し出を受けたのですか」

「藩に駆け込んで来る者は、理由の如何《いかん》に拘《かか》わらず介抱するのが武士の情けであろう」

鹿内は当然のように応えた。

「岩本藩にとって、たかが江戸までの路銀、何ほどのこともなかっただろう。したが、あちらのやり方は、やはり汚い」

鹿内は顔をしかめた。

「おぬしの娘をかどわかせと男に命じたらしい」

「…………」

その話は助左衛門にとって俄《にわ》かに信じられなかった。そこまで詳しい話があったなら、なぜ、今の今まで自分の耳に入って来なかったのだろう。助左衛門には訝《いぶか》る気持ちの方が強かった。しかし、鹿内は淡々と言葉を続けた。

「男は藁《わら》をも摑む思いでおったから、岩本藩の命令を受けた……わかるな？」

「はい」

助左衛門は仕方なく相槌《あいづち》を打った。

「岩本藩は、おぬしの娘をかどわかせと男に命令したが、殺せとまでは言わなかったらしい。恐らくひと晩ほど心配させて懲らしめたらよかろうぐらいに思っていたのだろう。まあ、道端にでも放置せよと言うたのかも知れぬ。したが、あの日は……」

「激しい雷雨でございました」

助左衛門が言うと鹿内は大きく肯《うなず》いた。伴の馬廻り役は鹿内から少し離れた所に控えて黙って二人の話を聞いている。

「いかにも、雷雨でござった。いたいけな乳飲み子をその中に放置することなどできぬ。まして、傍に女がいたとなれば」

「…………」

「最近になって女の実家に手紙が届けられた由」

「手紙、でございますか」

「うむ。その男が書き送ったものだろう。男は数々の非礼を詫《わ》び、女が病で亡くなったと伝えていたそうだ」

「その男はどこからその手紙を」

助左衛門は鹿内に畳み掛けた。

「わからぬ。しかし、内容からして江戸に出ている様子もなかったので、岩本藩から江戸までの道中のどこかにいると思われる」

助左衛門の胸の動悸《どうき》は知らずに高くなった。

その男はもしや娘の遊と暮しているのではあるまいかと。

「その手紙に娘のことは書いていたのでございましょうか」

助左衛門ははやる気持ちで鹿内に訊《き》いた。

「いや、残念ながらそこまではわからぬ。しかし、男の素性には察しがついた」

「ど、どのような」

「甲賀同心であったそうな」

「…………」

やはり、忍術の心得があった者かと助左衛門は胸の中で独りごちた。そうでなければ、遊を連れ去った鮮やかな手口に納得がいかない。

「その男は瀬田山に住んでいるのかも知れぬのう。山中殿もそのように言うておった。この話は女の親戚筋《しんせきすじ》の者から山中殿が偶然に聞いたそうだ。山中殿はすぐにその男とおぬしの娘を連れ去った男を同一と考えられて拙者に伝えて来たのだ」

鹿内は塀の向こうに見える瀬田山に視線を投げて言った。

「もう一度、藩のお力を借りまして瀬田山を捜索することはできないものでしょうか」

助左衛門は恐る恐る訊いた。今度こそ、遊を見つけるのだという思いがひしひしとした。

しかし、鹿内はあっさりと「それはできぬ」と言った。

「なぜでございましょう。新たに娘の存在を示す事実が現れたというのに」

「もはや、おぬしの娘の一件は藩内で処理されてしまったことだ。今更それを覆すことはできぬ。後は……おぬしの娘が自らの意志で村に戻って来るのを待つしかない」

「…………」

「藩の馬場で葦毛《あしげ》の子馬が盗まれておる。天狗の噂も囁《ささや》かれてから久しい。これはいよいよ、いよいよであるのう」

鹿内は言葉尻《ことばじり》に力を込めた。

「娘は生きておるものと鹿内様はお考えになりますか」

「おぬしは生きていてほしいだろうの」

「もちろんでございます。わたくしは父親でございますれば」

「うむ……おぬしの娘が生きておれば幾つになる」

「六歳でございます」

間髪を容《い》れず助左衛門は応《こた》えた。

「まだ無理だのう。まだ待たねばならぬのう」

遊が自力で戻るのは無理だと鹿内は言っていた。助左衛門はそれ以上、何も言わず、塀の向こうの瀬田山に視線を向けた。

五

助太郎は京での修業を終えると瀬田村に戻って来た。五年の間に学問の他、四条円山派の絵も手ほどきを受けたという。

助太郎は島中藩の藩主に館へ招かれ、京の話をあれこれと語った。藩主はひどく満足して助太郎に褒美を与えた。

身に余る光栄と、助左衛門は息子ともども大いに喜んだものである。村に戻って来た助太郎はこれから助左衛門について家を守り、村の発展に尽くす覚悟であった。助太郎は瀬田村に戻った時、一人の娘を伴って来た。それが妻になるお初《はつ》であった。

お初は助太郎が寄宿していた助左衛門の知人の娘に当たった。京にいる間に二人の間に恋心が芽生え、いざ、瀬田村に助太郎が帰る段になっても娘は諦《あきら》め切れずについて来てしまったのだ。助左衛門は知人からの手紙でそれとなく二人のことは知っていた。二人の気持ちが決まっているなら、祝言を挙げさせても構わぬと思った。

むしろ、京にいる知人が、ふと面倒を見た息子に娘をさらわれて、無念ではなかろうかと胸中を察したものだ。江戸ならいざ知らず、瀬田村のような田舎に娘を嫁にやるとは夢にも知人は思わなかったことだろう。

たえは少し臍《へそ》を曲げていた。お初のいない所で「あなたは嫁捜しに京へ参ったのですか」と皮肉な言葉を助太郎に浴びせてもいた。

しかし、一緒に暮すようになるとそんな気持ちもどこかに行ってしまい、お初、お初と嫁の名を気軽に呼ぶようになった。

助太郎の代わりに今度は助次郎が江戸へ出ることが決まった。油問屋に奉公している正次の口利きで、助次郎はその油問屋に寄宿して学問と剣術の修業に励むことになったのだ。

学問所と剣術の道場へ行く以外は店の手伝いもする。そうは言っても助次郎の喰《く》い扶持《ぶち》は助左衛門から毎月、届けられることになる。

助次郎の場合、五年は長過ぎると考え、助左衛門は三年と期間を区切った。修業を終えて瀬田村に戻った暁には別家を立てて独立させるつもりでいた。

正次は瀬田村まで助次郎を迎えに来た。その時にほぼ、八年ぶりで助太郎と正次は再会したのである。すぐに昔ながらの口調で話を交わす二人を助左衛門は微笑ましく眺めた。

助次郎は正次と一緒に嬉々《きき》として江戸へ出発した。

正次が奉公する油問屋「近江屋《おうみや》」は神田須田町《かんだすだちよう》に店を構えていた。助次郎が考えていたよりはるかに大きな店で、奉公人の数も多い。

助次郎は他の奉公人達と同じように店が終われば近くの湯屋へ行き、二階の大部屋で枕を並べて眠った。

江戸の暮しは何も彼《か》もが助次郎にとって刺激的であった。助次郎は一日おきに学問所と剣術の道場に通い、戻って来ると店の仕事を手伝った。学問所は湯島へ通い、仰高門日講《ぎようこうもんにつこう》、略して日講に参加した。湯島の学問所は身分と学力により仰高門日講、御座敷講義、稽古所講義の三種類に分けられているが、この内、仰高門日講は陪臣、浪人の他、農民、町人にも開放されていた。

毎日、朝の五つ半（九時）から九つ（正午）過ぎまで講義があった。

助次郎は瀬田村の行徳寺《ぎようとくじ》の和尚から手習いを教わっていたが、もちろん、日講の程度はそのようなものではなかった。四書、五経の素読でさえ助次郎には難解の極みである。幸い、教授方出役《きようじゆかたでやく》に親切な人間がいて、講義の終わった後にも助次郎の質問を受けてくれ、助次郎の霞《かすみ》の繫《か》かったような頭の中は少しずつ明瞭《めいりよう》になっていった。

剣術は同じ須田町の町内に馬庭念流《まにわねんりゆう》の道場があった。こちらに通う時の助次郎は水を得た魚のように生き生きとなった。好きこそものの上手なれ。助次郎はめきめきと頭角を現し、二年後には目録を授けられるまで進んだ。

近江屋の主《あるじ》、近江屋伝兵衛《でんべえ》は御三卿《ごさんきよう》清水家の御用も賜っていた。ふとしたことで清水家の役人から不足していた中間《ちゆうげん》の心当たりを訊《たず》ねられ、その時、伝兵衛は助次郎のことをすぐさま頭に思い浮かべた。学問所と剣術の道場に通う以外は店の仕事を進んで手伝い、奉公人達とも和気《わき》藹々《あいあい》とやっている助次郎が伝兵衛の眼には好ましく映っていた。

しかし、そうは言っても、助次郎は江戸に働きに来た訳ではない。村に戻ってから兄を助けて村人を引っ張って行く立場の人間である。中間という、言わば下働きの仕事に就かせるのはいささか憚《はばか》る気持ちがあった。

伝兵衛は悩んだ末に瀬田村の助左衛門に伺いを立てた。助左衛門の答えは、よい機会であるので、是非とも奉公させたいというものだった。短い江戸暮しでは、それもよい経験と思ったのだろう。ただし奉公があまり長きにわたっては村に戻る機を逃すので、できれば一年限りという条件をつけていた。伝兵衛がそれを清水家の人間に伝えると、最初は渋い顔をされたが、助次郎の事情も考慮され、やがて了解される運びとなった。

こうして助次郎は御三卿清水家の中間に抱えられることとなった。助次郎が十七歳の春であった。

清水家の家臣は大方が江戸城から派遣されている者だったが、武家の召使いである中間は民間から雇われる場合も多い。身分も町人や農家の次男、三男坊と様々であった。

榎戸角之進は、その清水家に仕える者だった。

御三卿は八代将軍吉宗が将軍家を継ぐべき人材を確保する目的で創設した、言わば将軍家の親戚筋に当たる家である。御三卿は田安《たやす》、一橋、清水の三家を指す。清水家の場合、九代将軍家重《いえしげ》の子、重好《しげのり》を始祖とする。

榎戸角之進は清水家の用人として幕府から派遣された家臣であった。用人は清水家の会計や雑事を引き受ける重職であるが、実際は他の大名家のように大勢の家臣団がいる訳ではないので、若き清水家の当主の伴《とも》もすれば剣術の相手もする。しばしば宿直《とのい》の御用もするというものだった。

榎戸は中間に抱えられた助次郎のことを差し出された書状によって知っていたが、さほどそのことには頓着《とんちゃく》していなかった。江戸雇いの中間は度々顔ぶれが変わった。腰を落ち着けて奉公するという気構えがないのは清水家の中間に限らなかった。

榎戸が助次郎の存在に気づいたのは、まずその元気のよさであったろう。とにかく大声で挨拶《あいさつ》する。今度入って来た中間はやたら元気がよいと、屋敷内でも評判になっていた。

助次郎は利かん気な顔をしていた。まだ十七歳ながら気配りもある。それは今まで世話になっていた近江屋で客商売を学んだ成果でもあろう。聞けば江戸より西へ向かった国境《くにざかい》の村の出であるとか。親はその村の庄屋。

助次郎は次男である由。江戸へ出て来たのも口減らしではなく、学問と剣術の修業、さらに見聞を拡める目的であるという。そういう者が清水家の中間として奉公するならば、中間の質も向上するだろうと榎戸は内心で思ったものだ。

外歩きから戻った榎戸が屋敷の門をくぐる時、助次郎は大急ぎで走り寄って来る。そして大声で労をねぎらう。そればかりではなく、埃《ほこり》にまみれた袴《はかま》の裾《すそ》を手拭《てぬぐ》いですばやく払う。

「よいよい、そのようなこと」

榎戸が笑いながらその手を制すると「せっかくの上等の袴がもったいのうございます」と、冗談とも本気ともつかない言葉を吐いた。

おもしろい男だ。榎戸はそう思った。助次郎の奉公が一年限りという制限つきなのは、国の父親の意向であるらしい。来年には村へ戻り、村務に励む所存のようだ。榎戸はそのせいでもないだろうが、助次郎の存在が気になり出していた。村の庄屋の次男で終わらせるのは惜しいという気持ちがした。そしてその気持ちは次第に膨らんで行くのだった。

助次郎に変化が訪れたのは清水家の当主が鷹狩《たかが》りに出かけることになった日のことだった。奉公して半年が過ぎた頃である。

その日、伴をすることになった家臣の一人が直前になって足を挫《くじ》いた。何しろ、少ない家臣で構成されている屋敷内では他に適当な人間が見つからなかった。鷹狩りの伴は誰でもよいという訳には行かない。野山を歩く達者な足を持っている者でなければならないし、周辺の地理にも詳しくなければならない。屋敷に残っている者と言ったら物書き御用の右筆《ゆうひつ》係の者と高齢の家老職しかいなかった。

榎戸は鷹匠組の家臣から助っ人がどうしても一人必要だと言われた。そうでなければ荷を運べないと。荷は弁当と喉《のど》を潤す飲み水も含まれた。

榎戸はその御用に助次郎を起用することを考えた。狩り場の地理には疎いが足は達者そうだった。

榎戸は他の中間と一緒に庭の清掃をしていた助次郎の所に行き「おぬし、足には自信があるか」と訊ねた。

「はッ、村育ちでありますれば、足だけは丈夫でございます」

助次郎は怪訝《けげん》な顔をしたが、すぐにそう応《こた》えた。清水家に奉公する時、言葉遣いは正次に徹底的に直されていた。しかし、緊張が弛《ゆる》むと、すぐさま国の言葉に戻った。朋輩《ほうばい》の中間にさんざんにからかわれたが、助次郎は別に恥とも思わなかった。

「おぬし、それで狩りはしたことがあるか」

榎戸は笑顔で続けた。助次郎の一所懸命な表情がいじらしくも感じた。

「村の天女池という所に毎年、鶴がやって参ります。その時に仲間と仕掛けを造って獲《と》ったことがございます。鶴の吸い物は極上の味でございました」

助次郎は半ば得意そうに応えた。

「鶴か……それはいいのう」

これから出かけようとする品川の狩り場に鶴はいなかった。鴨《かも》が主な獲物である。鶴を捕獲できるとあれば、殿はどれほどお喜びになるだろうと榎戸はふと思った。

「よし。これから殿とともに鷹狩りに参る。おぬしも伴を致せ」

「本当でございますか」

助次郎の顔が喜びに輝いた。傍にいた中間は少し驚いたような表情をした。

「荷を持つのだ。粗相のないようにしっかり務めよ」

「はッ。ありがたき倖《しあわ》せ。瀬田助次郎、心してお伴させていただきまする」

助次郎はいつもより大声を張り上げ、榎戸を苦笑させた。

鷹狩りは鷹匠が訓練した鷹を使って獲物を獲るという間接的な猟法である。鉄砲、網などを使って行なうのと違って、まどろこしさもある。しかし、それだからこその不思議な魅力もあり、将軍を始め、諸大名が夢中になって鷹狩りに興じていた。

狩り場は一般の人々の立ち入りを禁止し、野良犬、野良猫の駆除、烏打《からすう》ちなど、獲物の天敵となる動物、鳥類を追い払っている。

それればかりでなく、領内に居住する者は歩く時に邪魔になる下草刈り、樹木の保持、臨時の架橋、仕切りを立てるなどの義務を強いられる。新築、増築などの普請工事も獲物を驚かすとして規制されていた。

狩り場はそのために獲物にとっては保護された地域となり、定期的に鷹狩りをすることが適当な間引きとなり、獲物の数は安定していた。

清水家の当主、清水斉道《なりみち》もことの外、狩り好きである。時間も忘れて没頭するところがあった。斉道は元服して間もない十五歳の若さであった。将軍家斉《いえなり》の十七男で、幼名を篤之丞《あつのじょう》と言った。同じく家斉の息子で先に清水家に入っていた兄が早世したために、次の当主として擁立させられた。それは斉道がまだ四歳の時のことである。斉道の母親は（後に榎戸は深い因縁を覚えたものだが）側室のお遊の方であった。

四歳はまだまだ母親が恋しい年頃。いかにご政道上のこととは言え、幼い当主が榎戸には不憫《ふびん》でならなかった。自然、斉道の教育は、人目につかない所では手加減された。

斉道はしばしば高熱を出す脆《もろ》い体質である。癇性《かんしょう》でもあった。しかし、それが重大な病の兆候であるとは、その時はまだ誰も気づかなかった。外歩きをしていると比較的斉道の健康が維持されたので、榎戸は努めて斉道を鷹狩りに案内していたのだ。

鷹狩りの一行は助次郎を含めて総勢十五人。

夜明けとともに品川の狩り場を目指した。

助次郎はこの時、初めて清水斉道の尊顔を間近に拝したのである。今までは廊下を歩いて行く斉道を遠くからそっと眺めているだけだった。助次郎には斉道の表情が大人びて感じられたので、まさか年下であるとは思ってもいなかった。

斉道は贅沢《ぜいたく》な鷹野装束《たかのしょうぞく》に身を包み、馬のあしらいもなかなかだった。しかし、道中、傍に控える榎戸に下卑た冗談も吐いた。それは十五歳の少年には、まま見られることでもあったが、助次郎は清水家の当主たるべき人間の吐く言葉ではないと、内心で興ざめしていた。榎戸が斉道の言葉を意に介するふうもなく受け留めているのにも助次郎は驚いた。

上目遣いでそっと斉道を眺めれば、細面の色黒の顔に、やけに大きく厚い唇が目立つ。

細い奥二重の眼は落ち着きなく始終、動いている。

しかし、呂《りょ》のある声は腹の底に響くようにすばらしかった。だから、助次郎には、その声で卑しい冗談を吐くのが、そぐわない気がした。

しばらくして、斉道は伴をしている助次郎に視線を留めた。

「そこの……弁当持ち。そちは見慣れぬ顔だの。誰だ」

「最近、雇い入れました中間《ちゅうげん》でございます。瀬田助次郎と申しまする」

榎戸が助次郎に代わってそう応えた。

「佐賀《さが》はどうした」

斉道は榎戸に続けて訊《き》いた。佐賀は足を挫いた家臣の名である。

「足を挫きましたので、急遽《きゅうきょ》、瀬田を起用致しました。瀬田はその名の通り瀬田村の出身で、年は十七歳でありまする」

榎戸がそう言うと、助次郎は畏《おそ》れ入って頭を下げた。

「瀬田村？　それはどこにある村だ」

「江戸より少し西にある村でございまする」

榎戸は父親が息子に語るような表情で説明した。

「百姓か。それにしては名字を持っているとは生意気なり」

斉道の物言いに助次郎はむっと腹が立った。

しかし、異を唱えることなど、もちろん、できるはずもない。

「瀬田の父親は村の庄屋を務めております。名字、帯刀を許されておる家柄でございます」

「しかし、何ゆえ、江戸まで出て来て中間をしておるのだ。百姓は百姓らしく稲を刈っておればよいものを」

「瀬田は江戸に学問と剣術の修業、並びに見聞を拡めるために参ったのです。中間務めも見聞を拡める目的の一つでございます」

榎戸の好意的な言葉は舞い上がりたいほど助次郎にとっては嬉《うれ》しいものだった。

しかし、斉道は「瀬田村の瀬田助次郎か……わかりやすい名だの」と苦笑を洩《も》らしただけだった。助次郎から視線を逸《そ》らした斉道はもう、助次郎には興味はない様子で違う話題に変えていた。

上《うえ》つ方《かた》というものが、どのような人間であるのか、助次郎は斉道を見て初めてわかったような気がする。絶対者に友はいない。

兄弟も、兄弟というだけで深い交流がないのだ。伴《とも》の家来にかしずかれ、己れと競争する相手もおらず、気随気儘《きずいきまま》にその日を暮す。清水家の当主としての面目を保っていれば、他は生意気な言葉を吐こうが誰も文句を言う者がいない。

助次郎は自分に友がいること、外れた道を歩きそうになる時、諌《いさ》めてくれる父や兄がいることを、この上もない倖せと、しみじみ感じたのである。

狩り場は鳥の声がかまびすしかった。その鳴き声を聞いただけで、助次郎は獲物が豊富にあることがわかった。鬱蒼《うっそう》とした木立ちの中を抜けると、助次郎には見慣れた田園の風景が拡がった。稲はたわわに実をつけて、もうすぐ刈り入れを待つばかりである。助次郎はその景色を満ち足りた思いで眺めた。故郷の瀬田村もこのように稲が実をつけているのだろうと思った。

秋も深まったその日、狩り場には爽《さわ》やかな風が吹いていた。助次郎はたっぷりと汗をかいたので頰を嬲《なぶ》る風が心地よかった。

しかし、鴨の群れを間近にした斉道が低い奇声を発して、そのまま、つかつかと目の前の田圃《たんぼ》に馬を乗り入れた時、助次郎の汗は急速に引いて寒気さえ覚えた。

「ああッ！」

思わず悲鳴に似た助次郎の声が洩れた。丹精して、今しも刈り入れを待つばかりの田圃を斉道が無残にも馬で踏み荒らしたからだ。

「どうした、瀬田」

榎戸が馬から下りて怪訝な顔で助次郎に訊いた。斉道はすでに一町も先に行っていた。

「殿様が、田に入って……それで、それで……」

「ん？」

「この田圃は半分、駄目になりましただに」

「口を慎め！」

鷹匠組の家臣が助次郎を叱った。慎めと言われたのは思わず洩れたお国訛《くになま》りのせいか、それとも斉道を詰《なじ》る言葉を言ったせいだろうか。助次郎は混乱した頭のまま、俯《うつむ》いた。

榎戸はようやく合点がいった。榎戸にとって斉道の行動は珍しいことではなかった。狩り場と定められている場所では将軍も他の大名も自由に徘徊《はいかい》する。たとえそこに水田があろうが畑があろうが。田や畑を守る農家は異を唱えない。仕方のないことと諦《あきら》めをつけるのだ。

しかし、初めて狩り場を訪れた助次郎には衝撃となったらしい。助次郎にとって、斉道の行動は大変な狼藉《ろうぜき》に見えたのだった。

「そうか……田圃を心配しておったのだな。しかし、それはお狩り場に田圃を持つ者の宿命なのだ。瀬田、そのこと、よっく肝に銘じておけ」

榎戸は助次郎を諭すように言って肩をぽんと叩《たた》いた。助次郎は「はい」と応《こた》えたが、なぜか不覚の涙がこぼれた。榎戸はそんな助次郎を見ない振りで前を向いていた。

その日の狩りは大層な収穫があった。しかし、途中、立ち寄った休憩所でも斉道の我儘な言動は助次郎の目に余った。休憩所で弁当をつかったのだが、やれ、おかずがまずいの、茶が熱過ぎるの、給仕にやって来た娘が醜女《しこめ》なことの。

狩り場から戻る道々、助次郎は、お務めを退くことを早くも考えていた。斉道のような主《あるじ》に仕えていては、こちらの頭がおかしくなりそうだった。年の暮れまでの僅《わず》かな月日が助次郎にとっては途方もなく長い時間に思えた。

六

御三卿《ごさんきょう》清水家の中間として雇われた助次郎はお屋敷の正月の準備が調《ととの》い次第、瀬田村に戻ろうと決心していた。瀬田村の父親に帰る旨を伝える手紙をしたためていた。

江戸は霜月を迎え、すっかり暮れめいている。

清水橋御門内の清水家の中間固屋《ごや》では、他の中間は賽《さい》ころ博打《ばくち》に興じていた。中間の固屋は屋敷をぐるりと取り囲む御長屋の一角にあった。屋敷内で博打は禁止されているものの、長い夜の無聊《ぶりょう》を慰めるために他の中間達はこっそりと興じるのである。丼の中に賽ころを入れ、出た目の数に小銭を掛けるのだ。助次郎も誘われて何度かつき合ったが、いつも負けた。勝ったためしはない。仲間の中間は、いつも負ける助次郎を気の毒がり、この頃は無理に誘うこともなかった。

手紙をしたためている内、助次郎の脳裏に榎戸角之進の顔がふっと浮かんだ。お務めを辞退することに後悔はなかったが、榎戸と別れるのは未練が残る。榎戸は何かと自分を引き立ててくれ、鷹狩りまで同行させてくれた。その好意を踏みにじるような気持ちがした。

年が明ければ助次郎は十八歳。助左衛門と約束した三年の期間も満ちる。これでいいのだと助次郎は自分を納得させてもいた。

そろそろ四つ（午後十時）頃だったろうか。

同室の二人の中間も博打を終え、小腹が空《す》いたので窓から物売りを呼んで何か喰《く》うかという話になった。それには助次郎も喜んで賛成した。屋台の四文屋《しもんや》から田楽や天麩羅《てんぷら》を買う楽しみは瀬田村にいた頃は知らなかったことである。この世にこんなうまい物があったのかと思った。四文屋はその名の通り、何んでも値が一つ四文で、助次郎の懐も、さほど痛むことがなく求めることができた。

その時、三人は屋敷内から何か甲高い悲鳴のような声を聞いた。お互いに顔を見合わせて耳を澄ました。

「殿、殿、何卒《なにとぞ》お心をお静め下されませ」

切羽詰まったような声を三人は、はっきりと聞いた。

「榊原《さかきばら》様じゃあ、ねェだろうか」

古参の中間の六助《ろくすけ》が囁《ささや》くような声で言った。

三人は固屋の戸を開けて、広い庭を隔てた向こうにある屋敷へ眼を凝らした。閉《た》てた雨戸の隙間から微《かす》かな灯《あか》りが洩れていたが、ほとんど漆黒の闇に屋敷は閉ざされている。

それでも荒い足音や、物に突き当たる激しい音は隠しようがなかった。

いきなり雨戸の一つがばったりと外れ、庭に転がり落ちた者がいた。それを追い掛けるように廊下に立ったのは斉道だった。

「殿様はいかがなされたのだろう」

六助は怪訝《けげん》な顔で呟《つぶや》いた。六助は中年の中間で清水家での奉公も長い。斉道の尋常ではない様子にいち早く気づいたのだ。

「おやっさん、殿様は刀を持っていなさる」

若い金蔵《きんぞう》が甲走った声を上げた。金蔵も助次郎も六助のことをおやっさんと呼んで親しみを表していた。年の割に老けた顔をしているからだ。

金蔵の言葉に助次郎はぞくっと背中を粟立《あわだ》たせた。斉道は白絹の寝間着姿であったが、左手に一刀を携えていた。斉道は左利きである。筆と箸《はし》を持つ時だけは右を使う。斉道の姿は夜目にも不気味に見えた。

「乱心されたか……おいたわしや……」

六助は震える声で掌《て》を合わせた。

その間にも斉道は素足のままで庭に下り、刀を構えて、じりじりと庭にいる家臣の傍に詰め寄っている。このままでは家臣の命が危ない。しかし、後ろに控えている家臣は諌める声は掛けるものの、誰も手を出して止めようとする者がいなかった。

「わたしがお止め致します」

助次郎は唇を嚙《か》み締めるとそう言った。

「やめろ、殿は剣術の腕がある。怪我をするぞ」

六助は助次郎を制した。しかし、助次郎は六助の言葉を振り切って庭を小走りに進んでいた。それは助次郎の中にあった意地のせいかも知れなかった。傲慢《ごうまん》な斉道に一矢報いるには今をおいて他にない。

庭に尻餅《しりもち》をついた家臣は近習の榊原秀之助《しゅうのすけ》であった。助次郎と同い年の男である。

「と、殿、お慈悲を……」

榊原は細い声で命乞いをしていた。すでにどこか斬られている様子で身体の動きが鈍い。

斉道の後ろでは家臣が雨戸を繰り、手燭《てしょく》をかざした。庭にいる二人の姿が少し明《めい》瞭《りょう》になった。しかし、家臣達は相変わらず斉道を制止する言葉は掛けるものの、実際は手をこまねいて眺めているに過ぎない。当主も当主なら家臣も家臣だと助次郎は皮肉な言葉を胸で呟いていた。榎戸はお務めを終えると普段は自宅に戻る。その夜もすでに屋敷にはいなかった。

斉道が刀を上段に振り上げた時、助次郎は榊原の傍にすばやく近づき「お待ち下さいませ」と、声を掛けた。

「どけ！　このような無礼者は予が成敗してくれる。邪魔立てすると貴様も同様じゃ」

「畏《おそ》れながら、いかに殿でありましても人を殺《あや》めることはなりませぬ。上様のお耳に入りましては一大事でございます。どうぞ、刀をお収め下さいませ」

「うるさい！　小癪《こしやく》な百姓じゃ。どれ、貴様から料理してくれよう」

斉道は助次郎に向けて再び一刀を構えた。

助次郎は榊原に目配せで逃げろと合図した。

榊原は這《は》いながら必死で斉道の傍から離れた。腰も抜けているようで、その速度は呆《あき》れるほど遅かった。六助と金蔵が途中で手を貸し、二人に支えられるようにして榊原は御長屋へ連れられて行った。

何が剣術の腕があるかと助次郎は思った。

斉道のどこもここも隙だらけである。先刻まで感じていた恐怖は助次郎に、もはやなかった。

「皆々様、わたしが殿をお止めしてよろしいでしょうか。少々、手荒なことにはなりますが……」

助次郎はにじり足で斉道の背後に回りながら、成り行きを見守っている家臣達に訊《き》いた。

誰もすぐには応えなかった。

「殿をこのままにしてよろしいのですか」

思わず癇《かん》を立てた助次郎の言葉に肯定とも否定とも取れない家臣達のどよめきの声が聞こえた。

「腑抜《ふぬ》けめ」

助次郎の口から低い罵《のの》りの言葉が洩《も》れた。

助次郎の動きに合わせて斉道も体勢を変えた。斉道は屋敷に正面を向く形になった。家臣達の手燭に照らされて、斉道の顔が闇の中にぽっかりと浮かんだように見えた。異様に眼が輝いている。唇も紅を刷《は》いたように赤い。

少し熱でもあるのかと助次郎は思った。そう思えるだけ助次郎の気持ちには余裕があった。

助次郎は背丈こそ斉道より低いが、がっしりとした体格をしていた。何より自分が斉道より年上であるという矜持《きょうじ》が助次郎から恐れを取り払わせた。その時の助次郎の気持ちは子供の頃、村の悪童に報復に出た時と寸分も違わなかった。相手をねじ伏せたい一心の、単純な怒りに燃えていた。

身体を後退《あとじさ》りすると見せ掛け、つい、ぐっと足を踏み出して来た斉道から助次郎は真横に逃げる。助次郎の学んだ馬庭念流は元々、農民の剣法と言われた。鋤《すき》、鍬《くわ》を持つ形から編み出されたものである。助次郎はこの剣法が自分の身丈に合ったものと熱心に修業したのだ。形こそ悪いが即戦力としては極めて有効な技が多い。何度か虚を衝《つ》いて来る助次郎に斉道の苛々《いらいら》は募っていた。

ままよ、と遮二無二剣を振るい、体勢が崩れた斉道の腕を取り、助次郎は膝《ひざ》で腹に蹴《け》りを入れた。

斉道は堪え切れず刀を離した。それをすばやく向こうに蹴り飛ばすと、助次郎は斉道の腕を背中にねじ上げた。

「おのれ、百姓。ただではおかぬ」

斉道が吠《ほ》えた。しかし、助次郎は斉道の腕を押さえる力を弛《ゆる》めなかった。斉道は苦痛に呻《うめ》いた。

「瀬田、そこまでじゃ」

助次郎の背後から榎戸の声が聞こえた。家臣の一人が慌てて榎戸の自宅に走って事態を知らせたのだろう。榎戸は普段着のままだった。

助次郎が榎戸に言われるままに斉道を押さえていた腕の力を抜くと、ここぞとばかり斉道の拳《こぶし》が助次郎の顎《あご》に報復の一発をくれた。

すぐさま足で助次郎の顔を蹴り上げた。

「おのれ、おのれ」

なおも乱暴を重ねる斉道を榎戸と家臣が慌てて取り押さえた。

が、斉道は奇声を発して、そのまま後ろにばったりと倒れた。極度の興奮が斉道に異常をもたらしたのだ。斉道は真っ青な顔で身体を細かく痙攣《けいれん》させていた。医者だ、医者だと家臣が口々に叫び、清水家の家臣はその夜、誰もが一睡もできなかったのである。

用人部屋で助次郎は榎戸と向き合っていた。

斉道に蹴られたので助次郎の目尻《めじり》は切れ、鼻血も出た。腫《は》れた顔の助次郎を榎戸は気の毒そうな表情をして見ていた。榎戸の前には助次郎のしたためた書状が置いてあった。斉道に無礼な振る舞いをしたので、お務めを辞退することをすぐさま考えたのだ。榎戸はそれを読んでから深い吐息を洩らした。

奥医師の山田善庵《ぜんあん》は斉道の病状を発疳《はっかん》と見立てた。榎戸には聞き慣れない病名である。

頭がよく神経過敏な人間が極度の緊張を強いられると起こる症状であるという。極度の緊張というのが榎戸には解せなかった。今まで、斉道には言いたい放題、やりたい放題を許していたと思っていた。それでもなお、斉道が心を煩《わずら》わせるものがあったのかと。

そのことが榎戸には衝撃となった。斉道の病はこれといった治療法はなく、ただひたすらに斉道の神経を逆撫《さかな》でしないよう気を遣うことを指示された。

榊原秀之助はあの夜、斉道の夜伽《よとぎ》の番に就いていた。斉道は蒲団《ふとん》に横になって一刻《いっとき》しても眠られずにいた。斉道は寝間の外に控えている榊原を呼んだ。

しかし、その時、若い榊原は昼間の疲れが出て、いねむりをしていた。斉道の声に気づけなかった。

「近《ちこ》う、近う」

斉道は苛立った声で、なおも榊原を呼んだ。

一向に応答がない。床に起き上がった斉道は次の間に続く襖《ふすま》を開けた。榊原は呑《のん》気《き》な表情で舟を漕《こ》いでいた。かっと斉道の頭に血が昇ったらしい。自分が眠られずに悶々《もんもん》としているのに、近習であるそちは何んだ、ということである。

普段ならちくりと皮肉を洩らすだけだが、その夜の斉道はやはり常軌を逸していたようだ。寝間に取って返し、床の間の刀掛けから刀を摑《つか》み、抜刀して榊原の頰にあてがった。

さすがに眼を覚ました榊原は目の前にある刀に驚き、悲鳴を上げた。その取り乱し方が見苦しいと、斉道はさらに立腹した。そのまま、逃げる榊原を追って騒ぎとなってしまったのだ。

「おぬしは殿に対して無礼な振る舞いをしたと思っておるようだが、あの夜、殿はお心が尋常ではなかった。おぬしは自分を責めることもない。ご奉公は一年という約束。まだ、月日は三ヶ月を残しておる」

「申し訳ございませぬ。いかに殿のお心が普段と違っているとは言え、やはり、わたしのことを快く思いは致しませぬ」

「榊原はあのようなことがあったというのに致仕するとは言うておらぬぞ」

榎戸は諭すように言った。

「榊原様は元々、お武家の出。わたしは嘘も隠れもない百姓でございます。お務めに対する覚悟はわたしと比べようもございませぬ」

助次郎はむきになって応《こた》えた。榎戸がふっと笑った。

「殿のお言葉に拘《こだわ》っておるのか？　おぬしを百姓と、ことさら貶《おとし》められた……」

「………」

いかにも助次郎は百姓と罵《ののし》られたことに拘っていた。百姓が米を作らなければ武家の暮しも成り立つまいと。しかし、助次郎は黙った。それを口にしたところで詮《せん》のない話である。

「殿は……いや、殿だけでなく大名家の主《あるじ》とは皆、ああしたものだ。いちいち気にしていては、こちらの身が持たぬ」

「………」

「殿をお諫《いさ》めしたのはあっぱれだと拙者は思うておる。おぬしがいなかったならば、榊原の命はなかっただろう。榊原も大層、喜んでおったぞ」

「榊原様のお怪我の方は？」

助次郎はその後の榊原の様子を訊《たず》ねた。

「うむ。少し刀傷を負ったが大事はない」

「さようでございますか。それはよろしゅうございました」

助次郎はようやく安堵《あんど》の笑みを浮かべた。

「瀬田、おぬし、清水家に仕える気持ちはないか」

榎戸の言葉を助次郎は、すぐには理解できなかった。今の今、中間の仕事を退く話をしているというのに。

「拙者はおぬしのような家臣がほしい」

「…………」

「何事にも恐れず立ち向かう家臣がの。清水家の家臣は腑抜けが揃いも揃っておる」

吐き捨てるように言った榎戸の顔を助次郎はまじまじと見つめた。榎戸は助次郎の強い視線から目を逸《そ》らし、立ち上がって障子を開けた。

庭の樹木は半分以上、冬囲いがしてあった。

出入りの植木屋の仕事もあと何日かで終わりになる。冬仕度が済むと清水家は新年を迎える準備に移る。

「殿は上様の御子である」

榎戸はそんな庭の様子を眺めながら助次郎に背を向けたまま口を開いた。

「存じております」

助次郎は肩幅の広い榎戸の背中を見つめて応えた。

「上様は艶福家《えんぷくか》であらせられるので、子女が何十人もいらっしゃる。そのお一人、お一人の身の振り方を考えねばならぬのだ。上様もさぞかし頭を悩ませておられるはずである。御三卿《ごさんきょう》清水家は、その中でも格別由緒正しきお家柄。そのお家を守ることがわれ等の務めだ。殿がこの清水家にお越しになったのは僅《わず》か四歳の頃だ。四歳という年を考えてもみよ。まだまだ母親が恋しい頃だ。それを無理やり引き離されて清水家の当主に据えられたのだぞ。殿は、いかにお立場とはいえ、寂しい思いをされて来たのだ」

「しかし、だからと言って何も彼《か》も我儘《わがまま》が許されてよいということにはなりませぬ。まして人の命に拘《かか》わる問題が起きました場合……」

「さよう」

榎戸は振り向いて低く相槌《あいづち》を打った。

「殿の我儘は拙者にも責任があろう。ましてそれが病をも引き起こしたとあらば……」

「…………」

「もはや、これまでとは訳が違う。拙者一人の力ではどうにもならぬ。瀬田、拙者に手を貸してはくれぬか」

榎戸は助次郎の前に座って切羽詰まった表情で言った。

「買《か》い被《かぶ》りでございましょう。わたしにはそのような器量はございませぬ」

しかし、助次郎はにべもなく言った。清水家を退く覚悟は、その時は堅かった。

「おぬしが瀬田村に是非とも帰ると言うならば無理に止めはせぬ。しかし、約束の月日はまだ残っておる。約束は果たして貰《もら》う」

榎戸は毅《き》然《ぜん》として言った。

「残りの月日をどうでも務めよと仰せられますか?」

「むろん。ただし、この正月を瀬田村で過ごすことは許す。その後で戻って来いと言うのだ」

「わたしが戻らなかったとしたら、ご用人様は如何《いかが》なされます?」

「瀬田村まで迎えに行くぞ」

榎戸は半ば脅すように言った。しかし、その後で甲高い声で笑った。

「案ずるな。嘘だ。たとい、お務めを退く決心が変わらずとも、一旦《いったん》はここへ戻れ。瀬田村ではお父上とよっく話をされよ。よいか、拙者はおぬしを士分に取り立てる所存だ。百姓から侍になるのだ」

榎戸は信じられない言葉を助次郎に言った。

そういうことができるものだろうかと訝《いぶか》る気持ちが助次郎には強かった。

「拙者の言いたいことはそれだけだ。おぬしのお父上には仔細《しさい》を手紙にしたためる。それを持って行け。よいな」

つかの間、榎戸は助次郎の顔を深々と覗《のぞ》き込むと、肩を一つ、ぽんと叩《たた》いて部屋を出て行った。後に残された助次郎はしばらくその場に呆然《ぼうぜん》と座っていた。侍になる……その言葉が助次郎には重く響いた。

七

「坊ちゃん、それでどうなさるんで？」

正次がちろりの酒を助次郎に勧めながら訊《き》いた。清水家に暇乞《いとまご》いした助次郎はその足で神田須田町の近江屋を訪ねた。近江屋伝兵衛に今までの経緯を話すと、伝兵衛は深く肯《うなず》いて助次郎の労をねぎらってくれた。その夜は店に泊まり、翌朝早く、江戸を出立するつもりでいた。

正次は店を閉めた後に近くの一膳《いちぜん》めし屋に誘ってくれた。正次の馴染《なじ》みの店だった。飯を喰《く》わせる店だが、夜は酒も出す。

「おら、どうしていいかわからん。ただ、おらに侍は無理だということはわかる」

「なぜです？　御宰《ごさい》になっただけでも大したものですのに、これから侍にしていただけるなんざ、並の人間が望んでも叶《かな》わないことですよ」

正次はわかっていないと助次郎は思った。

御三家、御三卿に仕える中間《ちゅうげん》のことを、市中の人々は「御宰」と呼んで、他の武家屋敷の中間と区別していた。助次郎は鷹狩《たかが》りに同行した話や、斉道の尋常ではない振る舞いのことを、やや声をひそめて正次に話した。正次はそれを聞いても格別驚く様子もなく、鼻先でふんと笑った。助次郎は少しむっとした。

「そんなこたァ、大名屋敷の殿様にはよくあることですよ」

正次は榎戸と同じようなことを言った。

「まさ兄《に》いとおらは考えが違うんだ。おらはとてもじゃねェが、ついて行けないと思った」

「それで尻尾《しっぽ》を巻いて村に逃げ帰るということですか」

「………」

助次郎は苦い顔で盃《さかずき》の酒を呷《あお》った。いつもは助次郎の意見に賛成することの多い正次が、妙に引き留めるような言い方をするのが解せなかった。

「おらは所詮《しょせん》、井の中の蛙《かわず》だったに……」

「瀬田村にいた方が性《しょう》に合うと坊ちゃんは思っているんですか」

「ああ。おらは百姓だで、侍にはなれねェ」

「珍しく弱気ですね。三年前に江戸へ出て来た時の坊ちゃんとは大違いだ」

そう言った正次の顔を助次郎はまじまじと見つめた。

「まさ兄いは、おらがこのまま清水様の家来を務めて侍になった方がいいと思っているのか」

「そうですね。その方が坊ちゃんのためにはいいと思っています」

「どうしてよ」

「瀬田の家は若が立派に跡を継ぎなさるから、坊ちゃんは違う生き方をしてもいいんじゃないですか。坊ちゃんなら侍でも何んでも、おできになりますよ。何より、剣術《やっとう》の修業をしたことがもったいない。百姓に剣術はいりませんからね」

「………」

「坊ちゃんが清水様のお屋敷に奉公されたのも、それがきっかけで侍の道が開けようとしているのも、神仏のお導きだとわたしは思いますよ」

「まさ兄いはずい分、仏くさい考えになったもんだ。まだ、そんな年でもねぇだろうに」

助次郎は皮肉を浴びせた。正次の眉《まゆ》がきゅっと持ち上がり、真顔になった。

「坊ちゃん、よく考えて下さい。世の中のことをですよ。当たり前なら百姓は侍にはなれないんですよ。たとい、庄屋の息子であろうと。これは坊ちゃん一人の問題ではないと思います。坊ちゃんの、これから生まれて来る子供や孫にまで拘わって来るんです。もしも坊ちゃんの血を引く者が、後で侍になる機を逃したと知って悔やんだとしたらどうなさいやす」

「知らねッ。おらは先のことなんざ考えたこともねェ」

「そいじゃ、これから考えて下さい。そのために村にお戻りになるんなら、わたしも反対致しませんよ」

「おとうと兄さと、よく相談して来る」

「そうですね。それがいいでしょう。まあ、分家を立ててもらって瀬田村で一生を終えるつもりなら、わたしもこんな余計なことは申しませんが……」

「まさ兄いは瀬田村より江戸がいいだにか？」

「そりゃあね」

正次は悪戯《いたずら》っぽく笑った。

「わたしは坊ちゃんと立場が違います。わたしが親父や兄貴の手伝いをして田圃《たんぼ》を耕したところで高が知れてますよ。それより江戸で給金の入るお店《たな》奉公の方がいいです。それに……わたしは江戸が好きなんです」

正次はそれが一番の理由とばかり、きっぱりと言った。

「おらは瀬田村がいい」

「戻ってごらんなさい。瀬田村がどれほど退屈かよくわかりますよ。江戸は様々な人がいて油断のならない所ですが、毎日がことごとく違う。何かしら変化がある。昨日と今日は違うし、明日もまた違う。それがわたしにはたまりません。瀬田村はどうです？　十年一日《いちじつ》のごとく何も変わらない。変わらないことは果たしていいことなんでしょうか」

「おら、遊のことも気になるだに……」

助次郎は正次の話の腰を折った。

「江戸にいたら遊が戻って来ても会えないずら」

「まだお遊様のことを？」

諦《あきら》められないのかと正次は訊いている。助次郎はこくりと肯いた。正次は助次郎の盃に静かに酒を注いだ。

「どんな娘になっているものやら……」

助次郎は一膳めし屋の煤《すす》けた天井を仰いで呟《つぶや》くように言った。

「坊ちゃんはいい兄さんですよ」

正次はしみじみと言った。

「おらは遊に会いてェ。それが一生の望みだに。それさえ叶えば後は何もいらねェ」

「昔、岩崎村で小さい子供を見ましたねえ。あの子供を坊ちゃんはお遊様だと言って譲らなかった。今でもそう思っていなさいますか」

正次の問い掛けに助次郎は迷うことなく肯いた。

「わたしも実はそう思っているんですよ。お遊様はきっと生きていらっしゃいます。そして、必ず瀬田の家にお戻りになります。それは坊ちゃんが村にいようが江戸にいようが関係ありません。坊ちゃんはその前に自分の生き方を見つけることです。お遊様の兄さんとして恥じないように」

「………」

「わたしは待っておりますからね、坊ちゃん。江戸に戻って来るのを」

正次は言葉に力を込めた。助次郎は返事の代わりに盃の酒を勢いよく喉《のど》に流し入れた。

助次郎は翌朝早く、正次に見送られて江戸を後にした。久しぶりに戻る故郷に心が弾んでいた。街道は雪こそなかったが、霜枯れた景色が続いていた。もう少し長く清水家に留《とど》まっていたなら、雪のために峠越えはできなかっただろう。そう思うと、斉道の事件が不幸中の幸いとも感じられた。正月前の街道はさすがに物見遊山《ゆさん》の旅人の姿はなく、荷を担いだ商人らしい者ばかりである。助次郎はそんな街道をはやる気持ちで急いだ。

岩崎村に着いたのは江戸から出発して三日目の午後のことだった。そのまま歩いても瀬田村に着く頃は夜中になる。泊まることも考えたが、たとい夜中であろうと瀬田村までの道なら心細いことは微塵《みじん》もない。助次郎はそのまま歩みを進めた。

岩崎村から眺める瀬田山は頂きをうっすらと雪化粧していた。しかし麓《ふもと》は身体に滲《し》みるような風が吹いているだけで雪の気配はなかった。見慣れたはずの瀬田山がひどく懐かしく助次郎の眼に映った。自分はやはり瀬田村が好きなのだと改めて助次郎は思う。

瀬田村へは瀬田山の裾野《すその》に沿って街道が、ぐるりと回る道筋になっていた。街道の両側に並んでいた商店が途切れると、後は刈り入れを終えた田圃が続くばかりである。通り過ぎる人もめっきりと少なくなり、二町も歩くと瀬田村へ向かう人間は助次郎一人となった。

風は冷たかったが天気のよい日であった。

助次郎の後ろから馬のひづめの音が聞こえた。つと振り向くと山子《やまご》のような形《なり》の少年がゆっくりとついて来ている。少年も瀬田村に行くのだろうかと、ふと思った。

少年は助次郎の姿を認めると、馬の歩みを移動させて道を隔てた向かい側を歩き出した。

しばらく助次郎は少年と平行する形で進んだ。少年は助次郎には知らない顔である。

たっつけ袴《ばかま》に手甲《てっこう》、脚絆《きゃはん》、綿入れの小袖《こそで》の上に獣の皮の袖なしを重ねていた。髪は結わず、紐《ひも》で束ねているだけである。

「おい。お前は瀬田村の者か？」

助次郎は気軽な声を掛けた。少年は少し驚いた顔をしたが、首を振った。

「そいじゃ、どこまで行く？」

少年は助次郎の問い掛けに答えなかったが、目線が瀬田山の方を向いた。

「瀬田山か？」

助次郎が今度は驚いた表情になった。

「瀬田山など知らぬ」

声変わりのしていない甲高い声が響いた。

「こっちでは岩崎山と言うそうだ」

「ふん」

少年はようやく合点のいった顔をした。しかし、山に行くとも行かないとも言わなかった。

「山はもう雪が降ったのか？」

助次郎は話の糸口を捜して言った。

「見ればわかるだろうに。頂きが白いのに気づかぬか。初雪が降ってひと月も経つわ」

少年は吐き捨てるように応《こた》えた。むっと助次郎は腹が立った。その瞬間、どういう訳か斉道の顔が頭に浮かんだ。少年の傲慢《ごうまん》な物言いは斉道と共通するものでもあったろうか。

「ぬしは瀬田村に行くのか」

しばらく黙ったままの助次郎に今度は少年の方から声を掛けて来た。

「ああ」

「街道を歩いて行くのか」

「そうだ。それしか道はない」

「ご苦労だの……」

少年は鼻先で笑った。

「ぬしはどこから来た」

少年は続けて訊《き》いた。

「江戸だ」

「江戸？　ぬしは江戸にいたのか」

少年の眼が輝いた。くっきりした眉の下の眼は形のよい棗《なつめ》型をしている。

「そうだ。だが、おらは瀬田村の出だ。これから村に帰るところだ」

「また、江戸に行くのか」

「さあ……それはわからぬ」

「江戸はどんな所だ。山はあるのか」

「山？」

助次郎は呆気《あっけ》に取られて少年の顔を見た。

少年は間抜けな質問をしたと気づき、さっと頰を染めた。

「江戸は人が多いだけで瀬田山のような山はない。丘のような低いものばかりだ」

助次郎は笑顔を見せて言った。少年の純な表情が愛らしいと思った。

「そうか。ならばおれは江戸に出るのはよそう」

少年は取り繕うように言った。田圃の畦道《あぜみち》に赤い菊の花が所々、咲き残っている。それは薄茶色の秋の景色の中で彩りとも感じられた。二人の歩みは瀬田山の麓に掛かった。そこから山道と街道に分かれる。少年はつかの間、たづなを引いて馬を止めた。助次郎はそこで別れるのだなと思った。

「そいじゃ、お前は気をつけて行け」

助次郎は少年に言葉を掛けた。少年はろくに返事もしなかった。二、三歩進んで、助次郎は懐の菓子に気づいた。岩崎村でふと思いついて求めたねじり菓子である。助次郎は少年の所に戻り「ほら、菓子だ。喰《く》え」と、紙に包まれたそれを少年に差し出した。少年は黙ってそれを受け取ったが、踵《きびす》を返した助次郎に声を掛けた。

「瀬田村まで馬で送ってやるぞ」

「いや、瀬田村まで結構な道程《みちのり》がある。いかに馬でも難儀だ。お前の戻りが遅いと家の者が心配する」

「近道を知っている」

少年は覆い被《かぶ》せた。

「おらはこの辺のことならよく知っている。近道などある訳がない。気にせずお前は戻れ」

「ほんの二刻《ふたとき》（四時間）ほどで池に出る」

助次郎はぎょっと少年を見た。

「天女池のことだにか？」

「名は知らぬ。大層美しい池だ」

助次郎は怪訝《けげん》な顔をしたままだった。しかし、少年は「乗れ！」と助次郎を促した。

少年の差し出した手には摑《つか》まらず、助次郎は、あぶみに爪先《つまさき》を引っ掛けただけでひょいと少年の後ろに飛び乗った。

「馬は乗れるようだの」

少年はからかうように言った。

「本当に近道を知っているのか」

助次郎は少年の背中に訊いた。

「おれが嘘を言っているとでも」

「いや……」

「だが、送ってやったこと他言無用だぞ。親父様に知れると小言を喰らう」

「あ、ああ」

驚いたことに少年は山道を進んで行った。

「山を越えるのか」

助次郎は心配になって少年の耳許《みみもと》に訊いた。

少年は助次郎の息が掛かるとくすぐったそうに首を竦《すく》めた。

「他に近道があるか」

少年は至極当然な口調だった。

「しかし……」

「案ずるな。山のことなら、ぬしよりおれの方が詳しい」

「お前は山で暮しておるのか」

「余計なことを聞くな。振り落とすぞ」

少年はいきなり馬の腹に蹴《け》りを入れた。助次郎はその瞬間、本当に振り落とされそうになって少年の胴にしがみついた。

山は紅葉が終わった後の冬枯れた景色が続いた。枯葉が夥《おびただ》しく道を覆っている。馬の歩みとともに、かさこそと乾いた音を立てる。

「お前は、まさか山賊の一味ではないだろうな」

不安が助次郎にそんな言葉を言わせた。少年は愉快そうに声を上げて笑った。

「ぬしの身ぐるみ剝《は》いで山の中に置き去りにしたところで誰にも気づかれぬ」

「銭はさほど持っていないぞ」

「冗談の通じぬ男だ」

九十九折《つづらお》りの山道を一刻ほど登ると、やがて視界が開け、広い野原のような所に出た。

助次郎はもちろん、そんな所まで来たことはない。辺りをきょろきょろと眺めているばかりである。

「少し休む。東雲《しののめ》に水を飲ませねばならぬ」

少年はそう言って馬から下りた。助次郎もそれに続いた。東雲というのが、その馬の名であるらしい。

「どこで水を飲ませるのだ」

助次郎は広い野原を見回した。所々、高い樹木も植わっているが、他はほとんど遮る物もない。少年は馬のたづなを引いて野原を横切った。笹藪《ささやぶ》の陰から沢が見えた。幅は狭いが水量が多い。

「おらの村では、山の沢に近づいては戻って来られぬと言われていた」

東雲に水を飲ませている少年に助次郎は独り言のように呟《つぶや》いた。顔を上げた少年に白い歯が覗《のぞ》いた。

「大丈夫だ。目印がある」

「何んだ、目印とは」

少年は野原の北側にすっくと立っている樹木を指差した。

「あの樹を見ろ」

「桜か？」

葉を落としている樹木は、さだかに種類の見当がつけられない。それでも木肌から助次郎はそう言った。

「もっと下を見ろ」

「下？」

助次郎は眼を細めた。樹木の下は上に比べて極端に太いと思った。しかし、少年の意図するところはわからなかった。

「わからぬかのう」

少年は残念そうに溜《た》め息をついた。

「下は銀杏《いちょう》だが、途中から桜になっている樹だ」

「はん？」

助次郎は呑《の》み込めない顔で、もう一度、その樹を見つめた。なるほど幹の途中から突然に桜になっている。

「どうして、このようになってしまったんだ」

「昔、銀杏の樹に雷が落ちて、幹の途中から折れたらしい。その折れた所に桜が芽をつけたのだ。ちょうど北にあるので目印になる。ここは四方、同じような景色だから、どちらが北か南か見当がつけられぬでの」

「なるほど……しかし、ここは山の頂上になるのか？」

「いや。谷の向こうはもっと高い。瀬田村に下りるのは、ここを通った方が都合はよい」

「谷もあるのか」

「何を不思議そうにしておる。山には谷もあれば沢もある。しかし、おれはこの場所が好きだ。ここに来ると清々する。おれは、ここを千畳敷と呼んでいる」

「千畳敷か……」

助次郎には何も彼《か》もが信じられない気がした。少年は馬の鞍《くら》に引っ掛けていた竹筒を取り上げると、それで水を汲《く》んだ。助次郎に差し出して「飲め」と言った。喉《のど》が凍りつきそうなほど水は冷たかった。

「うまい」

手の甲で唇を拭《ぬぐ》って助次郎は竹筒を返した。

代わりに少年は自分も水を汲んで少し飲んだ。頬を嬲《なぶ》る風は、すでに冬の到来を告げるように芯《しん》のようなものが感じられる。

「山に詳しいのなら、十三、四の娘を見掛けたことはないか」

助次郎は意気込んで訊《き》いた。遊のことである。

「娘だと?」

少年は二、三度、眼をしばたたいた。

「そうだ。昔、おらの妹が何者かに連れ去られてしまったのだ。村の噂ではどうやら瀬田山に住んでいるらしい。おらもそう思っている。しかし、この山は昔から奥に入ると戻って来られぬとの言い伝えがあった。それで探索も思うようにできなかった。知らぬか」

「さて、一向に」

少年はにべもなく応《こた》えた。少年はその話には興味がない様子で水を飲む東雲の方に視線を移した。助次郎は構わず続けた。

「おらが十歳《とお》の時、岩崎村で妹らしい子供を見た。背の高い男と一緒だった」

「その娘、名前は何んという」

「遊だ。遊ぶという字を充てる」

「ゆう……」

少年は独り言のようにその名を呟いた。

「心当たりはあるのか？」

「ふん、親父様に聞けば、あるいは、わかるかも知れぬ」

「是非にも聞いてくれ。そして、もしもそれらしい娘の居所がわかったら、瀬田村の瀬田助左衛門の家に知らせてくれ。礼をする。庄屋をしているから村人に声を掛ければ誰でも案内してくれるはずだ」

「せたすけざえもんか？」

「そうだ」

「わかった。居所がわかったら必ず伝えよう」

「きっと頼んだぞ」

助次郎は念を押した。

「さて、そろそろ行くとするか。ぐずぐずしていると日が暮れてしまう」

少年は東雲のたづなを取って沢から引き上げた。

それから助次郎はまた馬の背に揺られることになったが、千畳敷から前へ進む時、来た道を戻るような心地がした。助次郎がそれを言うと「案ずるな、先へ進んでいる」と少年は応えた。助次郎の感覚で進んで行ったなら、道に迷うことにもなっただろう。山から戻らなかった人々は、こんなふうに道に迷ったのかも知れないと助次郎は思った。

千畳敷から先の道は、ほとんど道の体裁を整えてはいなかった。伸びた樹木の枝が何度も助次郎の頰を打ちそうになった。日暮れに近いせいもあったが、陽の目もあまり届いていないようだ。葉を落とした季節でこうだから、夏場は鬱蒼《うっそう》とした樹木が視界を覆い、歩くことさえ容易ではないだろう。

足許が下り道になってから半刻《はんとき》後、少年は東雲のたづなを引いてつかの間、歩みを止めた。

「あれが、ぬしの言う天女池だ」

まさかという気持ちが助次郎の中にあった。景色が違って見える。そこは天女池ではなく、別の所かも知れないと思った。薄闇の中、さざ波が立つ水の面が、かろうじてわかった。

少年はさらに池に近づき、半町ほど手前で「着いたぞ。さっさと下りろ」と言った。

「本当に天女池か？」

助次郎は東雲から下りて地面に立っても覚つかない心地がしていた。

「歩いて確かめてみよ……どっちに行くつもりだ？　それでは山に逆戻りだ」

方向感覚をすっかり失っていた助次郎を少年は笑いながら窘《たしな》めた。

「礼を言うぞ」

「なん……気をつけて行け」

「お前もな。お前……名前は何んという」

助次郎は東雲の向きを変えた少年に慌てて訊いた。

「名前など知らぬでもよい。聞いてどうするのだ」

「世話になったから名前ぐらい覚えておこうと思ってな」

「余計なことだ……さらばじゃ」

少年はそう言い捨てると後も見ずに山の中へ入って行った。助次郎はその後ろ姿をしばらく見送ってから自分も踵《きびす》を返した。

天女池の周りについている細い道を歩いて、ようやく見慣れた瀬田村の景色が助次郎の眼に飛び込んで来た。それを見て助次郎は心からほっとした。しかし、同時に狐に化かされたような気持ちもした。半日も掛かる道程を僅《わず》か二刻ばかりでやって来たのだから。

恐らく、岩崎村から瀬田山を越えて村に入った人間は自分が最初ではなかろうかと思う。

あの少年がいなければそれも叶《かな》わぬことだった。あの少年が、あの少年がと呟いて、助次郎は突然、後方を振り返った。あの少年は、果たして少年であったのだろうかと。もしや、女ではなかったのだろうか。東雲に振り落とされまいと必死でしがみついた腰の肉の柔かさは気のせいか。

「遊！」

思わずその名が助次郎の口を衝《つ》いて出た。

しかし、目の前に迫るように立っている瀬田山から、ひと際強い風が吹き下ろされ、助次郎の声はすぐさま掻《か》き消されてしまった。

八

瀬田助左衛門は榎戸角之進の手紙を長い時間を掛けて読み終えた。

この瀬田家から武家になる者が出る。しかも誂《あつら》えたように次男の助次郎が。身に余る光栄であった。助左衛門は満足の笑みを洩《も》らした。さっそく祝いの宴を張らねばならぬ。島中藩の鹿内六郎太に連絡して、お屋形様にも報告して貰《もら》うのだ。助左衛門は、たえを呼んで、さっそく宴の準備を言いつけた。

助太郎とお初の間に二人の子供が生まれていた。男の子と年子の女の子である。助次郎は初めて会う甥《おい》と姪《めい》の顔に眼を細めた。

しかし、瀬田の家に戻ってからの助次郎は、日がな一日、縁側からぼんやり瀬田山を眺めているばかりだった。助次郎が戻った翌日に雪が降った。あの少年は、どうしているかと思った。瀬田山に暮しているなら、この雪に閉ざされて外を出歩くこともできまい。親父様という人と二人っきりで囲炉裏で粥《かゆ》でも煮て話をしているのだろうか。

あの少年が遊だという確かな証《あかし》はなかった。

助次郎がそう思いたがっているだけなのかも知れない。しかし、少年があれほど瀬田山に詳しい理由に納得がいかない。瀬田山に住んでいるからこそのものだ。すると自然に少年が遊であるという図式が助次郎の頭の中にでき上がるのだ。その考えが助次郎を捉《とら》えて離さなかった。

「榎戸様はお若いのによくできた方とお見受けする。この手紙を見ればわかる。何しろ字がすばらしい」

助左衛門は物思いに耽《ふけ》る助次郎に構わず、手放しで榎戸を褒め上げた。

「若いと言っても、もう四十は過ぎているだに」

助次郎はさり気なく口を返した。

「それでも四十そこそこで清水様のご用人を務めているのだ。大したものだ」

「そりゃ、確かにご用人様はできたお方だに。しかし、おらは殿が気に喰《く》わぬ」

「これ、滅多なことを申すでない。罰が当たる」

「おとうは、このままおらが侍になり、江戸で暮す方がいいと思っているだにか」

「当たり前だ。このようなことは願っても叶《かな》わぬ」

「おらは村に戻って村で暮したい」

「村にいても大したことはできぬ。助太郎が瀬田の家の跡を継ぐのだから、お前は案ずることなく清水様の許《もと》で存分に奉公して貰いたいのだ」

「おとうは、お屋敷の奉公を一年と限ってと言っていたくせに」

「何をいう。中間《ちゅうげん》と家臣は立場が違う。このようなありがたい話とあらば是非にもお務めを続けて貰わねばならぬ。その方がお前のためだ」

助左衛門は助次郎の言葉にあまり癇《かん》を立てず、嬉々《きき》として喋《しゃべ》っていた。助次郎の屁理屈《へりくつ》よりも榎戸の手紙に舞い上がっているふうだった。

「江戸にいたら遊が戻って来ても会えないだに……」

「何を言ってる、このような時に。遊のことなど、この際、考えずともよい」

「おとう、おら、岩崎村からここまで、どうやって来たと思うずら?」

助次郎は試すように助左衛門に訊《き》いた。あまり手放しで喜ぶ助左衛門を少し落ち着かせたいという気持ちもあった。

「街道を歩いて来たのだろう」

助左衛門は台所のたえに茶の用意を言いつけてから助次郎に向き直った。

「いいや。瀬田山を越えて来た」

「………」

助左衛門は榎戸の手紙を丁寧に折り畳むと「馬鹿な」と一笑に付した。

「本当のことだ。山子のような小僧に馬で送って貰ったのだ。ほんの二刻ほどで瀬田村に着いた」

「………」

助左衛門はやや真顔になって助次郎を見た。

「おらはその小僧を最初は男だと思い込んでいたが、どうもそれが怪しくなってきた」

「男ではなく女だと言うのか」

「かも知れぬ。そんな気が盛んにする」

「な、何者だ、そいつは」

早口で訊いた助左衛門に、助次郎はひと呼吸置いて「遊だに」と応《こた》えた。

茶の間に入って来たたえは助次郎の言葉に動転して盆にのせた湯呑《ゆのみ》を派手に引っ繰り返した。湯呑の破片が飛び散ったのにも構わず、助次郎の傍にすり寄ってその腕を摑《つか》んで揺すった。凄《すご》い力だった。嫁のお初が驚いた顔で割れた湯呑の後始末を始めた。

「何を話しました？　え？　お遊はどんな娘になっておりました？」

たえは立て続けに助次郎に訊いた。助次郎は改めて、たえの母親としての気持ちを思った。

たえはいつまでも遊を待っているのだと。

いつまでも案じているのだと。

「お、おら、はっきりと遊だとわかった訳でもねェ。だが、ここに戻って来て、日が経つ内にそんな気がしてならなくなった」

「きっとそれはお遊です。助次郎は実の兄様ですもの、妹がわからないはずがありませぬ」

「おかあもそう思うずら？」

「ええ、ええ」

たえの眼は潤んでいた。

「おら、この家のことは知らせてきた。何かあったらこの家に知らせよと言った。もしも、あれが本当の遊なら、きっとその内、戻って来るだに」

たえは助次郎の言葉にうんうんと何度も肯《うなず》いた。

助左衛門はそんな二人に構わず腰を上げた。

「祝いの仕度の相談をして来る」

「おとう、だけど、遊のことは……」

「遊のことより、お前の身の振り方を考えるのが先だ。遊は戻る気があれば戻る。もしも、お前が会った者が本当に遊ならばな。しかし、それを待って、ここにいつまでもいたところで埒《らち》は明かぬ。お前は江戸に行け。遊が戻ったら手紙で知らせる」

助左衛門はそう言って座敷から出た。

助次郎の話は、俄《にわ》かに助左衛門には信用することができなかった。しかし、まるっきりの作り話とも思えない。瀬田家の人間ならば遊が生きていることを信じたい。信じたがっていたい。助次郎が旅の疲れで幻を見たとしても。

助左衛門の胸の底からひたひたと押し寄せるものがあった。今までとは明らかに違う予感がした。遊は戻る。いつかきっと……。

しかし、瀬田助左衛門は助次郎が遊らしき者に出くわしたことも、瀬田山を越えて村に入ったことも家族以外に口外することを禁じた。

村人をいたずらに混乱させてはならないと思ったからだ。

助次郎は瀬田村で正月を迎えたが、雪のために、すぐに江戸に出発することはできなかった。

それは当然、助次郎も予想していたことである。岩崎村の先にある峠は冬の間、往来ができない。雪解けまで待つしかない。江戸行きを逡巡《しゅんじゅん》していた助次郎には幸いであった。

しかし、冬の瀬田村は退屈だった。幼なじみの家を訪れることもあったが、彼等は野良仕事のできない冬の間、江戸や近郊の城下町に出稼ぎに出ている者が多かった。助次郎は正次の言葉を思い出していた。江戸から戻ってみれば、村がどれほど退屈な所かよくわかると言ったことだ。その言葉を実感する思いだった。

やはり江戸に行くしかないのだろうかと助次郎は思う。助左衛門も、たえも、もはや助次郎が武家になることを疑ってはいない。盛大に祝いの宴を張った手前、今更、やめたとは助次郎も言えない。助次郎は両親が自分に期待していることを思うと息苦しい気持ちになった。

兄の助太郎は助次郎と、たまさか酒を酌み交わし、深夜まで話し込むこともあったが、今や妻子もあり、助左衛門の名代として村務に励むことの多い毎日では、ろくに助次郎の相手にはならなかった。

助次郎は毎日、茶の間から見える瀬田山を眺めた。そこに遊がいると思うと何やら心が安らいだ。遊の存在だけが助次郎の慰めとなっていた。

瀬田山から吹き下ろされる風が粉雪を花びらのように舞い上げる。助次郎は不意に千畳敷で見た奇妙な桜の樹のことを思い出した。

あの時は葉を落として殺風景なものだったが、春になって花刻《はなどき》を迎えた桜はどのようなものだろうか。すると不思議なことに斉道の顔が甦《よみがえ》った。将軍の威光の許に生きる斉道が、銀杏《いちょう》に寄生する桜と重なった。

斉道の病は少しでも回復したのだろうか。

榎戸は、斉道と本気で向き合う家臣になってほしいと自分に言った。その言葉は真実、助次郎にはありがたかった。だが、気持ちは滅入る。侍になるということは清水家の家臣になり、斉道の我儘《わがまま》と一生つき合うことでもあった。助次郎は自然に握った拳《こぶし》に力がこもる。

上様の御子が何んだ、御三卿《ごさんきょう》清水家が何んだという気がしきりにした。

初めて江戸に行くことになった時の、あの胸膨らむ思いは今の助次郎にはなかった。何も知らなかった十五歳の春が恨めしい。助次郎は年が明けて十八歳。紛れもなく人生の岐路に立たされているのであった。

清水橋御門内の清水家では斉道が七歳年上の側室と毎夜、狂ったように身体を重ねる日々が続いていた。

鷹狩《たかが》りも思うようにできなくなると、斉道は女体への興味をあからさまに表すようになった。斉道の手に掛かった奥女中は十人を越える。長局《ながつぼね》の老女藤浪《ふじなみ》は斉道に側室を持たせるべきだと榎戸に進言した。榎戸は苦々しい気持ちでそれを受けた。そうでもしなければ奇矯《ききょう》な振る舞いは、やまなかったからだ。抜刀する騒ぎは榊原の一件の後も何度かあった。

斉道の症状が芳しくないので榎戸は屋敷に泊まり込み、ろくに自宅に戻っていなかった。

家では幼い子供を抱えた妻が榎戸の両親に仕えながら心細い思いをしていた。榎戸は三十五を過ぎてから妻帯したので、その年頃にしては子供が小さい。五歳を頭に三人の子がいた。妻女は十八歳も年下なので、妻というより娘のようで、人に羨《うらや》ましがられもしたが、務めが繁忙を極めると、放りっ放しにしていることが気掛かりでならなかった。

冬の内はまだいいと榎戸は思う。木の芽刻になったら何んとしよう。健康な人間でも身体に不調を覚えることが多い。まして斉道ならば、どのような事態になるか知れたものではなかった。

斉道を致仕（隠居）させることも考えたが、十六歳になったばかりの年齢を考えると、あまりに不憫《ふびん》であった。何より将軍家斉が快くは思うまい。何十人も子女がいるとは言え、成人するまで無事に成長した男子は少ない。ここは何んとしても斉道の症状を回復させるしかなかった。

しかし、榎戸は次第に疲れを覚えた。四六時中、斉道に拘《かか》わっているからだ。その疲れを癒《いや》すために酒量が増えていた。斉道の寝間から夜毎《よごと》、悩ましい嬌声《きょうせい》が聞こえたら尚更である。榎戸は深い洞窟《どうくつ》に入り込んだような心地がした。この洞窟の出口は果たして見つかるのであろうかと。

そんな時、榎戸は助次郎の、いかつい顔を思い浮かべた。彼ならば自分の代わりに斉道の世話を任せられる。すぐに瀬田村から戻って来ないのは雪で足止めを喰《く》っているのだろう。

早く春になれ。榎戸は祈る気持ちで毎日、暦を眺めた。季節はまだ冬で、屋敷外を雪混じりの風が吹いていた。

宿直《とのい》をする榎戸の傍には小さな手焙《てあぶ》りの火鉢が置いてある。手をかざしたところで温もりは一向に感じられなかった。榎戸の身体も心も、しんしんと凍《こご》えるばかりであった。

瀬田村の大榎の跡に白木蓮《しろもくれん》の樹が植えられていた。その樹にぽかりぽかりと白い花が咲いている。まるで白餅《しろもち》をくっつけたようだ。

助次郎は白木蓮の艶《あで》やかさに見惚《みと》れた。自分は桜よりも白木蓮が好きだと思う。しかし、たえは瀬田山に白い帯を巻いたような桜に眼を細め、「お遊の桜が見事です」などと言うのである。

雪が解け、村人が稲の苗を準備する頃になると、助左衛門は助次郎に早く村を発《た》てと急《せ》かす言葉が多くなった。しかし、助次郎はなかなか、その気になれなかった。出稼ぎからようやく戻って来た友の家に毎夜のように訪れて旧交を暖めていた。つい酒の量が過ぎ、酔って家に戻るということが続いた。

そんなある夜、助左衛門の堪忍袋の緒はとうとう切れてしまった。お前は毎日、何をしているのだと口汚く助次郎を罵《ののし》った。いつもは自分に同調してくれる助太郎までが、父親と口を揃えて助次郎を詰《なじ》った。

自分は邪魔なのかと助次郎は口を返した。

ああ、いかにも邪魔だ。江戸に行くつもりのない次男を、黙って遊ばせておくほど瀬田の家は富裕ではないと。売り言葉に買い言葉である。酔った助次郎は頭に血を昇らせ、それでは明日、この家を出ると啖呵《たんか》を切った。

たえは何も急にそのように、と宥《なだ》めたが、助次郎は聞く耳を持たなかった。その場の父と兄の態度は我慢がならないものだった。

助次郎はあてつけのように旅仕度を始め、翌朝はろくに挨拶《あいさつ》もせずに瀬田の家を出た。

たえは袖《そで》で涙を拭《ぬぐ》い「辛抱しておくれ」と言葉を掛けたが、助次郎はそんな母にさえ、優しいことは言えなかった。

村はずれまで送ってくれたのは下男の吾作であった。吾作は助次郎の生まれる以前から瀬田家に奉公している。妻も持たなかったので瀬田の子供達に掛ける愛情は並大抵ではなかった。吾作は助次郎を孫のようにも思っている。

「坊ちゃま、癇癪《かんしゃく》を起こしなさらず、お務めに励んで下せェ」

吾作は皺深《しわぶか》い顔を涙で曇らせて助次郎にそう言った。

「おらは次男坊だから、いずれ家から出される宿命《さだめ》だに。それは誰に言われなくてもわかっている。おらがこの先、どうなろうと構わねェでくれと、おとうと兄さに伝えてくれ。江戸の奉公がうまく行かなくても村には戻らぬから安心しろとな。どこその道端で、のたれ死にしようとおらは平気だ」

「坊ちゃま……」

吾作は堪え切れずに手拭いを口に押し当てて咽《むせ》んだ。

「坊ちゃま、わしはこの通り、老い先短い年寄りだに。その年寄りに坊ちゃまは、がっかりさせるようなことを言う。せめて嘘でも頑張るとは言えねェだにか……」

「………」

「坊ちゃまは、生まれた時から元気がよかった。坊ちゃまに敵《かな》う奴は一人もいなかった。わしは江戸のことは知らねェども、坊ちゃまは、きっと一廉《ひとかど》の男になれると信じているだに。なあ、坊ちゃま、自棄《やけ》にならずに励んで下せェ」

吾作の言葉に助次郎の張り詰めていたものが少し弛《ゆる》んだ。助次郎は吾作の肩を叩《たた》いて「わかった」と言った。

「本当ですかい」

「ああ。お前の気持ちは、よっく肝に銘じるだに。ささ、もう家に戻れ。おかあが心配する」

吾作はつかの間、助次郎の顔を見つめ、それから何度も振り返りながら戻って行った。

吾作の姿が見えなくなると、助次郎はいきなり街道ではなく天女池の方向に向かった。

「運だめしだに……」

助次郎は不敵に呟《つぶや》くと足早に歩みを進めた。

九

鷹狩りをしている時だけ斉道の機嫌はよかった。紫の房のついた籠《かご》で力王丸《りきおうまる》と名づけられた熊鷹は狩り場までうやうやしく運ばれる。

力王丸の威厳は鷹といえども並々ならぬものがあった。榎戸には力王丸の姿が斉道の姿と重なる時があった。孤独で獰猛《どうもう》で、獲物を見つけるや、あっという間に手に掛ける。その後は何事もない涼しい顔をしている。

飼い慣らされた力王丸は鷹匠の前では殊勝な働きを見せるが、果たして自由に飛べる空に戻した時、自力で生きて行けるものかと思う。生き餌《え》を与える時、力王丸はつかの間、野生の本性を現す。拡げれば未《いま》だに息を呑《の》まずにはいられない翼は、まるで野分が来たように、ばさばさと激しい音を立てた。

籠の中では炯々《けいけい》たる眼光をしているが、この鳥はまた、極端に神経質でもあった。特に犬の声に敏感に反応する。それゆえ、狩り場では犬を小屋に押し込めたり、一時的に他所《よそ》に移す処置がなされた。

江戸の郊外には狩り場が広く分布されていた。江戸城から五里四方に将軍の、さらにその外には御三家、御三卿《ごさんきょう》の狩り場があった。

初代将軍徳川家康が鷹狩りを好んだことから、歴代の将軍の趣味として今に伝えられる。

斉道が鷹狩りに熱心なのは、父、家斉への阿《おもね》りだろうかと榎戸はひそかに思うことがある。家斉の鷹狩り好きも、つとに有名である。

子であることを強く認めさせるための熱心さであるなら、榎戸は斉道の心が寂しいと思う。しかし、もちろん、榎戸はそれを口にしたことはなかった。

斉道は獲物を携えて意気揚々と屋敷に戻ると、すぐさま使いを出して獲物の幾つかを家斉に献上した。

「おお、篤之丞の獲物か。あっぱれ、あっぱれ」

家斉が相好を崩したと聞かされたら、斉道の機嫌は極上であった。しかし、思うような成果が得られなかった場合、屋敷に戻ってから手のつけようがないほど荒れた。したたか酒を飲み、酔った勢いで側室を追い掛ける。

白絹の夜着を纏《まと》っていればまだましで、時には下帯一枚で眠りが差すまで騒ぎ立てるのだった。その狂態は榎戸の眼に高じているような気がしてならない。十六歳で、このていたらくである。この先、どんな大人になって行くのかと思えば暗澹《あんたん》たるものが榎戸の胸を塞《ふさ》いだ。

鬱蒼《うっそう》と草木が生い茂っている辺りは仄暗《ほのぐら》い。いったい何刻《なんどき》なのか助次郎は見当もつかなかった。

ろくに道もついていない所を闇雲に歩いて来た。後ろを振り向けば、今、自分がどこを通って来たのかも定かではなかった。

春の季節、タラの芽、蕨《わらび》、蓬《よもぎ》などの山菜が至る所に群生している。人の足が踏み入れたことのない場所は文字通り、山菜の宝庫であった。村人に教えたら、さぞ喜ぶことだろうと思ったが、さて、自分が果たして瀬田山を無事に越えることができるのかと、不安の方が先に立つ。死をも覚悟して山に入ったはずである。しかし、その覚悟など、いったいどこに行ったのかと思うほど助次郎はうろたえていた。

自分はここで死にたくはないと切実に思う。

暮れにそこを通った時は樹々は葉を落としていたので、まだしも遠目が利いた。一斉に芽吹いた草木は茫々《ぼうぼう》と助次郎の前に立ちはだかるばかり。草を漕《こ》ぎ、枝を避け、辺りを見回しながら恐る恐る進む助次郎は次第に疲れを覚えていた。

助次郎は太い樹木の下に腰を下ろした。とうに千畳敷に着いてもおかしくない頃である。

やはり道に迷ったのだと助次郎は胸の中で呟いた。吐息をついて、たえが作ってくれた握り飯を取り出し、それを口に入れた。周りの景色は助次郎が瀬田山の奥へ入った時と、さほど変わってはいない。あるいは同じ所をぐるぐると回っているだけなのかも知れなかった。鳥の声と枝を揺する風の音以外、何んの物音も聞こえない。静寂の中で握り飯を咀嚼《そしゃく》する音だけがやけに耳に響いた。

助次郎は握り飯を食べ終えると、その場所に横になった。少し湿った草は、ほどよいしとねである。樹々の枝を透かして狭い空が見えた。陽の目もろくに届かないと思っていたが、仰向けになると薄青い空が頭上にあることを確認できた。

不安から逃れるように助次郎は眼を閉じた。

昨夜の助左衛門と助太郎との諍《いさか》いが甦《よみがえ》った。

たえの泣き顔や吾作の言葉も。次男に生まれた者は、こうしていずれ家を追われる立場なのかと思う。どこか理不尽でつまらないと思った。草のしとねは助次郎を眠りに誘った。

あろうことか、助次郎はそのまま昏々《こんこん》と眠り続けてしまったのである。

気がつくと、漆黒の闇の中だった。それほど時間が経ったようにも思えないのだが、辺りはまさしく夜で、眼をしばたたいても後ろを振り返っても真っ黒い闇があるばかり。

手を伸ばせば太い幹の感触がある。草の匂いが闇の中で濃い。

「運はなかっただにか……」

助次郎は声に出して呟いた。寝過ごしたことは、いかにも不覚だった。しかし、闇の中で動き回ることは危険が伴う。動かないことだと助次郎は自分自身に言い聞かせた。

「遊……」

助次郎は再び呟いた。もしも、あの少年が遊ならばもう一度会いたい。いや、もしもではない。自分はあの少年に会うために瀬田山に入ったのだと助次郎は、はっきりと悟った。

闇の色が薄まり、周りの草木の形を浮かび上がらせた。小鳥の囀《さえず》りも聞こえて、助次郎は朝になったことを知った。

助次郎は立ち上がると歩き出した。袴《はかま》の尻《しり》が湿っていたが構うことではない。前日と変わらぬ景色の中を助次郎は進んで行った。機械的に枝を払う仕種《しぐさ》が身についている。

歩く、ただ前へ歩く。草を踏み締めて。

どれほど進んだ頃だろう。助次郎の耳に微《かす》かに水音が聞こえた。助次郎は立ち止まって耳を澄ました。

「沢だ！」

助次郎は叫んだ。小躍りしたいような気持ちだった。少し険しい傾斜を登り詰めると、視界は、いっきに開けた。千畳敷だった。

風が通っている。爽《さわ》やかな春の風が。助次郎は喉《のど》の奥から甲高い声を上げた。助次郎はまっすぐに、あの桜の樹に向かった。銀杏《いちょう》の幹の上に立ち上がっている桜は薄紅の花を満開に咲かせている。豪華な花見だと助次郎は思ったが、その桜から受ける奇妙な印象は拭《ぬぐ》い切れなかった。

この桜を目印に進むのだ。岩崎村に出られなくとも瀬田村には戻れる。助次郎の気持ちはいっぺんに楽になった。助次郎は沢に行って水を汲《く》んで飲んだ。腹も空いていたが、それよりも喉の渇きを強く感じていた。存分に水を飲み、手の甲で唇を拭った時、馬のいななきを聞いた。助次郎は色めき立ち、ぐっと千畳敷の向こうに眼を凝らした。

「遊！」

助次郎は叫んだ。その声に誘われたように、かつかつとひづめの音が近づいて来る。そして、もう一度会いたいと焦がれるように思っていた者が姿を見せた。およそ一町先で止まり、じっとこちらを見ている。やがて助次郎を思い出した様子で静かにやって来た。

「昨夜、ぬしの夢を見た。もしやと思うてここに来てみたら案の定だった。正夢だったの」

馬上から少年は気軽な声を掛けた。

「会いたかったぞ、遊」

「おれは遊という名ではない」

少年は憮然《ぶぜん》として応《こた》えた。

「お前、おなごだな？　そうずら？」

「ぬし、村に戻って、途端に村人の物言いになったの。男振りが三分下がったわ」

　少年は皮肉な口調で言った。

「おなごではないのか？」

　助次郎はおずおずと訊《き》く。

「…………」

「なぜ、黙っている」

「おなごだ」

　少年は仕方なく応えた。助次郎は安心したように笑った。もはや目の前の少年は少年ではなく、遊の化身である少女だった。いや、少女は遊そのものと助次郎は確信していた。

「とにかく、岩崎村まで連れて行ってくれ。また、菓子を買ってやるだに」

「江戸に行くのか」

　少女は馬から下りて訊いた。季節柄、獣の袖無《そでな》しは羽織っていなかったが、藍染《あいぞ》めの筒袖の上着に、たっつけ袴の形《なり》は変わっていなかった。気のせいか背丈が少し伸びたようにも感じられる。少女は助次郎とさほど背丈の違いはなかった。

「おら、家を追い出された。江戸に行って奉公するしかないのだ。嫌やでたまらぬが仕方がない。それで運だめしのつもりで山に入ったのだ」

「運はあるということか」

「お前が岩崎村まで連れて行ってくれたらな」

「ぬしを瀬田村に案内したことは親父様に知られてしまった。大層、立腹された」

少女は少し気後れした顔で言った。

「なぜだ」

「知らぬ」

「おらはお前の敵ではないだに。もしかして兄かも知れぬのだぞ」

「おれに兄弟はおらぬ。初めから一人だ」

「親父様に瀬田村の瀬田助左衛門のことを話したか」

「ああ。縁もゆかりもない人だと言うた」

「…………」

助次郎は取りつく島のない少女に吐息をつき、黙って歩き出した。

「どこへ行く」

少女は助次郎の背中に訊いた。

「一人で岩崎村に行く」

「道に迷うぞ」

「構わねェでくれ」

「何を怒っているのだ」

少女は不思議そうに畳み掛けた。助次郎はようやく振り返った。

「おらの道案内しては、また親父様に叱られるだに。お前は親父様の言うことしか利かぬのだろう？　それならそれで仕方がない。おらは、お前をあてにすることはできないから一人で行く。道に迷うたところでお前には拘《かか》わりのないことだに」

「誰も送らぬとは言うておらぬ」

「言ったろうが、さっき」

助次郎はむきになって少女に言った。少女が白い歯を見せて笑った。

「ぬしは結構、向こう意気の強い男よの」

「お前と同じだ」

「…………」

つかの間、二人の視線が絡み合った。そして、どちらからともつかず笑い声を立てた。

「ぬしは本当におれの兄者なのか」

少女はまだ怪訝《けげん》そうに訊く。

「お前、年は幾つだ」

「十四になる」

「遊も生きておれば十四だ」

「乗れ」

少女は助次郎を促した。東雲に二人が跨《また》がると、少女は「ぬしの妹がどのように連れ去られたのか聞かせてみよ」と言った。

「あれは、雷が鳴り、雨が激しく降った日だった……」

助次郎は東雲の背に揺られながら、ぽつりぽつりと語り始めた。少女がふと、あの桜を振り返って言った。

「多分、あそこの銀杏の樹に雷が落ちた日になるのだろうの」

助次郎も振り返って肯《うなず》いた。

「ああ、きっとそうだ」

「親父様はおれが生まれた時に雷が激しかったから、それに因《ちな》んでらいという名をつけた」

「らい……雷の意味だな？」

「そうだ。だが、親父様の代わりに岩崎村に炭を売りに行った時、村のめし屋のおばさんが妙なことを言ったのを聞いた」

「何を言った」

「昔、瀬田村で庄屋の娘が連れ去られたとな。もしや、おれではないかと訊いた。その日は大層、雷が激しかったからよく憶《おぼ》えていたそうだ」

「お前はそれを聞いてどう思った」

「おれが生まれた日に連れ去られた娘がいたのだと思っただけだ。だが、親父様におれが生まれた時のことを訊《たず》ねている内、どうしても一年ほど勘定が合わなくなるのだ。おれはぬしに妹だと言われて、その勘定の合わない一年のことを思い出した。おれはその一年の間、どこでどうしていたのかとの」

「お前は賢い娘だ」

　助次郎はお世辞でもなく言った。

「だからと言って、おれが親父様に疑いを持っているということではない。ただ、それだけの話よ」

「………」

東雲は千畳敷を抜けて岩崎村に向かう山道に入った。

「親父様の他に母御はおらぬのか」

「おれが幼い頃にみまかった。顔も憶えておらぬ。それから親父様とずっと二人きりだ」

「お前が遊なら、実《じつ》のおかあがいるぞ」

助次郎は少女の気を惹《ひ》くように言った。

「遊が連れ去られてから一日たりとも忘れてはおらぬ。毎日、瀬田山に掌《て》を合わせて戻って来る日を祈っておる」

「優しい？」

少女は無邪気に問い返す。

「ああ、だが、結構、気は強い」

少女は愉快そうに笑い声を立てた。

「この前も言ったが、もしも山を下りることになったら、迷わず瀬田の家に行け。おとうもおかあも黙って迎えてくれるはずだ」

「…………」

「いいな、そのことよっく憶えておけよ」

「ぬし、名前は何んという」

「おらか？　おらは瀬田助次郎。おらの上に助太郎という兄さがいる。兄さは嫁を迎え、子供が二人おる。助右衛門《すけえもん》とりつだ。お前の甥《おい》と姪《めい》になる」

「おれは本当にその遊という娘なのか？」

少女は助次郎を振り向かずに前を向いたままで訊いた。うなじの後れ毛が風に靡《なび》いている。助次郎はその後れ毛を掻《か》き上げてやった。

少女はくすぐったそうに首を縮めた。

「多分そうだ。いや……いよいよそうだ。お前はおらの妹だに」

「ぬしは兄者か……愉快だの」

少女はそう言ったが、さほど愉快そうでもなかった。自分の出生の秘密を明かされて、戸惑っているふうが感じられた。岩崎村に着くまで少女の口数はめっきり少なくなった。

十

岩崎村からおよそ三日で江戸に到着する。

助次郎の気持ちは弾んでいた。少女は岩崎村のはずれまで助次郎を見送ってくれた。

菓子を買ってやり、ついでに小間物屋で黄楊《つげ》の櫛《くし》も買って与えた。そそけた髪を梳《と》かす櫛が少女には必要だと助次郎は勝手に思ったのだ。そのために路銀が少し心細くなったが、なに、いざという時は野宿でもしたらよいと呑気《のんき》に考えた。瀬田山で過ごした一夜のことを思えば何ほどでもない。助次郎はすっかり自分に自信をつけていた。後は少女が瀬田村の家に戻ったとの知らせを待てばいいのだ。

少女が遊となって家に戻れば、その案内で瀬田山が活用できる。まず、山道を整備して岩崎村に楽に行けるようにするのだ。さすれば江戸までの道程が半日ほど縮まる。

近江屋の手引きで菜種を植え、それを江戸に運ぶのだ。村は潤うだろう。

「生き直しだに、遊。おらもお前も……」

助次郎は別れ際に少女に言った。

「妙に、はしゃいでいるの」

少女は皮肉な口調で助次郎に笑った。

日本橋から外濠《そとぼり》沿いに東に向かう助次郎は、うっすらと汗ばんでいた。江戸も花見の季節を迎えていた。近江屋の正次と向島の花見に行ったことを思い出す。葦簀《よしず》張《ば》りの出店が並ぶ向島の花見の風情は瀬田村とひと味もふた味も違った。今年はその花見ができるだろうかと助次郎は内心で思う。お務めが忙しければ、そんな暇もない。

清水家の門の前に立った時、まだ時刻が早いせいか、六助の姿も金蔵の姿もなかった。

助次郎は石段に腰を下ろして門が開くのを待った。

清水家から田安家の上屋敷に掛けては牛ヶ淵《うしがふち》と呼ばれる淵がある。傍らは急な坂になっていた。昔、銭箱を積んだ牛車《ぎっしゃ》がその淵に落ち、とうとう引き上げることができなかったという。その由来から牛ヶ淵の名がついたのだ。由来を聞かされた時は何やら恐ろしいような気もしたが、座って眺める助次郎の眼には、物売りや大八車がゆっくりと坂を上って行く、のどかな景色でしかなかった。坂のてっぺんには転落を防ぐための盛り土がしてある。その土の色が雨に濡《ぬ》れたように黒々として見えた。

やがて軋《きし》みを立てて門が開いた。中間《ちゅうげん》の金蔵が竹箒《たけぼうき》を携えて表に出て来た。中間の仕事は朝の掃除から始まる。

「金蔵さん」

助次郎は立ち上がって声を掛けた。金蔵は驚いた顔で助次郎を見た。

「戻って来たのかい、助次郎さん」

「ああ、ご用人様と約束したからな。きっと戻って来て約束の月日を務めると」

「ご用人様は首を長くしてお待ちだ。ささ、中に入って旅の汗を流しなせェ」

金蔵は助次郎の背中を押して門の中に促した。

「ご用人様は何刻頃《なんどき》お屋敷に出仕なされるかの。ご挨拶《あいさつ》をせねばならない」

そう言った助次郎に金蔵の表情が曇った。

「助次郎さん、ご用人様はもう長いことご自宅には帰っておられぬ」

「え？」

「殿様が目離しできぬゆえ……」

「それほどお加減が悪いのか？」

「悪いというものではない。殿様はもはや……」

金蔵はそこで次の言葉を呑《の》み込んだ。何か口に憚《はばか》られることを言いそうになったのだろう。助次郎の胸に嫌やな気持ちが湧き上がった。

「とりあえず、顔を洗ってご用人様に挨拶に行こう」

「飯を喰《く》ってからにしなせェ。朝は殿様も静かにされていることが多いから、せめてご用人様にはその時間だけでもゆっくりしていただきたいので……」

「そうか。それなら金蔵さんの言う通りにするよ」

助次郎は中間固屋《ごや》に行って荷物を下ろした。

六助も庭の掃除をしていた手を止め、助次郎の旅の労をねぎらってくれた。

助次郎は井戸に行って汚れた顔を洗い、口を漱《すす》いだ。井戸は台所の近くにあった。下働きの女中が朝食の準備をしている様子である。

屋敷の中間は米の飯と汁は与えられるが、おかずは自分持ちである。中間達は掃除を先に済ませてから朝飯にありつく。おかずは梅干しや香の物と質素である。昼や夜は屋敷を廻《まわ》って来る煮売り屋からおかずを買うのだ。

助次郎はすぐに中間固屋に戻ると清水家の中間のお仕着せに着替えた。

納戸から竹箒を取り出し、庭の掃除を始めようとした時、長い廊下を茶を運ぶ奥女中の姿が見えた。小柄で若い女中である。見慣れない顔だったので、助次郎が瀬田村に戻っている間にお屋敷に上がった娘なのかも知れない。その女中は助次郎の視線に気づき、つかの間、こちらを見た。助次郎は慌てて頭を下げた。

「ご苦労様です」

丁寧な挨拶が返ってきた。助次郎はその女中に好感を持った。中間にそのような言葉を掛ける者はあまりいなかったからだ。

女中は、すぐに通り過ぎたが、助次郎は、しばらくその姿に見惚《みと》れていた。

「いい娘だろう？　中田沙江《なかたさえ》様とおっしゃる。父親は青山右京大夫《あおやまうきょうのだいぶ》様のご家臣だそうだ」

六助は助次郎の傍までやって来て、肩をつっ突いた。

「お武家の娘さんですか。どうりで行儀がよいと思いましたよ」

「助次郎さんも嫁を迎えるなら、あのぐらいの娘さんでなければね」

「とんでもない、おやっさん。おらは、いや、わたしは百姓の出ですから、お武家の娘さんを嫁にはできませんよ」

「あれっ？　助次郎さんはお武家になるんじゃないのかい」

「いや、それはまだまだ先の話で、奉公次第ですよ」

「早く助次郎さんがお武家になって殿様のお守りをして貰《もら》いたいものだ。そうでなければご用人様の身体が持たぬ。殿様をお諫《いさ》めできるのはご用人様の他は助次郎さんだけだ」

六助は吐息混じりに言って掃除を続けた。

助次郎も広い庭に落ちている枯葉や塵《ちり》を静かに掃き寄せた。中間が家臣に取り立てられることは、普通なら、やっかみの種にもなろう。しかし、そんなことを思う暇もないほど斉道の事情が切羽詰まっていたようだ。

助次郎は朝食の後で榎戸角之進に面会を申し出た。ほどなく、用人部屋に来るようにとの連絡があった。

久しぶりに見る榎戸に助次郎は驚いた。顔が小さくなっていた。しかも、眼の下には黒い隈《くま》ができている。助次郎は榎戸の心労を慮《おもんぱか》った。

「よく戻って来てくれた」

榎戸は笑顔で助次郎に言った。

「仰せの通り、戻って参りました。何卒《なにとぞ》よろしくお願い致しまする」

「うむ。励めよ」

「はい……畏れながら、おやつれのご様子が見えます。お身体の具合はいかがでございますか。おやっさんも金蔵さんも大層、ご用人様のことを案じております」

「ずっと殿に掛かり切りだからの、疲れが溜《た》まっているやも知れぬ」

「少し休養をなされませんと……」

「うむ。おぬしが戻って来てくれたので、これからは少し休める」

「そんな……わたしにご用人様をお助けできるほどの力はございませぬ」

「ならば、拙者はいつまでも休むことはできぬの」

榎戸は助次郎を困らせるような言い方をした。助次郎は仕方なく「ご用人様のご指示があれば瀬田助次郎、でき得る限りのことは致します」と言った。

「よう言うた」

「殿の病は進んでおられるのでしょうか」

助次郎は上目遣いで榎戸を見ながら恐る恐る訊《き》いた。

「奥医師の山田善庵殿によれば、殿の病は、このまま症状が進んで手がつけられなくなり、いずれ死に至ってしまうか、あるいは突然、けろりと回復するかの、どちらかであるという。殿の症状は……」

榎戸はそこまで言って吐息をついた。

「進んでおられるのですね」

助次郎が後を続けた。榎戸はゆっくりと肯《うなず》いた。

「しかし、上様の御前では殊勝にされて奇態な振る舞いは微塵《みじん》もない。また、鷹狩《たかが》りに出ている時はすこぶるご機嫌が麗しいのだ。拙者はこのことから、殿の病が回復するものと信じたいのだ」

「…………」

「他人が駄目だと言うことでも己れだけは信じていたいことがあろう。おぬしにはそのようなことはないか？」

ない、と応《こた》えようとして助次郎は口を噤《つぐ》んだ。遊のことを思い出したのだ。会えるはずのない妹に出会った。それは奇跡に近いものだった。助次郎の信じる心が遊に引き合わせたのだと思っている。

「おぬしには、しばらくの間、中間として御用を務めて貰うが、場合によっては殿の夜伽《よとぎ》の番をして貰うやも知れぬ。覚悟をしておいてくれ」

「はい……しかし、殿はわたしを嫌っております。そのような者が大事な御用を仰せつかってよろしいのでしょうか」

「この機会に互いに胸襟を開くことができれば希望が生まれるというものだ」

希望とは、どのようなものなのだろう。助次郎は訝《いぶか》った。ないものねだり、できない相談、助次郎は胸の中で呟《つぶや》いた。しかし、心労で身体を弱らせているというのに、榎戸は心底、斉道を回復させたいの一念に燃えている。

榎戸は務め以上に、斉道に対する情を持っていると助次郎は思う。弟のように、はたまた息子のように。それが清水家に戻って来て助次郎にはよくわかった。斉道と胸襟を開くことはできなくても榎戸のためにはなりたい。

榎戸に一礼して用人部屋を出ると、奥の座敷から斉道の素読の声が聞こえた。午前中の斉道は心穏やかであった。その同じ人間が突如として異変を見せる。人間は不可思議な生き物だと助次郎はつくづく思う。

助次郎が戻って来て榎戸の張り詰めていたものが弛《ゆる》んだのだろうか。溜まりに溜まった疲れに風邪を引き込み、榎戸は高い熱を出した。榎戸は自宅に戻って妻女の看護を受けることとなった。当然、その間、お務めは休まざるを得ない。

清水家では、すぐさま斉道の世話に支障を来《きた》した。

家老職の岩田多聞《いわたたもん》は助次郎に夜伽の番を命じた。それは前々より榎戸に言い含められていたことでもあった。岩田も中間風情に殿の夜伽の番などとは言わなかった。近習の榊原秀之助が、あわや斉道の刃《やいば》に掛かろうとするのを、助次郎が、すんでのことに止めたのを忘れていなかったからだ。

岩田は、どこからか紋付きと袴《はかま》を調達して助次郎に着せた。初めての御用で粗相があることを助次郎は恐れた。何かあった時は、他に宿直《とのい》の家臣もいるので心配することはないと岩田は助次郎を励ました。

その夜、側室おたあは、いつものように斉道の寝所に入り、一刻《いっとき》ほどを過ごした。おたあは斉道より七歳も年上の側室だった。

襖《ふすま》の外で控えている助次郎の耳に、おたあの悩まし気な声が聞こえた。それは斉道を早く静めるための手管《てくだ》であったのだが、未《いま》だ女体を知らない助次郎にはわからなかった。

近江屋に寄宿していた時、手代や番頭が店を閉めた後に岡場所に行くのは知っていた。

しかし、正次にそのような様子は見えなかったし、まして助次郎を誘うこともなかった。

正次は自分への手前、そういう崩れたところを見せたくなかったのかも知れないが。

女体に溺《おぼ》れる斉道には否定的であるくせに、襖の外で控えていた助次郎は鈍く欲望が湧き上がるのをどうすることもできなかった。助次郎はその欲望を静めるために唇をきつく噛《か》み締めた。

すっと襖が開き、おたあの素足が助次郎の眼の先に見えた。

「ご用人様は今夜もお見えではないのですね？」

こもったような低い声が頭上から聞こえた。

助次郎はおたあの顔を正視できなくて俯《うつむ》いたまま応えた。

「はッ。ご用人様は、まだご自宅の方で養生されておりまする」

「殿はお眠りになられぬご様子。何んぞ言葉など掛けてお慰めしておくれ」

「はッ」

おたあは静かに長局《ながつぼね》の間へ引き上げて行った。甘い香りが助次郎の鼻腔《びこう》をくすぐった。

「誰ぞおるか」

ほどなく斉道の声が聞こえた。

「はッ。瀬田助次郎にございまする」

「…………」

斉道に躊躇《ちゅうちょ》した様子が感じられた。助次郎は構わず声を張り上げた。

「御用の向きを何んなりと仰せつけ下さいますように」

「静かにせよ。もはや夜も更けた」

自分が騒ぐ時は一向に頓着《とんちゃく》しないくせに斉道は助次郎の声に癇《かん》を立てた様子であ

る。

「瀬田助次郎となな？　百姓だな。他に誰かある」

「畏《おそ》れながら今夜はわたしが夜伽の番を仰せつかりました」

「仕方がない。近《ちこ》う参れ」

「はッ」

助次郎は襖を開けて中ににじり入り、深々と頭を下げた。斉道は腕枕をして、じっとこちらを窺《うかが》っている。

「お眠りになられませぬか」

「うむ。もそっと近う」

助次郎は上座にある斉道の夜具まで近づいた。真っ白な絹蒲団《きぬぶとん》である。斉道の寝間着も白い。だから尚更斉道の顔が黒ずんで見えた。

寝所は十二畳ほどもあろうか。斉道の後ろは金襖の違い棚になっている。正面の障子は黒塗りで、四隅の柱に銀の蚊帳《かや》の釣手が下がっていた。大名家の主《あるじ》の寝所としては割合、質素なものだったが、助次郎には眼も眩《くら》むばかりに豪華に思えた。

「そちは瀬田村から来たのだったな」

「さようでございまする」

「村の話をしてみよ。予が眠るまでやめるな」

「はッ」

狩りの好きな斉道のために鶴が飛来する天女池のことにしようかとも思ったが、すぐに話が尽きてしまいそうだった。助次郎は唇を舌で湿すと「わたしには妹が一人おりました」と、遊のことを話し始めた。遊のことなら話すことは山ほどあった。

斉道は「ほう」と、助次郎の方に身を乗り出した。

「わたしが五歳の時、忘れもしない雛《ひな》の節句の夜のことでございました。妹は何者かに連れ去られてしまったのでございます」

「殺されたのか？」

「村人総出で行方を捜しましたが、とうとう見つけることはできませんでした」

「ならば死んだのだ」

斉道は埒《らち》もないというふうに決めつける。

「そうではございませぬ。それでは、お話が終わってしまいまする」

助次郎は気が殺《そ》がれた顔で言った。

「おお、いかにもそうだった。続けよ」

遊の亡骸《なきがら》のないまま葬式を終えたこと、瀬田山に天狗《てんぐ》が住むという噂が流れたこと、そして助次郎が十歳の時に岩崎村で遊らしい子供を見たこと、遊と一緒にいた男の謎めいた風貌《ふうぼう》などを助次郎は語った。助次郎は、瀬田村に戻った時、遊を連れ去った男が大和国の出奔者であるらしいことを助左衛門から初めて聞かされたのだった。

斉道は退屈するかと思ったが、興味を覚えた様子で熱心に助次郎の話に耳を傾けた。

多分、斉道が興味を示したのは遊という名にあったのだろう。偶然ながら、斉道の生母はお遊の方と呼ばれる将軍家斉の側室だったからだ。だが、この時はまだ、助次郎はそのことを知らずにいた。

深更に及んでも斉道に眠気が差す気配はなかった。反対に助次郎は、時々襲って来る睡魔と必死で闘っていた。ここで居眠りでもしようものなら、斉道の機嫌を損ね、以前の榊原秀之助の二の舞にならぬとも限らなかった。

助次郎は眠気を追い払うために持っていた扇子の軸を太股《ふともも》にぎりぎりと突き立てた。

助次郎が瀬田村へ向かう時と江戸に戻る時に、遊らしき少女に出くわしたことを告げると、斉道はいよいよ首を伸ばして助次郎の口許《くちもと》をじっと見た。

「わたしは山を下りることがあったなら、迷わず瀬田の家に行けと申して別れたのでございまする」

「それから？」

「…………」

まだ続きがあるのかと斉道は話を急《せ》かした。

「それでわたしの話は終わりでございまする」

「何んだ、つまらぬ。それからのことが問題ではないか」

「それからは……これからでございまする」

助次郎は寝所の高い天井を仰いで溜《た》め息混じりに呟いた。助次郎の内心の思いが通じたのだろうか、斉道は、しばらくして「いかにも、そうだの」と、相槌《あいづち》を打った。

「予は、その遊というおなごに会うてみたい……」

「滅相もございませぬ。妹は殿がお会いするようなおなごではありませぬ。山出しで、最初はおなごであるかどうかも、はっきり致しませんでした」

「何ゆえ？」

「恰好《かっこう》がまるで男のようで、しかも馬に乗っておりましたので、よもや、おなごとは思いも致しませんでした」

「そのようなことはあるまい。男かおなごかぐらいの区別はできるはずだ」

「畏れながら妹はまだ十四歳でございまする。おなごの色香はまだ……」

「そちは遊の実の兄であるゆえ、いつまでも妹が案じられるのだろうの」

「はい、おっしゃる通りでございまする」

「顔に似合わず情が濃いの」

「…………」

「予には、妹はおらぬが姉がおる」

「畏れながら瀬田、姉君様のことは存じ上げませぬ」

「うむ、知らずともよい。もはや離ればなれになった姉じゃ……」

「姉君様は今、どのようにお過ごしでございまするか」

「越前国《えちぜんのくに》へ輿入《こしい》れしておる。息災でおられたらよいが……」

つかの間、斉道の顔に切ないものが感じられた。

「予は清水家に来るまで大奥で母上と姉上と暮しておった。姉上は三歳年上であらせられた」

「仲良しであられたご様子」

「ふむ。姉上は大層、予に親切であった。お庭を散策する時は、いつも予と手を繋《つな》いでいた」

「姉君様は殿がお可愛くてならなかったのですね？」

助次郎がそう言った途端、斉道の顔から、すっと血の気が引いたような気がした。

助次郎は、何かまずいことでも言ったのだろうかとうろたえた。

「可愛くてならなかったとな？」

ぎらりと助次郎を睨《にら》んだ。

「そうではございませぬか？」

「そう思ったのか？　そう思ったのか、下郎！」

斉道は突然、激昂《げっこう》した。助次郎は訳がわからないまま「お許し下さいませ」と平身低頭して無礼を詫《わ》びた。

「そちは何ゆえ、予が怒りを覚えたのかわかっておるのか」

「…………」

「理由もわからずに、ただ謝れば事が済むと思うておるのか、下郎！　応《こた》えよ」

「姉君様が殿をお可愛くてならなかったから、お手を繋ぎたかったのだと、わたしが申し上げたことでございますか」

「いかにも」

「それでは……憎くてならなかったと申し上げればよろしかったのでしょうか」

「なな」

斉道はいきなり立ち上がると助次郎の頭を足蹴《あしげ》にした。

「ええい、下がれ、下がれ。そちの顔など見たくもない」

斉道の眼は吊《つ》り上がり、こめかみに青筋が浮いていた。持病の発作が出たのだと助次郎は思った。蹴られた頭がじんと痺《しび》れた。

助次郎は一礼して、そのまま寝所を出た。

胸の動悸《どうき》が激しく鳴っていた。どう考えても斉道の真意のほどがわからなかった。襖を閉めた寝所では、ものの壊れる音がした。寝ずの番の今泉鉄之助《いまいずみてつのすけ》が慌ててやって来るのが見えた。

「いかが致した」

「わたしにはよくわかりませぬ。突然にご立腹なされて……」

寝所から激しい音が聞こえる度に今泉は身体をびくつかせた。

「逆らってはならぬと、ご家老様もあれほど申されていたではないか」

今泉はひそめた声で助次郎を叱った。

「あいすみません」

助次郎は俯《うつむ》いたまま、後の言葉もなかった。

八つ当たりするような激しい音は、しばらくすると、ようやく収まった。今泉と助次郎が、そっと襖を開けて中を覗くと、斉道が大の字になって眠っていた。今泉は足音を忍ばせて中に入ると、斉道の身体にそっと夜具を被《かぶ》せ、行灯《あんどん》の灯《ひ》を消した。

「やれやれ、やっとお休みになられた」

今泉は安堵《あんど》して、そう言った。

「瀬田、ご苦労であった。ささ、控えの間で茶など飲んで、ひと息つかれよ」

今泉は助次郎にねぎらいの言葉を掛けた。

しかし、助次郎に返事はない。

「瀬田、おい、瀬田」

今泉は座って俯いたままの助次郎の肩を揺すった。ぐらりと助次郎の身体が前のめりになり、そのまま畳の上に突っ伏してしまった。

助次郎は斉道が寝ついたと知ると、堪え切れずに自分も眠りに引き込まれてしまっていた。

十一

榎戸角之進は五日ほど務めを休んだ後に、ようやく出仕して来た。留守にしている間の斉道の様子を近習の者から聞き、ついで夜伽《よとぎ》をひと晩務めた助次郎にも様子を訊《たず》ねて来た。

「至りませんでした」

助次郎は素直に榎戸に詫びた。

「離ればなれになられている姉君様の話になりましたので、お寂しくなられたのか、それとも、ご不快になられたのか。わたしには皆目、理由がわかりませぬ」

榎戸は低く唸《うな》ると腕組みをし、天井を仰いで思案するふうだった。しばらく沈黙が続き、榎戸はようやく低い声で言った。

「賢姫《さとひめ》様やお遊の方様のお話をなされたのか……殿はお二人と幼い頃に離ればなれになっておられるからの」

榎戸が「お遊の方様」と言ったことで、助次郎は少し混乱した。妹の名を崇《あが》めて言うことが解せなかった。

「ご用人様は遊のことをご存じでしたか」

「これ、呼び捨てはならぬ。お遊の方様は殿のご生母であらせられる」

「………」

その偶然に助次郎は驚いた。助次郎はどのような字を充てるのかと榎戸に畳み掛けた。

何んと呼び方だけでなく、同じ字でもあったのだ。

「ご用人様、わたしの妹の名も遊でございます」

「ほう、それは奇遇だ」

榎戸はきゅっと眉《まゆ》を上げた。

「わたしが先に妹の話を致しまして、殿が熱心にお聞き下さったのは、ご生母様と妹が同じ名であったからなのでしょうか」

「うむ。恐らくそうだろう」

「しかし、その後に姉君様のお話になり、わたしが相槌《あいづち》を打つと、突然に殿は、ご立腹されたのです」

「賢姫様の、どのような話をされたのだ？」

榎戸も合点のいかない顔で助次郎に訊《き》いた。

「姉君様とお庭をご散策なされた折、姉君様はいつも殿とお手を繫ぎたがったとおっしゃられました。それは、姉君様が殿をお可愛くてならなかったからでしょうと申し上げますと、顔色を変えられて……」

「………」

「わたしは何かまずいことを申し上げたのでしょうか」

助次郎は榎戸の表情を窺《うかが》いながら恐る恐る訊いた。

「うむ、いかにもまずいことを言うてしまった。しかし、おぬしは賢姫様のお身体のことを存じておらぬから無理もない」

「と、申しますと？」

助次郎はつつっと膝《ひざ》を進めた。

「賢姫様はお眼がご不自由なのだ」

「………」

榎戸の言葉に助次郎は絶句した。知らぬこととは言え、自分の迂闊《うかつ》さを深く後悔した。

助次郎は斉道の突然の立腹を、いつもの気まぐれと捉《とら》え、あろうことか、それでは姉君が斉道を憎くてならなかったのか、とまで口を返している。斉道が激昂したのは無理もない。

うなだれた助次郎に、榎戸は「これこれ、さようにまで落ち込むことはない」と慰めた。

「殿に何んとお詫びしてよいか……」

助次郎の声が曇った。

「拙者が後ほど殿にお詫び致す。瀬田は事情を知らなかったと申し上げれば、わかって下さるだろう」

「よろしくお願い致します」

助次郎は低い声でそう言うと頭を下げた。

「お遊の方様の御子は賢姫様と殿のお二人だけだから、殿の賢姫様への情は格別深いものにもなろうの」

「おっしゃる通りだと思います。賢姫様は越前国へお輿入《こしい》れなさっているとか」

「うむ」

「お眼がご不自由なのに、そのように遠くにおられるのは、さぞや殿も気掛かりでおられましょう」

「上様の御子は、おなごならば他家に嫁ぐのがさだめ。たとい、お眼がご不自由でもお城に留《とど》まることはできぬ」

「…………」

「上様のお心一つで御入輿《ごにゅうよ》が決まる。相手先は、むろん大名家だ。お達しがあった大名家は、ありがたき倖《しあわ》せと、それを受ける。異を唱えるのは、もっての外」

「それが賢姫様にとって必ずしも倖せではないとしてもですか？」

助次郎は顔を上げて榎戸をじっと見つめた。

春の柔かい陽射しが用人部屋にも入って来ていた。庭に植わっている樹々《きぎ》の上で小鳥の声がかまびすしかった。榎戸は助次郎の視線を避けるように、そちらを向き「人の倖せなど一言では語れぬ」と、静かに言った。

「しかし……」

「拙者は賢姫様が越前国でお寂しくお暮しとは聞いておらぬ。お心の優しい方ゆえ、向こうの殿と睦《むつ》まじくされておられるだろう。生まれつきお眼がご不自由であるならば、見えぬことを不幸とは思わぬものだ。哀れと思うのは我々の勝手な思いよ。逆に我々は見なくてもよいものまで見せられる場合もあるではないか。瀬田、案ずるな」

榎戸は穏やかな声でそう言った。助次郎は深く肯《うなず》いた。病み上がりの榎戸は、まだ身体に力が入らない様子であったが、顔色は、助次郎が瀬田村から戻った頃より、よほど回復して見える。それが助次郎を安心させた。

「ご用人様。もしも機会がございましたら賢姫様のご近況などをお訊ねになって、それを殿にお知らせ願えませんか」

「ん？」

「殿がお喜びになられると思います」

「うむ……そうだの。それがよい。そのように心掛けておこう」

榎戸が快く引き受けると、助次郎は満面に笑みを表した。何んとも無邪気なよい笑顔であった。榎戸も、思わずその笑顔に微笑み返していた。

桜が散り、梅雨めいた空はすっきりとしなかった。しかし、清水家の内外を掃除する中間達にとっては埃《ほこり》が立たないだけでも、まだましである。風の強く吹きつける日は顔が粉をまぶしたようになった。

雨が降ってぬかるんだ道も構わず、外の御用となれば助次郎は張り切って出かけた。

長局《ながつぼね》の女中達は細々《こまごま》した買い物、江戸府内に住んでいる母親や言い交わした男へ宛てる手紙を中間に託した。手紙は浅草の文茶屋《ふみぢやや》に持って行けば、そこから相手先へ届けてくれる。

あるいは日本橋にある絵草紙屋へ寄って草紙の類を求めてくる。長局の女達は冊《さっ》子《し》を読むのを好んだ。

その日も助次郎は浅草の文茶屋に手紙の束を届け、清水家に戻った。戻った途端に六助が「こりゃこりゃ」と、助次郎に呆《あき》れた声を上げた。六助は助次郎の背中を指差した。首をねじ曲げても、助次郎には六助の言うことがよくわからなかった。

「助次郎さん。あんた、少し歩き方を工夫しなけりゃならねぇよ。昨夜の雨で道端は水溜《た》まりができていたろうが」

「はい」

「もうもう、助次郎さんは背中までハネを上げて、子供みたいな奴だな」

「そんなにひどいですか」

「着替えしなせぇ。ああ、ハネは擦《こす》るとシミになるから、乾くまでそっとしておくことだ。乾いたら揉《も》んで汚れを落としなせぇ」

「はい、以後、気をつけます」

助次郎がそう言うと、傍にいた金蔵は「助次郎さんは村にいた時も、そんなふうに走り回っていたんだろうよ」と笑った。

「ええ、そうです。おかあには、いや、母親には、いつも小言を言われておりました」

「そうだろ、そうだろ」

六助は得心したように応《こた》えた。助次郎は台所に行って、女中に用足しを終えたことを報告しようと歩き出した。長局へは、直接出向くことはできない。どんな些細《ささい》なことも台所の下働きの女中を通して用事が言い渡された。

突然、御座《ござ》の間（茶の間）の方から女の甲高い悲鳴が聞こえた。三人は、ぎょっとして声のした方を向いた。

間もなく、廊下を奥女中が走り出て来た。

その女中は、以前に助次郎に挨拶《あいさつ》をしたことのある中田沙江だった。後ろから斉道が血相を変えて追い掛けていた。

近習の榊原秀之助が必死で止めたところで、もとより耳に入れる斉道ではない。沙江は庭にいる助次郎達の姿を認めると足袋裸足《たびはだし》で庭に下りて来て「お助け下さいませ」と助次郎に縋《すが》った。

仔細《しさい》を問う間も与えず、斉道が「どけ、瀬田」と荒い息をしながら助次郎に言った。

「畏《おそ》れながら、朝から高いお声を上げられては、お隣りの田安様のお屋敷にも聞こえます。どうぞ、お静かに願いますよう」

「ええい、うるさい。こやつはわしの茶々《ちゃちゃ》を殺したのだ」

「わたくしではございませぬ。決して、わたくしでは……」

沙江は助次郎の背後から必死で言い訳した。沙江は助次郎のお仕着せに巻いている帯をぎゅっと摑《つか》んでいた。茶々というのは斉道が飼っているメジロのことだった。将軍家斉から拝領したものであった。

斉道は雛《ひな》の頃より擦《す》り餌《え》を自ら与えて可愛がっていたのだ。それが死んだとあっては怒りを覚えるのも無理はない。しかし、助次郎は沙江が嘘を言っているようには思えなかった。

「殿、茶々を殺したのは沙江殿ではございませぬ。二、三日前より元気がなかったので、これは寿命でございましょう」

榊原も斉道の後ろから声を掛けた。しかし、愛鳥を亡くした衝撃で、斉道はなかなか冷静にはならなかった。ついには沙江を手討ちにするとまで言った。その途端、助次郎はぎらりと斉道を睨《にら》んだ。

「清水家のご当主ともあらせられるお方が無体なことを申されまする」

「無礼者！　中間風情が生意気な口を叩《たた》くでない」

「畏れながら、中間といえども人でございます。中田沙江殿も奥女中を務めまする人でございます。茶々と申すは、たかが小鳥。殿は人の命より小鳥の命を重く見ますか！」

「………」

「殿、お聞かせ下さいませ」

助次郎が視線を逸《そ》らさず斉道を見据えると、斉道は奥歯をぎりぎりと噛《か》んで助次郎を睨んだ。しかし、その答えを言う前に、斉道は短い奇声を発して後ろに昏倒《こんとう》した。榊原が咄嗟《とっさ》に腕で押さえたので、かろうじて頭を打つことは避けられた。

「い、医者だ。山田先生を」

六助は震える声で、それでも言った。助次郎は奥医師の部屋に走った。なぜかその時、沙江も一緒に後をついて来ていた。

斉道を寝所に運び、衣服を脱がせ、山田善庵は脈をとった。善庵はいつもの発作と格別に驚きもせず、気付け薬を処方しただけで終わった。

助次郎は台所の外に出してあった床几《しょうぎ》に腰掛けて頭を掻《か》きむしった。またしても斉道の機嫌を損ねてしまったと、しきりに後悔した。

「申し訳ありませぬ。わたくしのために」

沙江は傍でどうしてよいかわからず、詫《わ》びの言葉を繰り返すだけだった。

「殿が発作を起こされたのは、わたしの物言いが悪かったせいだ。いつも気を遣っているつもりなのに、どうしても殿のお気持ちを逆撫《さかな》でする結果になってしまう……おらは所詮《しょせん》、田舎者だに、無骨者だに……」

助次郎は村の言葉になって自分を責めていた。

「人の命より小鳥の命の方が重いのかと、あなた様はおっしゃいました。わたくしはとても感じ入りました。あなた様のおっしゃることは毛筋ほども間違っておられませぬ。非があるのはこのわたくし。殿に茶々を殺したような疑いを持たせてしまったのです。李下《りか》に冠を正《ただ》さず、瓜田《かでん》に履《くつ》を納《い》れず、という諺《ことわざ》もありますものを」

助次郎はゆっくりと顔を上げて沙江の顔を見た。

「物知りですね、沙江さんは」

「あら……」

からかわれたと思ったのか沙江は、さっと頬を染めた。勝ち気そうな顔をしている。武家の子女とは、皆、そのように凛々《りり》しい眼をするものかと助次郎は思った。

富士額の美しさも際立っていた。

その朝、沙江はいつものように斉道に茶を運んだ。斉道は厠《かわや》にでも立ったのか部屋にはいなかった。座敷の中央には素読の準備が調《ととの》い、御儒者の早川露舟《ろしゅう》を迎えるばかりであった。沙江は、すぐに部屋を後にすればよかったのだが、あまりに斉道の戻りが遅い場合は茶が冷めてしまう。淹《い》れ替えなければならない。

それで、少しの間、部屋で待つことにした。

縁側に置いてある鳥籠《とりかご》に何気なく眼をやると、茶々が止まり木ではなく、下でうずくまっていた。「茶々」と声を掛けても反応がない。沙江は鳥籠の口を引き上げて茶々の身体にそっと触れてみた。そこへ斉道が戻って来たのだ。

「何をしておる」

咎《とが》める言葉に驚いて沙江は鳥籠から手を離した。ぱたりと鳥籠の口が閉じた。斉道は慌てて傍に来ると、茶々の異変に気づいた。

「おのれ、予の茶々を亡きものにしたな？」

斉道は沙江に怒号した。違います、そうではございませぬ、沙江の言い分を斉道は聞かなかった。斉道の顔色が尋常ではないと察すると、沙江は恐怖を覚えて部屋から飛び出したのだ。

「わたくしは、茶々の籠に近づくべきではありませんでした。お茶をお運びしましたら、即刻、立ち去るべきだったのです。また淹れ替える手間を惜しんだためにこのようなことに……あなた様にもお気の毒な思いをさせてしまいました」

沙江も助次郎も互いに相手の非を突くようなことは一言も喋《しゃべ》らなかった。沙江が傍にいることで助次郎の心は慰められた。助次郎は内心で、そんな自分の気持ちを不思議に思っていた。やがて、長局の老女藤浪が廊下に立って沙江を呼ぶ声が聞こえ、助次郎も榎戸に用人部屋に呼ばれた。二人は同時に斉道のことで、お叱りを受けたのである。

その日をきっかけに助次郎は沙江の存在が気になるようになった。仕事を終え、蒲団《ふとん》に横になる時、沙江の愛らしい顔を思い浮かべた。沙江も廊下を歩いている時、助次郎と眼が合うと、にっこり微笑んだ。助次郎はそんな沙江に見惚《みと》れた。金蔵は助次郎の肩を突いて「お安くないね、助次郎さん」と、からかう。助次郎は言い訳するのに大層苦労した。

十二

江戸は本格的な梅雨に入った。しとしとと毎日雨が降り続いた。当然ながら斉道の体調は芳しくない。食も進まず、痩《や》せた身体はひと回りも細くなったように見えた。

梅雨の晴れ間を見て榎戸はなるべく斉道を外に連れ出すのだが、斉道の気持ちは、周りの者が期待するほどには明るくならなかった。

陰気な表情は背中が粟立《あわだ》つほど不気味に思えた。

助次郎に再び夜伽《よとぎ》の御用が巡って来たのは、やはり雨が屋根瓦《やねがわら》をひきりなしに叩《たた》く夜のことだった。

身仕度を調えて斉道の寝所に通う時、近習の榊原秀之助は、小声で「本日の殿はことの外、ご機嫌斜めである。くれぐれも気をつけられよ」と警告した。その日、鷹狩《たかが》りに出かけた斉道は途中で雨に降られ、何もできずに引き返したとのことだった。

助次郎は、また粗相があって斉道の機嫌を損ねてはならじと、さらに緊張して寝所の前に座った。

やがて「誰ぞおるか」と低い声が聞こえた。その夜は側室のお召しもなく、外出の疲れでおとなしく眠ってくれるものと助次郎は期待していたが、やはり甘い考えだった。

「瀬田助次郎にございます」

助次郎は閉じた襖《ふすま》に向かって応《こた》えた。

「近《ちこ》う……」

「はッ」

助次郎は襖を開け、畏《かしこ》まって頭を下げた。

「寝苦しい。戸を開けて少し風を入れてくれ」

斉道は床の上に腕枕をして横たわったまま、助次郎にそう命じた。助次郎は言われた通り障子を開け、さらに外の雨戸も細めに開けた。

微《かす》かに涼しい風が通ったが雨の音は高くなった。

「先日は茶々殿のことで、大変ご無礼申し上げました。お許し下さいませ」

助次郎は斉道に向き直って深々と頭を下げた。斉道はふん、と鼻を鳴らした。

「そちは、たかが小鳥と言うたではないか。たかが小鳥に茶々殿もあるまい」

「はあ……」

「もうよい。茶々のことは諦《あきら》めた。死んだものはどうにもならぬ」

「それから、殿の姉君様のことで、うつけたことを申しました。重ねてお詫《わ》び致します」

助次郎は言葉を続けた。斉道は黙ったままで助次郎を見ている。

「わたしは、ご用人様に賢姫様のことをお聞き致しました……殿のお気持ちも顧みず、深く後悔致しました」

そう続けると、斉道はふっと笑った。

「今夜は妙に殊勝だの」

「……」

「榎戸がそちを家臣に取り立てたいと言っておる。そちもそのつもりでおるのか？」

「まだ、決心がついておりませぬ。わたしは、殿もしばしば仰せられるように、根が百姓でございまする。武家のご奉公を恙《つつが》なく務められるかどうか自信がございませぬ」

「……」

斉道は小馬鹿にしたように助次郎を見ている。

「殿は百姓がお嫌いとお見受け致しまする」

「いかにも。粗野で無学で、おどおどと人を見る。予はびくつく奴が嫌いだ」

「すべての百姓がそうとは限りませぬ」

「ふん、そちのように生意気なのも時にはおるがの」

「…………」

「まあ、わが清水家は人手が足らぬゆえ、そちが是非にも家臣になりたいと望むのなら、予に異存はない」

「…………」

「嬉《うれ》しくはないのか？　ありがたき倖《しあわ》せと這《は》いつくばって礼を言わぬか」

　斉道はいつもの傲慢《ごうまん》な態度で助次郎に言った。

「ありがたき倖せにございまする」

　助次郎は仕方なく低い声で頭を下げた。

「心がこもっておらぬ。何んぞ不満でもあるのか？」

「家臣に取り立てていただいても、殿が百姓をお嫌いとあらば素直に喜べませぬ。殿は米の飯がお嫌いですか？　米は百姓が作るもの。さらに年貢となって、殿のお身の周りを潤す役目も致しまする」

「そのようなこと、わざわざそちに指南されずともわかっておるわ」

斉道はがばと起き上がって甲走った声を上げた。

「わかっておりませぬ。殿がわたしと意見が合わぬのは、すべてわたしが百姓の出のゆえでございまする。嫌いな者を身辺に置くのは殿のお身体にもよくありませぬ。殿がわたしを忌み嫌うならば、わたしも殿をお慕いすることはできませぬ。どうぞ、わたしをお務めから外して下さいませ。さすれば、村に戻って百姓を致しまする」

斉道から長い吐息が聞こえた。

「そちのような者、初めてじゃ」

「…………」

「榎戸から姉上のことを聞いた」

斉道は話題を換えるように言った。

「ご息災でおられましたでしょうか」

助次郎は僅《わず》かに膝《ひざ》を進めて斉道の顔を見た。

「うむ。そちが姉上の様子を訊《たず》ねてくれと頼んだそうだの」

「はい。賢姫様のお眼のご不自由なことは存じませんでしたので、殿のお怒りを被《こうむ》りました。せめて罪滅ぼしに賢姫様の近況などをお知らせ下さいと申し上げましした次第でございます」

「姉上は来年、ややを産むそうじゃ」

そう言った斉道の眼が和んだ。

「おめでとうございます」

「予は叔父貴《おじき》になる」

「さようでございまする」

「どういう気分のものかの？」

「得も言われぬ気分でございまする」

「さようか。それは楽しみだの」

斉道は胡座《あぐら》をかいて懐手した。

「ところで、そちの妹はその後、いかがである？」

斉道はふと思い出したように訊《き》いた。

「……未《いま》だ連絡はありませぬ」

「村から知らせも来ぬのか」

「はい」

「心配だの……よいおなごか？」

斉道の眼がその時だけ好色そうに光った。

「先日もお話し致しました通り、妹はおなごに生まれついたというだけで口の利きようも仕種《しぐさ》も山出しの小僧と同じでございます」

「それでも、そちは愛《いと》しかろう」

「…………」

斉道の言葉がなぜか助次郎の胸にこたえた。

思わず涙ぐみそうになった。

「いかが致した」

斉道は訝《いぶか》しそうに訊く。

「いえ……」

「早く家に戻ればよいがの。さすれば皆が安心するものを」

「…………」

「瀬田、そちを予の家臣に取り立てる」

斉道は決心したように口を開いた。

「しかし……」

解せない気持ちで助次郎は斉道の顔をまじまじと見つめた。

「不満か？」

「いえ、ありがたき倖せにございまする」

「うむ。そちが予の家臣になれば、もう百姓ではない。百姓と罵《ののし》ることはできぬ。それが少し口惜しいがの」

斉道の精一杯のねぎらいの言葉であったのだろう。その夜、斉道と助次郎は初めて何事もない静かな夜を過ごしたのである。

十三

瀬田助左衛門は夢を見ていた。娘の遊が連れ去られてから何度となく見た夢である。

真っ黒な装束に身を包んだ男が赤ん坊の遊を横抱きにして瀬田山に向かって行く。遊の激しく泣く声。

「おのれ！」

助左衛門の身体の奥深くからせり上がる憎悪。かつて助左衛門はそれほどまでに激しい憎悪と憤りを人に抱いたことがあっただろうか。

何んとしても遊を取り戻さねば。そう思いつつ、後を追い掛ける。しかし、どうしたことか、足は鉛のように重い。足を踏み出そうとしても気持ちがあせるばかりで一向に前に進んでくれない。その間にも遊を抱えた曲者《くせもの》は、まるで人間業とも思われぬ速さで彼方に去って行く。

「遊！　この役立たずの足め」

己れを奮い立たせて助左衛門は足をぐいっと踏み締めた。助左衛門の足裏にざらりと畳の感触があった。

それで夢から覚めた。畳の感触だけがうつつのことだった。夢を見ながら助左衛門は実際に足を動かしていたのだった。

助左衛門は床の上にゆっくりと起き上がった。寝間着の胸がはだけ、そこに冷たい汗をかいていた。助左衛門はその汗を掌《て》でそっと拭《ぬぐ》った。自分はいつまでこの悪い夢を見続けるのかと思う。

いったい何刻《なんどき》だろう。夜は明けて、隣りに眠っていたたえの姿はすでになかった。鶏が盛んに鳴き声を立てている。目覚めてみれば、特に寝過ごしたという訳でもなく、また普段よりよほど早い時刻でもなさそうだった。いつもの助左衛門の起床の時刻と、さして変わらなかった。

どれ、着替えて顔を洗い、朝飯の前に田圃《たんぼ》の様子を見に行くかと腰を上げた時、助左衛門は馬のひづめの音を聞いた。朝から荷駄《にだ》を引いて仕事を始めた村人だろうか。

しかし、一向に通り過ぎる様子がない。助左衛門はぼんやりと心当たりのある村人の顔を頭に浮かべた。

助左衛門は障子を開けた。朝の柔かい陽射しが庭の樹々を透かして、まだらな光を地面に落としていた。

助左衛門は沓脱《くつぬ》ぎ石に揃えてあるちびた下駄《げた》を突っ掛け、寝間着のままで庭に下りた。

庭の草木も朝露を含み、空気はひんやりとして清々《すがすが》しい。大きく伸びをしてみた。馬のいななきが聞こえる。誰かがまだ塀の外にいるらしい。助左衛門は道に迷った旅人のことを今度は考えた。村に入ると街道に出る道が旅人にとっては少しわかり難い。道案内でもしてやるつもりで助左衛門は塀に進み、通用口のさるを外した。

葦毛《あしげ》の馬に乗った若者が塀に沿って行ったり来たりしていた。若者は出て来た助左衛門に気づくとたづなを引き締めてこちらを見た。

「道に迷いなさいましたか？」

助左衛門は穏やかに声を掛けた。

「いや……」

「それでは、わが家に何んぞ御用の向きでも」

そう訊くと若者は気後れした表情でこくりと肯《うなず》いた。

「ここは瀬田助左衛門の屋敷か？」

敬称をつけない若者の物言いに助左衛門は僅《わず》かに不快を覚えた。だが、助左衛門は表情を変えることなく「さようでございます」と応《こた》えた。馬上から助左衛門を見下ろしている若者は村の者ではなかった。長い髪を後ろで一つに束ね、筒袖《つつそで》の上着、たっつけ袴《ばかま》、袖なしを重ねている。草鞋《わらじ》を履いた素足は黒く汚れていた。若者はまだ夏の季節には早いというのに、すでに陽灼《ひや》けした顔をしている。しかし、くっきりした眼、濃い眉《まゆ》、鼻筋は通り、きっと引き結んだ唇は微《かす》かに桜色をしていた。恰好《かっこう》の割に美形の若者であった。助左衛門は警戒心を覚えつつも「御用の向きをお話し下され」と若者を促した。

「瀬田助左衛門に会いたい」

若者は相変わらず横柄な態度でそう言った。

助左衛門はひと呼吸置いて「わたしが瀬田助左衛門でございます」と言った。若者は一瞬、ぐっと詰まった様子だったが短い吐息をついた。馬が苛立《いらだ》ったように前脚を動かした。

若者はそれを宥《なだ》めながら「おれは雷《らい》という名であるが、昔々は遊と呼ばれていたそうじゃ。ぬしの息子で助次郎という者がおろう。おれの兄者だと言うた。その話はまことかどうか、ぬしに確かめに来た」と早口で言った。

助左衛門は言葉を失っていた。先刻見た夢がなぜか脳裏を掠《かす》めた。助左衛門は呆《ほう》けたように若者の顔をじっと見つめた。

「遊……」

助左衛門の口からようやく、しゃがれた声が洩《も》れた。それと同時に涙がとめどなく頰を伝った。若者は涙を流す助左衛門を不思議そうに見ている。

「よう、帰って来てくれた……本当によう……」

助左衛門は掌で口許《くちもと》を覆いながら咽《むせ》んだ。

「兄者は黙って屋敷に戻れと言うた。さすれば、とと様もかか様も黙って迎えると言うた」

若者は、いや、遊はおずおずと続けた。助次郎の言葉がここに来て、本当に通用するものかどうかを訝《いぶか》しんでいる表情だった。助左衛門はうんうんと肯いて、たづなを摑《つか》んでいる遊の手をぎゅっと握った。

「年寄りのくせに力が強いの」

遊は照れ臭そうに笑った。助左衛門は無理に笑顔を拵《こしら》えて「お前を待って待って、わしはこの通り年寄りになってしもうた。これでも昔は男前であったぞ」と冗談を飛ばした。

「いいのか、戻ってきて。迷惑ではないのか？」

遊はそれでもまだ信じられない顔で屋敷のたたずまいを見ている。遊の目には庄屋である助左衛門の屋敷は大きく立派過ぎる様子である。

「何を遠慮することがある。ここはお前の家だ。お前の母親が腰を抜かすぞ」

「かか様か？」

遊の顔が少し輝いた。

「そうだ。ささ、何をしておる。早く馬から下りろ。この馬は少し気性が荒そうだ。蹴飛《けと》ばさぬように言い聞かせてくれ」

「大丈夫だ」

遊は物慣れた仕種《しぐさ》で馬から下りると、後ろに括《くく》りつけていた炭の束を助左衛門にひょいと放った。助左衛門はそれを受け取ったが、思わずよろけた。

「おれの焼いた炭だ。魚を焼くと大層うまい。土産のつもりだ」

助左衛門は遊の言葉に炭の束を抱えたまま肯き、また新しい涙が湧いた。

「とと様は泣き虫だの」

遊は朗らかに笑った。助左衛門は大きく洟《はな》を啜《すす》ると吾作の名を呼んだ。吾作はほどなくやって来たが遊の姿を見ると怪訝《けげん》な顔をした。

「吾作、誰だと思う？」

「さて……」

吾作は首を傾げた。

「遊だ」

「………」

「遊だぞ」

助左衛門は念を押すように吾作に言った。

吾作の眼は大きく見開き、穴があくほど遊を見つめる。何か喋《しゃべ》ろうとして喉《のど》が詰まり、苦痛を覚えたように顔が歪《ゆが》んだ。その場に膝《ひざ》を突いて吾作は掌で顔を覆った。

遊はどうしてよいかわからず助左衛門と吾作を交互に見た。

「皆、お前を待っていたのだ」

助左衛門は独り言のように呟《つぶや》いた。助左衛門は吾作に遊の馬を馬小屋に連れて行くように言った。吾作は慌てて顔を上げると遊の手からたづなを受け取った。

助左衛門は遊を母屋の中へ促した。

たえは仏壇に水とお仏供《ぶく》を供えるため、朱塗りの盆にそれをのせ、仏間に入ったところだった。助左衛門が甲走った声を上げるのは聞こえていたが、朝から何を高い声で、と頓着《とんちゃく》することもなく仏壇に向き直った。

「おい、遊が帰って来たぞ」

助左衛門の言葉が背中から覆い被《かぶ》さった。

「え？」

ぎょっとして振り向くと、助左衛門に手を引かれた背の高い娘がいた。たえは手に持っていた盆のことを忘れた。畳の上に水の入った湯呑《ゆのみ》やお仏供の白飯を取り落とした。盆は隣りの部屋まで転がって行った。それにも構わず、たえはよろよろと遊に近づいた。たえの足袋《たび》に包まれた足が畳に落ちた飯を踏んだ。

「あッ」

遊は驚いて声が出た。たえはそれにも気づかない。たえは遊の両肩に手を掛け、そのまま、ずるずると腰がくだけ、ついに畳に突っ伏してしまった。遊はやはり、どうしてよいかわからない。

「遊！」

後ろから乱暴に抱き締められた。振り向くと、たえによく似た若い男がいた。長男の助太郎であったが、遊にはその時、彼が何者であるのかを知らなかった。襖《ふすま》に手を掛けて甥《おい》の助右衛門と、りつが不思議そうにこちらを見ていた。遊は甥と姪《めい》だということが、かろうじてわかった。

「お遊さん、お帰りなさいませ。初でございます」

助太郎の妻が挨拶《あいさつ》したが、やはり遊は怪訝な眼を向けただけだった。遊は途方に暮れる思いがしていた。ふと、下を向くと、たえがまだ泣いている。足袋の裏に飯粒を張りつかせて。

遊がたえを母親と確認したのは、そうして飯を踏み潰《つぶ》して気づかないほどの動転の仕方であったのかも知れない。

「かか様、飯を踏んでおる」

遊は静かに口を開いた。

「え？」

「飯を踏んでおるぞ」

遊は少し苛々《いらいら》して言った。

「お前はまた、何んとしたことか」

助左衛門も呆《あき》れたように言った。たえは足袋のこはぜを外しながら笑った。笑いながら、また堪え切れずに泣くのだった。

「おれは何が何んだか訳がわからぬ」

遊は首を振ってそう言った。

「ああ、お遊。お遊なのですね？　ああ、夢のよう……」

たえは遊の手をぎゅっと握って離さない。その力は助左衛門に負けずに強かった。

遊は少し顔をしかめた。助右衛門とりつが甲高い声で笑った。


遊の噂はその日の内に瀬田村のすべての人々に伝わった。翌日から祝いを述べに来る村人で瀬田家はひとしきり賑《にぎ》やかであった。村人は遊をひと目見るなり、一瞬、言葉を失った。遊の風貌《ふうぼう》、仕種が並の娘とあまりにも違っていたからだろう。村人は「やはりお遊様は狼女になって戻って来たずら。無理もねェ。山で育てられたからな」と、妙に納得しているようなところがあった。しかし、誰もが今後の遊の行く末をどうなることやらと同様に案じている様子でもあった。

十四

遊は並の娘と、ことごとく違っていた。

娘らしさは、持って生まれるものではなく、成長途中で母親、姉、あるいは女の友人、知人の仕種から学習して身につけるものである。

遊にはそういう人間が周りにいなかった。

育ての母親は遊がもの心つく頃にはこの世を去り、以後は親父様と呼んだ男と二人きりの生活であった。親父様は遊の話すことから甲賀者ではなかろうかと助左衛門は察した。

ずっと以前に島中藩の鹿内六郎太が助左衛門にそっと囁《ささや》いた言葉にも、そのようなふしが感じられた。遊は親父様の足がすこぶる達者で、しかも身軽であると言った。気配を人に感じさせることなく歩くことも、水の中でかなり長い間、息を詰めてもぐっていられることもできると言った。

親父様は忍びの術などは遊に教えなかったが、門前の小僧、何んとやらで、遊の足は達者であるし、馬の扱いにも堪能であった。親父様が焼いた炭を売りに岩崎村に出かける時は一人で留守番をすることが多かった。

そのまま二日も三日も彼が戻らなかった時もあったらしい。遊は泣かずに親父様をじっと待っていたという。

そんな話を聞かされると、たえは幼かった遊が不憫《ふびん》で、すぐに眼を濡《ぬ》らした。

遊が瀬田の家に戻る気になったのは親父様の失踪《しっそう》にあった。親父様は一昨年の秋頃から体調を崩していたらしい。ちょうど助次郎と遊が出会う少し前の頃である。

助左衛門は親父様の年齢に見当がつかなかったが、どうも自分よりかなり年長者に思われた。いかに修行を積んだ甲賀者でも寄る年波には勝てない。

遊が助次郎と出会ったことで、彼はある決心をしたようだ。自分の死期を悟ると遊のこれからの暮しを案じて瀬田の家に戻れと遊に話したのだ。彼は瀬田の家から遊を連れ去ったと白状したようだが、誰が何んの目的で彼に命じたのかは話さなかった。遊にはもとより、その真相がわかるはずもない。しかし、親父様の話は助次郎が遊に話したことと寸分の違いもなかった。

遊は親父様に、自分を今まで騙《だま》していたのかと詰《なじ》った。彼は遊に薄く笑って、だからこれから地獄に落ちるのだと応《こた》えたそうだ。

それから間もなく、親父様はいつものように炭を売りに行くと言って出かけた。

だが彼は再び遊の所に戻らなかった。遊はもちろん、親父様の行方を捜したが、彼の行方は、ようとして知れない。ひと月が過ぎた頃、遊は親父様が自分の前から姿を消したのだと察した。かつて、親父様がひと月も不在にすることはなかったからだ。遊は親父様と助次郎が話していた瀬田村の家のことを俄《にわ》かに考え出す。そこに行こうか行くまいかと大いに悩んだものだが、実の父親と母親に逢《あ》いたいという思いには抗し切れなかったのだ。

たえは遊が戻って来てからはしゃいでいるように見えた。無理もない。諦《あきら》めていた娘が成長した姿で帰って来たのだから。助太郎の妻の困惑など察する余裕さえなかった。

助太郎の妻の初にすれば、遊は突然現れた小姑《こじゅうとめ》である。しかも尋常な娘ではない。今まで、姑のたえと表立った確執もなく、平穏に暮していただけに、初は遊のことで大いに戸惑っていた。

遊は助太郎のことを「大きい兄者」と呼んだ。助次郎と区別をつけるためである。

助太郎の二人の子供である助右衛門とりつは、すぐに叔母《おば》である遊に馴染《なじ》んだ。村をあちこち歩き廻《まわ》る遊の後を二人はついて来た。田圃《たんぼ》で稲の世話をしていた村人は遊の姿を見ると、手を止めてこちらをじっと眺め、それでも頭を下げる。遊も居心地の悪い顔でそれに応える。もはや村人で遊を知らぬ者はいなかった。しかし遊は気の利いた言葉など気後れして掛けられない。傍で助右衛門が「あれは茂吉《もきち》ずら」と訳知り顔で遊に教えた。りつは歩き疲れると遊に抱いてくれとねだった。遊は拒むこともなく抱き上げ、ついでに、りつに頰擦りする。りつはくすぐったそうに愛らしい声で笑った。遊は幼い甥と姪に、一番先にうち解けたようだ。

遊は今まで湯舟に浸かって丁寧に身体を洗う習慣がなかった。汗をかけば川に入って水浴びをする程度だった。

遊の首には黒い垢《あか》がこびりついていた。その垢を落としてやることが、当面のたえの仕事でもある。瀬田の家に戻って来た早々、遊から獣のような異臭も感じられた。たえはさほど嫌やがりもせず「まあまあ、臭いこと。さっそくお風呂に入りましょうね」と言ったが、初は袂《たもと》で鼻を覆い、露骨に不快な表情をした。

それを目敏《めざと》く見ていた助太郎が初に小言を言った。今まで仲睦《なかむつ》まじくやって来た夫婦の、それが初めての夫婦喧嘩《げんか》ともなったようだ。

遊を一度ぐらい湯に入れただけでは収まりがつかなかった。遊は身体の洗い方もろくに知らなかったのだ。襷掛《たすきが》けしたたえは、奥歯を噛《か》み締めて嫌やがる遊の身体を擦《こす》り続けた。

やがて陽灼《ひや》けと見えていたものは積年の垢であったと、誰もが気づいた。

櫛《くし》を入れた遊の額の生え際は、若い娘らしい艶《つや》やかな肌の色を見せるようになった。

たえは村でただ一軒の呉服屋を自宅に呼んで晴れ着、普段着、帯などを誂《あつら》えたが、困ったことに遊はそれ等を手に取ろうともしなかった。自分はこれまで通りの恰好《かっこう》でよいという。いかにたえが説得しても言うことを利かなかった。たえは仕方なく木綿の反物で筒袖《つつそで》の上着、袖なし、たっつけ袴《ばかま》を拵《こしら》え、ようやく遊に着せることができた。その恰好は野良着とさほど差はなかったが、臙脂《えんじ》の色が入っていたために、かろうじて遊を娘らしくは見せた。

髪も島田髷《しまだまげ》には結わせなかった。こちらも村の女髪結いと相談して、いわゆる若衆髷に似た髪型に拵えた。無造作に束ねているよりはましである。少しはまともな恰好になったものの、遊の印象は村人にとって、さほど変わるものではなかったようで、助右衛門の遊び仲間は遊のことを「おとこ姉様《あね》」と呼ぶ。助右衛門はそれに腹を立て、喧嘩をして家に戻って来ることが何度かあった。

たえにとって、遊の世話は恰好に留《とど》まらなかった。遊は普通の行儀というものがなっていない。食事の仕方も甚だしく礼儀を欠いていた。普段は、たえや初に飯をこぼすなとか、汁を音を立てて飲むなと小言を言われる助右衛門ですら、「おんばは犬のように飯を喰《く》う」と呆れたように言った。さすがにその時は遊もこたえた様子で、幾らか気をつけるようになったのだが。

瀬田村に初夏が訪れていた。遊は瀬田の家の縁側から日に何度か瀬田山をじっと眺める。

たえは遊のその恰好が家にいた時の助次郎の姿と重なって見えた。助次郎も己れの行く道を瀬田山を眺めながら思案していたからだ。

助次郎には遊が戻ったことをすぐさま手紙で知らせた。折り返し、躍り上がるような字で返事が来た。これで何も案じることなくお務めに励むことができる、との言葉にたえは心から安堵《あんど》した。父や兄と諍《いさか》いをして村を発《た》った助次郎が、たえは不憫《ふびん》でならなかったのだ。

しかし、遊が瀬田山を見つめる理由は助次郎とは趣を異にする。もの心つく頃から暮していた場所である。実の両親の許《もと》に戻って来たとは言え、庄屋の娘として、それなりの行儀作法を俄かに仕込まれる毎日は気詰まりでもあろうとたえは察している。しかし、たえは母親として、遊をおとこ姉様のままで放っておくことはできない。何んとか人並にしようと心を砕いていた。

たえは梅干しの準備をするため、青梅をひと晩、水に浸けたものを吾作に手伝わせて庭に運んだ。遊が縁側で膝《ひざ》を抱えてぼんやりと瀬田山を眺めていた時である。助左衛門と助太郎は代官屋敷の方に用向きで出かけ、初も買い物に出ていた。助右衛門とりつは先刻まで遊と一緒にいたのだが、いつの間にか外へ遊びに行ったようだ。

「お遊、手伝っておくれでないかえ？」

たえは所在なげな娘に声を掛けた。

遊はその声で我に返ったような顔をしたが、こくりと肯《うなず》いた。

「梅干しを拵えるのですよ。皮に傷をつけないように、これ、このように丁寧に水気を取り、へたを楊枝《ようじ》で取るのですよ」

たえは白い晒《さらし》の布巾《ふきん》を遊に渡しながら要領を説明した。

青梅は水に浸けられて黄色に変色している。遊は言われた通り、梅の水気を拭《ぬぐ》い、楊枝を使ってへたを掘り起こすように取った。

その仕種《しぐさ》は呆《あき》れるほど不器用だったが「そうそう、上手ですよ。梅干しは、あなたもよく覚えていた方が後々に役に立つはずです」と、たえは言った。遊は黙って手を動かす。

「お遊、梅干しは好きかえ?」

たえは遊に続けた。娘と二人でいることが嬉《うれ》しくてならないというふうである。

「握り飯の中に入れると大層うまい。それに腐れを防ぐ作用が梅にはあると親父様が言うた」

「そうです、その通りですよ」

「笹の葉もそうだろう?」

「ええ、ええ。笹の葉に包んだものは包まないものより腐り方が遅いようです。どういう理屈なのか、わたくしにはわかりませんが。この世にあるものに無駄なものはないような気がしますよ」

そう応えたたえを、遊は、手を止めてまじまじと見た。

「人もそうか?」

低い声で遊は訊《き》いた。

「え?」

「この世に生まれた人も無駄な者はいないのか」

「どうしてそんなことを訊くのです？」

たえは遊の真意がわからず不思議そうに娘の顔を見つめた。

「茂吉の女房は足が萎《な》えておる。生まれつきと聞いた。百姓の女房で足が萎えておるなら、手助けはろくにできぬ。茂吉は、どうしてあんなおなごを女房にしたのか、おれは不思議でならぬ」

村人の顔を覚え始めた遊は、それぞれの家の事情を知ると俄《にわ》かに疑問を感じたらしい。

茂吉の女房のお捨《すて》は確かに足が不自由であったが、茂吉との夫婦仲は睦まじく、五人の子供がいた。

「それは茂吉さんがお捨さんを好きだったからですよ」

「………」

黙った遊は納得している様子でもなかった。

「お捨さんと話をしたことがある？」

「ああ。おれの顔を見れば茶を飲め、芋が蒸《ふ》かし上がったから喰ってゆけと勧める。おれの顔を見てにこにこする」

「よい人柄だと思いませぬか」

「ふん、まあな。傘五郎の娘よりましだ。あの娘は人前ではお嬢様、お嬢様とおれを持ち上げるが、裏ではおとこ姉様と、村の悪餓鬼と変わらぬ悪態をついているらしい」

川向こうの傘五郎の娘は遊とさほど年の違いはなかった。

「ですからね、お捨さんには、足が不自由でもそれを補うよい人柄に恵まれているし、子供達も母親を助けようと一生懸命に働いているではありませんか。生まれて来て無駄な人などこの世には一人もいないのですよ」

たえは幼い子供に言い含めるように遊に言った。

「かか様、おれの不足は何が補ってくれるのだ？」

「あなたに不足なことなどありませぬ」

たえは遊の問い掛けに内心で、どきりとするものを感じたが、すぐにきっぱりと言い添えた。

「そうではなかろう。おれも人並のおなごではないゆえ……」

「これから色々と覚えてゆけば、お遊も立派なおなごになります。そしてよい殿御を見つけて祝言を挙げるのです。わたくしは、それまで何んとしても生きていなければと心にきめているのですよ」

「親馬鹿だの。おれのようなおなごを嫁にするような男はおらぬ」

遊はさもおかしそうに笑った。

「そんなことはありません。世の中にはたくさんの殿御がおります。その中にはお遊を是非にも妻に迎えたいと考える人もおりましょう」

「そやつはよほどの変わり者であろうの」

遊は皮肉な言い方をした。

「お遊、自分をそんなに貶《おとし》めるものではありません。うちの家族は皆、あなたが好きなのですから。助右衛門もおりつも、おんば、おんばと慕っているではありませんか。子供は正直なものです。あなたが本当にどうしようもないおなごなら、二人があれほど慕ったりはしませんよ」

たえは遊を励ますように言う。実際、助右衛門とりつは家にいる時、遊の傍を離れようとしない。遊は嫌やがりもせずに相手をするからだろう。子供に慕われるのは遊も嬉しい。

遊はたえの言葉にふわりと笑ったが、ふと思い出したように「義姉《あね》様はおれが嫌いらしい」と、ぽつりと呟《つぶや》いた。その顔は心なしか暗くなった。たえは少し厳しい表情で遊を見た。

「お初が何かあなたに言ったのですか」

「いや、何も言わぬ。したが、義姉様はおれが何かしようとすると、すぐに自分がやると先回りする。まあ、膳《ぜん》を整えたり、戸棚に物をしまうのは義姉様の方が抜かりはないがの。だが、おれはやることがなくなる」

そう応《こた》えた遊は寂しそうだった。

「そうですか……」

「この梅もおれが手伝いをしたと知ったら口に入れぬやも知れぬ」

「まさか、そんなことはありませんよ」

「かか様、おれの手が触れたものは汚いか？」

「お遊……」

「義姉様はおれの着物や身体に触れると必ず手を洗うぞ。毎度そうされると、おれでも気が滅入る」

どうして初がそのような態度をするのか、たえには解せなかった。

「わたくしがお初にようく言い聞かせます」

怒りが湧き上がるのを抑えて、たえはきっぱりと言った。

「かか様、それは言わぬ方がいい。気に入らぬ者を無理やり気に入るようにはできぬものだからの。おれは義姉様の気持ちもわかるから……」

「お初のどのような気持ちがわかるのですか」

「急におれのような者が大きい兄者の妹として現れたからの。今まで静かに暮していたこの家が大騒ぎになった」

「でも、お遊は確かにこの家の娘なのですもの、それは仕方がないではないですか」

たえは承服できない顔で遊に言う。瀬田の娘をないがしろにするとはどういう了簡《りょうけん》かとたえは思う。自分が躍起になって遊の躾《しつけ》をしているというのに、身内から足を引っ張る者がいてはどうにもならない。

「下の兄者は村に帰って来ぬかのう。おれがここに戻って来たら暇を貰《もら》って来ると言うたのに」

黙ったままのたえに遊は話題を換えるように言った。このまま初の話を続けては、たえの癪《しゃく》の種はますます大きくなりそうだった。

遊は短い間にたえの気性を呑《の》み込んでもいた。物言いは優しいが、いざという時は頭に血を昇らせ、助太郎や助左衛門にも臆《おく》するところなく口を返す。そういう激しい気性は自分にも確かに伝わっていると感じていた。

「助次郎ですか？　あの子はお武家になったので色々、忙しいお務めがあるのですよ。おいそれと村に戻ることはできないでしょう。何んでもお仕えしているお殿様が大層難しいご気性の方だそうです」

「難しい？」

遊が怪訝《けげん》な顔をした。

「気の病があるそうです。お天気の具合によっても突然にご立腹され、傍の者がご機嫌を直すのに苦労されるようです。幸い、助次郎はお殿様に気に入られたようですが」

「かか様、安心はできぬぞ。それなら、いつ気が変わって家来をやめさせるやも知れぬ」

遊の言葉にたえも俄かに心配そうな顔をした。

「まあ、それならそれで村に戻って来て、村の仕事をすればよいのだから構わぬか……」

遊はたえの表情を窺《うかが》って、取り繕うように続けた。

「お遊は人の悪いおなごです。わたくしを心配させたり安心させたり」

たえは眉間《みけん》に皺《しわ》を寄せて困り顔をした。

「おれは……かか様が好きだ」

遊は唐突にそう言った。その瞬間、遊が楊枝を使って取った梅のへたが庭先に飛んだ。

たえはこみ上げるものに喉《のど》を詰まらせた。

「兄者は、かか様のことを優しくて気の強いおなごだと言うた……おれはそれを聞かされた時から、かか様のことをずっと夢見ていた。初めて会った時は思った通りの、いや、それ以上のかか様であった。おれはその顔が心底、好きだ。その仕種《しぐさ》も、その声も……」

たえは堪《こら》え切れずに袖《そで》で顔を覆った。

「おれは嫁に行かずとも、この先は、かか様の傍で暮せればそれでよいと思うておる」

遊はたえの細い背中に言った。それは正直な遊の気持ちである。たえは洟《はな》を啜《すす》って何度も肯《うなず》いていた。

水気を拭《ぬぐ》った梅をたえは慣れた手付きで樽《たる》に仕込んだ。

梅一升、塩一升の割合で漬ける。樽底に薄い小豆色をした塩を敷き、梅を並べ、さらに塩をまぶす。それを交互に繰り返すのだ。梅酢が上がってきたら、今度は赤《あか》紫蘇《じそ》を塩揉《しおも》みしたものを上に被《かぶ》せる。梅干しの仕込みは、だから赤紫蘇の収穫の時季も考慮しなければならない。

村の田圃《たんぼ》の畦道《あぜみち》には赤紫蘇が自生していた。

しかし、瀬田山にはそれよりはるかに上等の赤紫蘇が生えている。たえを山に連れて行こうかと遊はふと思った。少し難儀だけれど。

十五

「誰ぞおるか?」

寝間から斉道の低い声が聞こえた。梅雨は明けたはずなのに湿り気を帯びた鬱陶《うっとう》しい天気が続いていた。寝苦しさは斉道だけに限らない。宿直《とのい》の御用を仰せつかった助次郎は廊下から「瀬田助次郎にございます」と応えた。

「近《ちこ》う」

「はッ」

襖《ふすま》を開け、一礼してから拳《こぶし》を突いて中ににじり入った。青い蚊帳《かや》の中で下帯一つの斉道が幽鬼のように見えて、助次郎は思わず背中をぞくりとさせた。しかし、何事もない顔で「お眠りになれませぬか」と訊《き》いた。

「うむ」

「雨もよいでございますゆえ、無理もございませぬ。梅雨は明けたと市中の者は話しておるのですが……これは戻り梅雨というものでございましょうな」

「洒落《しゃれ》たことを言うの。むしむしとして黙っていても汗になるわ」

「お拭い致しましょう」

「それには及ばぬ」

斉道はそう応えたが、うなじに掌《て》を置き、汗を拭うと、掌についたそれをしみじみ眺めている。

「のう、瀬田。予は、このまま狂うてしまうのではなかろうか」

斉道は掌に視線を落としたまま独り言のように呟いた。

「何を仰せられます。断じてそのようなことはございませぬ。お気を確かに」

助次郎は斉道の言葉にぎょっとする思いで慌てて斉道を制した。

「したが、予はこの頃、己れが恐ろしい。己れの気持ちが恐ろしい……おたあの顔が夜叉《やしゃ》に見えたり、天井のしみが人の顔に見えたり、柱から黒い虫が這《は》い出て来るような気がすることもある」

「お疲れでございましょうか。書見《しょけん》に根を詰められているのではありませぬか？」

助次郎はそう言ったが、実際、斉道の顔は以前よりも黒ずみ、肌の張りも感じられなかった。

「書見をしている時は余計なことを考えず、心は休まっておる。そのせいではあるまい」

「それでは、近頃、お天気の具合で鷹狩《たかが》りをあまりなされぬせいかも知れませぬ。外の空気を吸うことは何よりの気晴らしでありましたゆえ」

「鷹狩りにも飽いた」

「…………」

「餌《え》を撒《ま》き、獲物をおびき寄せて力王丸を放せば、力王丸は苦もなく獲物を捕らえて来る。したが、奴の顔には何んのこれしき、笑止な、と小馬鹿にしたふうがある。予は力王丸の気持ちがわかる。お為《ため》ごかしに鴨《かも》や鶉《うずら》を捕らえたところで奴は存分に働いたとは思うておらぬ」

「お鷹の気持ちがおわかりになられるのですか……これはこれは」

助次郎は感心した声になった。しかし、斉道はそれを皮肉と取ったらしい。

「腹の中で笑うておるな」

　ぎらりと助次郎を睨《にら》む。

「滅相もございませぬ」

「いや、そちは確かに笑うておるはずだ」

「そのようにお受け取りになられたのでしたら、平にご容赦のほどを。瀬田、ご無礼致しました」

　助次郎は慇懃《いんぎん》に頭を下げた。

「そちは変わった……」

　斉道は短い吐息をついて、しみじみとした口調で言った。

「拙者が、でございまするか？」

　助次郎は怪訝な表情で斉道を見つめた。助次郎は家臣に取り立てられてから、榎戸に徹底的に言葉遣いを直された。もはや、自分のことをわたしとは言わず、侍らしく拙者である。おもはゆい気持ちは、まだ少し残っていた。

「以前のそちなら、理不尽なことには決して謝らぬ男であった。予はそちを気に喰《く》わぬが、その心ばえは、あっぱれとも思うていた。物分かりがようなったのは、それは、あれか？　そちが侍になったゆえか？」

　斉道は茶化すように言う。助次郎は拳を口許《くちもと》に押し当て、空咳《からせき》をしてから口を開いた。

「拙者は根が百姓でございまする。殿より侍に取り立てていただきましたが、拙者は侍の気概など、一生掛かっても持ち合わせることはできぬと思いまする。しかし、拙者は、できるだけ殿のお心に添うように努力致しておるつもりです。清水家にお仕えして、早や三年。拙者も二十歳になりました。徒《いたずら》に殿へ反発するような子供じみたこともできますまい。それは思慮分別ある大人のすることではありませぬゆえ」

助次郎がそう言うと、斉道はしばらく返事をしなかった。何かまた機嫌を損ねたのであろうかと助次郎は不安になった。やがて斉道は、ようやく「瀬田、そちは二十歳か？」と確かめるように訊いた。

「はッ。殿より二歳年上でおるかのう……」

「予は二十歳まで生きておるかのう……」

斉道は遠い眼になって嘆息した。

「殿、何を仰せられますか。縁起でもございませぬ。殿はこの先、いついつまでも息災であらせられます」

助次郎は斉道を励ましたが、斉道は、さほど慰められた様子でもなかった。首をぎくッ、ぎくッと音をさせて回すと「何んぞ、おもしろき話をしてくれ」と助次郎に命じた。

「殿、拙者は殿の御為《おんため》なら何んでも致しまする。どうぞ、何んなりと仰せられませ」

助次郎は切羽詰まった表情で言った。

「わかった、わかった。だから、何んぞおもしろき話をしてくれ。予が快く眠れる話をの」

「おもしろい話でございますか……」

「そうだ」

助次郎は思案して、しばらく天井を睨《にら》んでいたが、はたと掌を打った。

「拙者の妹のことでございまするが……」

恐る恐る口を開くと、斉道は身を乗り出すようにして「おお、遊のことか？」と訊いた。

母親と同じ名であったせいで、斉道はその名をすっかり覚えたようだ。

「さようでございまする。殿、妹は瀬田の家に戻りましてございます」

「おお！」

斉道は感歎《かんたん》の声を上げた。白い歯が覗《のぞ》いた。

助次郎は唇を舌で湿すと話を続けた。

「瀬田村の父親から手紙が参りました。妹は春先に山から下りて、村に戻って来たのでございまする。さあ、拙者の家はもちろん、村の人々も上を下への大騒ぎでございました」

「うむ。近う！」

斉道の言葉がやけに力んで聞こえた。助次郎は膝《ひざ》を進めたが斉道は苛々《いらいら》した声で

「もそっと近う。何をしておる、蚊帳の中に入らぬか。話がよく聞こえぬ」

「しかし……」

助次郎は躊躇《ちゅうちょ》した。蚊帳の中まで入り込むのは、幾ら何んでも僭越《せんえつ》の極みである。

「構わぬ。遠慮するな。ここは予とそちしかおらぬ。瀬田、予は衆道《しゅどう》（男色）の趣味はないから安心するがよい」

冗談口まで飛び出した。

「お戯《たわむ》れを」

助次郎は苦笑したが、思い切って蚊帳をかいくぐり、斉道の枕許に端座した。斉道は安心したようにふわりと笑った。邪気のない笑顔であった。

遊は村の暮しに倦《う》んでいた。礼儀作法を喧《やかま》しく言われるのにもまして、嫂《あによめ》の視線が遊の心を重くする。初は面と向かって遊に何か言う訳ではないのだが、初の眼が

遊を拒絶しているように感じられてならない。

もともと、実の両親の顔を見たいだけで山を下りて来たのだ。そこで新しい暮しをするのだという覚悟ができていなかった。十六歳になったとは言え、遊の思慮分別はまだまだ幼い。瀬田の家の暮しが気詰まりに思えて来ると、山へ戻りたいという気持ちがむくむくと頭をもたげ始めた。ここ数日、親父様の夢を立て続けに見たせいもある。

親父様は遊の前から姿を消したけれど、まだ死んだとは決まっていない。遊は親父様の亡骸《なきがら》を見ていないのだ。それは遊にとって決して死んだということにはならなかった。

案外、遊が村に戻ったことを確認した後に、ひょっこりと塒《ねぐら》に帰っているのかも知れない。そう思うと居ても立ってもいられなかった。

その朝、助左衛門が外出すると、遊は身仕度を調《ととの》えて馬小屋に向かった。東雲は遊を見ると鼻息を荒くして甘える仕種《しぐさ》になった。

「東雲、山に帰るぞ」

遊は東雲の鼻面を撫《な》でてそう言った。たづなを引いて表に出ると、屋敷前の掃除をしていた吾作が竹箒《たけぼうき》の手を止めて「お遊様、どこにいらっしゃるずら？」と訊《き》いた。

「おれは山に帰る」

「あ？」

吾作は一瞬、呆気《あっけ》に取られた様子である。

「里の暮しはやはり性分に合わぬ。おれは山の方がよい」

「お遊様……」

「吾作、世話になったの。ぬしは達者で暮せ。気が向けばまた戻って来るやも知れぬ」

「お、お待ち下せェ。奥様に断りを入れていなさるだにか？」

吾作は慌てて遊に覆い被《かぶ》せた。

「いや……」

遊は吾作の眼を避けて応《こた》えた。

「それはなんねェ！」

吾作は竹箒を放り出すと、すぐさま東雲のたづなを摑《つか》んだ。東雲は吾作に慣れていた。

吾作は東雲のたづなを摑んだまま、長屋門の中へ「奥様、若旦那様《わかだんな》」と叫んだ。

普段は低い吾作の声がその時だけ甲高かった。

「吾作、余計なことをするな」

遊は癇《かん》を立てた。

「お遊様。余計なことも何も、ここはお遊様の家だに。今更、性に合わねェから山へ帰るというのは、おらでも得心がゆかねェ。それじゃ、今の今までお遊様を待ち続けていた奥様のお気持ちはどうなるずら？　お遊様は奥様のお気持ちがわからねェだにか？」

「わかっておる」

「いいや、わかっていなさらぬ」

吾作は皺《しわぶか》深い顔に怒りを漲《みなぎ》らせ、口の端に唾《つば》の泡を作って懸命に遊を思い留《とど》まらせようとしていた。黄色い目脂《めやに》のついた丸い眼が赤く潤んでいる。

「どけ、吾作。邪魔すると、ぬしの身体、東雲の脚で踏み潰《つぶ》すぞ」

遊の堪《こら》えていたものが吾作に向かって弾《はじ》けた。そのように荒い言葉を吐いたのは瀬田の家に戻って初めてのことだった。だが、吾作も負けてはいない。

「ああ、やんなせェ。お遊様に殺されるなら本望だに」

遊は黙ったまま吾作を睨《にら》みつけた。吾作はしゅんと洟《はな》を啜《すす》った。

「なあ、お遊様。おらには女房も子供もいねェ。こんなおいぼれを置いて下さる奥様や旦那様には、口では言われねェほど感謝しているだに。若旦那や助次郎坊ちゃん、お遊様を、勝手ながら実の孫のようにも思っているずら。心の底から愛《いと》しいだに……」

遊はふん、と鼻を鳴らした。ついこの間、戻ったばかりの自分に吾作が実の孫のように愛情を感じていると言われても方便にしか思えない。

「ぬしはおれを孫のように思うているだと？　いい加減なことを言うな。おれはこの間まで、この家にはおらぬ人間だったのだぞ。そんな者に孫のようだ、愛しいだのとほざいても誰が信用する」

「お遊様、おらはお遊様の子守りもした。赤ん坊の頃のお遊様の顔も憶《おぼ》えているだに。お遊様が曲者《くせもの》にさらわれてから、一度たりともお遊様のことは忘れたことがねェ。おらにとって、お遊様は見も知らぬ娘ではねェ。最初から瀬田のお屋敷のお嬢様だに。たとい、他人が何を喋《しゃべ》ろうとも……」

吾作はこみ上げるもののために途中から涙声になった。自分の気持ちが遊に伝わらない情けなさと苛立ちを感じているのだ。

助太郎とたえが急いで外に出て来た。助太郎はいつもと違う吾作の様子に「どうしたのだ、吾作」と穏やかな口調で訊いた。背丈が六尺に近い助太郎は、その身体には似合わない優しい物言いをする男である。吾作は言葉に詰まってうまく喋ることができなかった。

「おれが山に帰ると言うと、吾作が止めた」

遊は仕方なく助太郎に応えた。助太郎の眉《まゆ》が少し持ち上がった。

「山に帰ってどうするのだ」

助太郎は遊の肩に手を置いて、遊の眼を深々と覗いた。優しい、大きい兄者。何も彼《か》も包み込んでくれる助太郎に遊は兄としての愛情を強く感じていた。それは助次郎に対する気持ちとは少し違っていた。長男と次男の差でもあったろうか。

「山で暮す」

遊は視線を足許《あしもと》に落として、ぶっきらぼうに応えた。

「お前は瀬田の家に戻って来たのではないのか」

「…………」

「お遊、なぜです？　この家が気に入らないのですか」

たえが助太郎と遊の中に割って入り、そう訊いた。田圃《たんぼ》を吹き抜ける夏の風がたえの着物の裾《すそ》を捲《めく》り、髪の後れ毛を靡《なび》かせている。

かか様も大きい兄者も怒っていると遊は感じた。すると、身の置きどころもなくなる。うまい言い訳ができなかった。

蝉の声がじんじんと喧《やかま》しく、遊には耳鳴りのようにも聞こえる。屋敷前は通りを挟んで自家製の野菜と蕎麦《そば》の畑で、その向こうには眼に滲《し》みるような緑の田圃が拡がっている。

遊はその田圃に視線を向けて「おれはこの家では無用のおなごだ」と言った。

「何を言っているのだ」

助太郎は笑いながら遊をいなした。

「お前はこの家の娘で、わしの妹だ。無用などと誰が思うものか。余計なことを考えるな」

「大きい兄者。したが、おれはここにいると息苦しくなる」

「何が息苦しい。礼儀か？　それともわし等がか？」

助太郎は遊の真意がわからず怪訝《けげん》な表情になった。

「おれの世話で皆が難儀しておる」

「皆とは誰だ？　誰も難儀だなどと思っておらぬ」

「…………」

黙った遊にたえは「お初のせいですか」と覆い被せた。その瞬間、助太郎の顔に、さっと朱が差した。

「来い、遊！」

助太郎は乱暴に遊の手首を摑んで、長屋門をくぐると、そのまま庭先に廻り、茶の間の前に立った。

「初、初」

助太郎は甲走った声で初を呼んだ。台所で洗い物をしていた初は、前垂れで手を拭《ぬぐ》いながら急ぎ足で茶の間にやって来た。

「どうなさいました」

初は意に介したふうもなく助太郎に訊く。

玄関先のやり取りは初の耳にも聞こえていたはずである。涼しい表情が遊には小憎らしく思えてならない。助太郎はそんな初に「遊はお前のせいで山に帰ると言っておる。お前、遊に何をしたのだ」と詰《なじ》った。

「わたくしは何も……」

そう言いながら、初が自分に向けた視線に遊はたじろいだ。

「大きい兄者、おれが山に帰るのは義姉《あね》様のせいではない」

わせた。

遊は取り繕うように言った。

だが、次の瞬間、助太郎は土足のまま茶の間に上がり、初の頰に平手打ちを喰《く》らわせた。

その勢いの激しさに遊は肝が冷えた。助太郎は初の胸倉を摑んで、なおも初を打つ。たえが慌てて初を庇《かば》った。遊も「やめてくれ、大きい兄者。義姉様は何も悪くない！」と、助太郎を止めた。しかし、助太郎の怒りは凄《すさ》まじかった。そんな激昂《げっこう》した助太郎を見るのは、もちろん、遊も初めてのことだった。

「お前のような薄情者、京なと、どこなと出て行け！」

「やめてくれ！」

遊の声は悲鳴になった。初は真っ青な顔をしてひと言も応えなかった。助太郎はそんな妻を憎々し気に睨《にら》むと「出かける。遊、おとうが戻って来るまで山に行くことはならぬ。わかったな」と言って、そのまま表に出て行ってしまった。

「ひどい目に遭わせてしまいましたね。お初、堪忍しておくれ」

たえは助太郎の非を詫《わ》びた。初はたえの手前、首を振ったが、頰を押さえて外の井戸に向かった。遊はどうしてよいかわからず、初の後からついて行った。ぶたれた初が、さすがに気の毒に思えた。

初は手桶に井戸の水を満たし、手拭いを浸して絞り、それを口の辺りに押し当てた。助太郎にぶたれた拍子に口の中を切ったのかも知れない。

「義姉様……」

遊はしゃがんでいる初の背中に恐る恐る声を掛けた。

「堪忍してくれ。こんなことになるとは思いも寄らぬ。おれが山へ帰ると言ったばかりに、そのとばっちりが義姉様に行った……」

初はしばらく返事をしなかった。自分に怒りを覚えているのだと思うと遊は辛《つら》かった。

この瀬田の家で唯一、甘えることのできない人間がいるとすれば、それは初である。嫂《あによめ》に対する小姑《こじゅうとめ》の心遣いなど、もとより遊にはできる訳がない。

「お遊さんは、わたくしがお気に召さぬから山へ帰るのですか」

初は遊に背中を向けたまま訊《き》く。

「いや……」

「では、どうしてですか」

「山の暮しの方が気楽だからの」

「眠りたい時に眠り、食べたい時に食べる。誰にも文句を言われることはありませんものね」

初は皮肉な言い方をした。

「ああ、そうだ。その通りよ。おれには所詮《しょせん》、里の暮しは向いていない」

「それでは、わたくしも瀬田の家の暮しは向いていないと思いますので、実家に帰らせていただきます」

初の言葉に遊は慌てた。

「それは困る。義姉様は助右衛門とおりつのかか様ではないか。かか様がいなければ二人が悲しむ」

「あなたが山へ帰れば、お姑《かあ》様やお舅《とう》様が悲しまれることは考えませんか」

「………」

「どうなのです？　同じことではありませんか」

初は振り向いて切り口上で言った。

「なぜだろうの。かか様に突っ込まれるようなことを言われても腹は立たぬが、義姉様に言われると、かッとすることがある。義姉様は悪い人だとは思っておらぬが、このままでいると義姉様を憎んでしまいそうな気がする。義姉様も、おれが傍におらぬ方が気が休まるだろうに……」

遊がそう言うと初は、ゆっくりと立ち上がって、遊の顔を見た。

「お遊さんは、ずっとわたくしのことで悩んでいたのですか」

「…………」

遊は俯《うつむ》いて応《こた》えなかった。

「実はわたくしもお遊さんにどう接してよいかわからずにおりました。普通の娘さんとは違いますし……ごめんなさい」

「いや……」

「あなたの躾《しつけ》はお姑様に、すべてお任せして、わたくしは何も言わないつもりでおりましたが、むしろ、その言わないことでお遊さんに窮屈な思いをさせてしまったようですね。あいすみません」

初は殊勝に遊に頭を下げた。

「義姉様、実家に戻らぬだろう?」

遊は心細い声で訊いた。初はにっこりと笑って「あなたが山へ帰ると言わなければね」と応えた。役者は遊より初の方がうわ手であった。遊は渋々、肯《うなず》いた。

「これから、少し小言を申し上げてよろしいでしょうか」

初は思い直して言う。

「ああ、言うてくれ。その方が気が楽だ」

遊がそう応えると、初はようやく機嫌を直したようで「ありがとう、お遊さん」と言った。遊は緊張の糸が途端に弛《ゆる》み、深い吐息をついた。

帰宅した助左衛門にたえの口から昼間のいざこざは報告されたようだ。助左衛門はさほど頓着《とんちゃく》した様子でもなく「お遊、小姑、鬼千匹と言うてな、昔から嫁との折り合いはうまくゆかないものだ。ましてお前は今まで人とつき合うこともなく生きて来たおなごだ。何んでもお初の言うことを利くのがお前のためなのだぞ」と諭した。

「わかっておるわ。義姉様はこれからおれに小言を喋《しゃべ》るそうだ。おれは言うことを利くと約束した」

遊がそう言うと、助太郎は、ほう、という感じで顔を上げた。

「そうか、そうか。お遊は少し大人になったの」

助左衛門は安心したように眼を細めた。

「大きい兄者、義姉様に今後、手を挙げてはならぬぞ」

遊は助太郎に釘《くぎ》を刺す。助左衛門がふっと助太郎の顔を見ると、助太郎は罰の悪い顔で曖昧《あいまい》に笑った。

「ところでな、お遊。お前もこの家に戻って来たとはいえ、長く暮して来た山のことは気掛かりでもあろう」

助左衛門は遊の気を引くように話を続けた。

遊は助左衛門が何を言うのかと息を詰めるような気持ちで父の顔を見た。

「島中藩ではお前が戻って来た噂で持ち切りだそうだ。お屋形様も大層、お喜びになられているそうじゃ。たかが庄屋の娘にそのようなお心を掛けて下さるかと思えば、わしは、もったいなくて言葉もない」

助左衛門は感激した様子で眼を赤くした。

「藩では遊を道案内にして瀬田山に登ろうという計画を立てておるそうだ」

助太郎が助左衛門の後を受けて続けた。たえと初も台所から出て来て、三人の話をそっと聞いている。

「お前に異存はないな」

助太郎は遊の顔色を窺《うかが》いながら訊いた。

「親父様に知れたら叱られる」

遊は俯いて低い声になった。

「親父様はお前に村へ戻れと言ったのだろう？　お前は庄屋の瀬田助左衛門の娘だ。その娘として村のために働くのは当然のことなのだ。瀬田山は村にとって大事な山だ。しかし、今までは自在に登ることが叶《かな》わなかった。せめて、岩崎村に行く道をつければ、村人も、向こうからやって来る人々も助かるというものだ」

助太郎は噛《か》んで含めるように遊に言った。

「大きい兄者。道案内をしても親父様は怒らぬかのう」

遊はそれでも心配そうに助太郎に訊く。

「わしは怒らぬと思う。仮にお会いしてご立腹された時は、このわしが代わりに謝って許しを乞う」

助太郎は遊にいつもの柔かい笑顔で応えた。

遊は渋々、肯いた。助太郎の言葉にすべて安心した訳ではないが、久しぶりに山へ行けるという思いは遊の逡巡《しゅんじゅん》するものより強かった。

十六

瀬田山に藩の役人と村人が登ったのは夏の盛りになった。遊がいるとは言え、もしも山に留《とど》まる事態になった時、寒さに耐えられるかどうか、ということも考慮されて、その時季が選ばれた。

一行は十五人。天女池から岩崎村まで行って戻って来る行程であった。瀬田の家からは助太郎と吾作が同行し、助左衛門は万一の時のために村に留まった。遊はたえも連れて行きたかったが、それは受け入れられなかった。

村人からは瀬田川の向こうに住む組頭の傘五郎、茂吉、正次の兄の寅吉《とらきち》、助次郎の友人の捨吉がいた。他は鹿内六郎太を中心とする藩の役人達である。

組頭の傘五郎は瀬田山行きが決まると、是非とも自分を加えてくれと瀬田の家にわざわざ頼みにきた。助太郎は五十歳の傘五郎のことを考えて、無理をせぬようにと言ったのだが、傘五郎は熱心に連れて行ってくれと懇願した。助太郎は仕方なく承知したのである。

傘五郎は、その娘ともども、遊にはあまり好きになれない男だった。村を歩いている遊を、頭のてっぺんから足許《あしもと》まで、じっと見つめることが多い。後で自分の悪口を家族で勝手に言い合っているのかと思えば愉快ではなかった。

初めて瀬田山の奥に入る一行は、遊を除いて、皆、怖《お》じ気《け》をふるっている様子だったが、半刻《はんとき》ほど過ぎると周りの景色を眺める余裕も出ていた。

吾作は竹の籠《かご》を背負っていた。遊がそうしろと言ったのだ。枸杞《くこ》、ゲンノショウコ、ドクダミ。目につく薬草を嬉々《きき》として背中の籠に放り入れる。今まで人の踏み入ったことのない瀬田山は豊饒《ほうじょう》な山の幸がいっぱいであった。

「吾作、鳥兜《とりかぶと》には気をつけろ。毒草だからな」

遊は歩きながら草摘みをする吾作に注意を与えた。

「お遊様。わしでも、鳥兜は知っているだに」

吾作はさり気なく遊に口を返した。

「さようか。それはいらぬことを言うた」

遊が応えると藩の役人の中から笑い声が洩《も》れた。役人達は遊に対して最初は何やら危惧《きぐ》を抱いている様子であった。馬を自在に操る遊にも驚きの表情を隠さない。しかし、吾作とのやり取りを聞いている内に、彼等の危惧感は僅《わず》かながら解けて行ったようだ。

「お遊、本当にこの道を進んで行って間違いはないのか？」

鹿内六郎太が遊の後ろから声を掛けた。彼はぶっさき羽織に野袴《のばかま》、一文字笠《いちもんじがさ》という野歩きの恰好《かっこう》だった。他の役人達も同じである。村人は単衣《ひとえ》を尻端折《しりっぱしょ》りして、手《てっ》甲《こう》、脚絆《きゃはん》、草鞋《わらじ》履きである。握り飯と着替えの入った荷物を背に括《くく》りつけていた。

遊の進む道は、道の体裁が調《ととの》っていない。鹿内は少し心配そうな顔である。山で育ったとはいえ、遊はまだ十六歳の小娘でもあった。鹿内と遊が馬に乗り、他は徒歩で進んでいた。

「おれはこの山で暮したおなごゆえ、道に迷うことはない。山の中はおれの庭も同然だ。しかし、ぬしが心許ないと思うなら、ここから取って返したところで構わぬぞ」

突き放した物言いに助太郎が慌てて「遊、口が過ぎるぞ。控えるように」と制した。

「いやいや。瀬田山についてはお遊が先生である。差し出たことを申して拙者こそ、ご無礼致した」

鹿内は鷹揚《おうよう》に応《こた》えたが、何やら茶化す響きもあった。役人達と村人が笑った。

「申し訳ございませぬ。山出しのおなごでありますれば礼儀も何もわきまえませぬ。鹿内様、どうぞお許しのほどを」

助太郎が鹿内を取りなすように言う。鹿内に媚《こ》びるような態度をする兄が、遊は内心で気に入らなかった。しかし、昨夜、遊は初に懇々と諭された。この世の中は、侍がいっとう偉いのだと。だから、礼を尽くさねばならないことを。たとい、理不尽に思えることがあっても、さようごもっともと相槌《あいづち》を打たねばならぬそうだ。遊は初の言葉に納得できなかったが、黙って肯いた。初の言うことを利くと約束した手前もあったからだ。

「しかし、よくもこんな山ん中でお遊様は生きていらしたもんだ。わし等はお遊様がかどわかしに遭った頃は、内心ですっかり諦《あきら》めておりましたもので……」

傘五郎が感心した声で言った。村人の中には相槌を打つ者もいたが、吾作は「おらは一度たりとも諦めたことはねェですら」と気丈に応えた。

「それはお前が庄屋様の家に使われている者だから、嘘でもそう言わねばならなかったろう」

「おらは嘘は言わねェ」

吾作はむきになって傘五郎を睨《にら》んだ。

「おれが戻って来たのは、組頭殿には迷惑そうだの」

遊は前を向いたまま皮肉な口調で言った。

「そんな……滅相もねェ。わし等はお遊様が戻って来なさったことを心から喜んでおりますだに」

傘五郎は取ってつけたように言う。

「こんなおとこ姉様のような形《なり》で戻って来てもか？」

「…………」

傘五郎は、ぐっと詰まった。役人達がまた笑った。

「どんな形でも、戻って来て下さったことはめでたいことですだに」

寅吉が口を挟んだ。遊がその声に振り返った。

「ぬしの弟は江戸にいるそうだな？」

「へい。よくご存じで」

寅吉の口許に白い歯が覗《のぞ》いた。

「江戸の兄者がぬしの弟に大層世話になっている。おれからも礼を言う」

「そんな、お遊様……」

寅吉は恐縮して頭を下げた。

「礼儀知らずと聞いていたが、どうしてどうして立派なものでござる」

鹿内は遊を持ち上げた。

「おれはおとこ姉様であるが、世話になった者に礼を言うぐらいの才覚はあるぞ。鹿内様もおれがいなくなった時から、とと様には色々と慰めの言葉を掛けてくれたと聞いている。とと様はありがたいと言うておった。鹿内様はきっと一廉《ひとかど》の人物になられるであろうともな。その通り、今は出世なされたそうだの」

「これはこれは……」

鹿内は思わぬ褒め言葉に面喰《めんく》らうという態《てい》である。

「お遊もよいおなごになれるように励むことだ」

鹿内は機嫌のよい声で言った。

「ふん、おれが少し褒めたからと言って、無理して愛想《あいそ》を言うこともない」

「遊!」

慌てた助太郎の叱責《しっせき》がすぐに飛んだ。鹿内は腹を立てるどころか愉快そうに顎《あご》を上げて哄笑《こうしょう》した。

千畳敷に到着すると、一行は口々に感歎《かんたん》の声を上げた。遊は皆を沢に案内して、そこで水を飲むように勧めた。吾作は沢の傍に植わっている山わさびに目敏《めざと》く気づき、さっそくそれを摘んだ。

「吾作、足が辛《つら》くはないか?」

遊は吾作を気遣って声を掛けた。

「いんや、大丈夫ですら。持って帰る物が山のようにあって、どうしてよいか悩むほどですだに」

「そうか、あまり無理をせぬように。また連れて来てやるゆえ」

「本当ですか」

吾作の眼が輝いた。

「もう少し、山へ来るのが早ければ、かか様に赤紫蘇《あかじそ》も土産にできたろうにの。さすれば今年の梅干しに間に合ったものを」

遊は少し残念そうに言った。

「今からでも塩揉《しおも》みして梅干しの樽《たる》に足してもいいですだに」

「本当か?」

「へい」

「それを聞いて安心した。何しろ、今年の梅はおれが手伝いをしておるからのう」

遊は得意そうに言う。

「さようで。格別によい梅干しができますでしょうとも」

吾作は皺深《しわぶか》い顔をほころばせた。

他の村人も千畳敷に着くと、あちこちに散って思い思いに山菜や薬草を摘んでいる。遊は東雲に水を飲ませた。助太郎と役人達は、かたまって話をしていた。助太郎は遊と眼が合うと手招きした。

「遊、岩崎村まで半分の道程《みちのり》を来たのだな？」

助太郎は簡単な地図を拡げて、それを見ながら傍に来た遊に訊《き》いた。

「そうだ」

遊はさほど興味もなくその地図を覗《のぞ》いて応えた。

「ここまでは草深く、道なき道をやって来たとはいえ、拙者にはさほど難儀なようにも思えなかった。いや、安心致した」

鹿内は額に汗を浮かべてそう言った。

「おれは皆のため、いっとう、楽な道を選んだ」

遊が得意そうに言うと鹿内は少し怪訝《けげん》な表情になって「お遊、おぬしは瀬田山の奥に人が足を踏み入れることができなかった理由をどのように考えるかの」と訊いた。千畳敷までの道程は鹿内にとって、人が言うほど危険な感じではなかったからだろう。むしろ、あっさりと千畳敷まで来てしまったことで拍子抜けしているふうでもあった。

「おれはよくわからぬ。したが、親父様も迷う恐れがあるから行ってはならぬという場所もあるにはあった」

「ほう、それはどの辺りかの」

鹿内は畳み掛ける。

「やはり、とと様や村人が言うように秋に樹木を伐《き》る辺りだろうの。あそこは土の質が脆《もろ》くて滑りやすい。足許《あしもと》に気を取られている内に道に迷うらしい」

鹿内は低く唸《うな》ったが納得した様子でもなかった。

「この道は親父様が教えたのか」

助太郎が口を挟んだ。

「そうだ」

「忍びの者は、やはり並の人間とは違う勘を持っているらしい」

鹿内は感心したように言う。

「鹿内様は親父様が忍びの者ではなかったら、この山では暮すことはできなかったと思うておるようだの」

親父様を忍びの者と断定されたことに、なぜか遊は反発を感じた。助左衛門や助太郎の話す忍びの者とは、柿色装束に身を包み、徒党を組んで敵に立ち向かう連中であった。遊の知っている親父様は、炭を焼き、沢の水を汲《く》み、遊に飯を拵《こしら》えてくれる山の住人でしかない。もちろん、徒党も組んではいなかった。親父様は敵に立ち向かうより、敵から逃れるように暮していたと思う。もしも、親父様に敵がいたとなれば。

「むろんだ。藩が創設されてから瀬田山に住みついた者など一人もおらなかった。それだけこの山が危険であったということなのだ」

鹿内は遊の内心の気持ちなど微塵《みじん》も察することなく淡々と続けた。

遊は鹿内の言葉に、もう何も応《こた》えず、黙って東雲の傍に向かった。鹿内もそれを潮に「さて、出かけるぞ」と、一行を促した。

千畳敷から先に進んで、少し経つと、一行の中から疑問を訴える声が口々に囁《ささや》かれ始めた。遊の進む道が彼等には戻っているような錯覚を起こさせているのだった。

助太郎も小声で「遊、このまま進んでよいのか」と訊いた。

「ああ、大丈夫だ」

遊はあっさりと応えたが、鹿内の伴《とも》についている藩士は道を間違えていると騒ぎ出した。

「ぬしは瀬田山をご存じなのか」

遊はやや怒気を孕《はら》ませた声で訊いた。

「いや……しかし、この道はわれ等が千畳敷まで歩いて来た道でござる。拙者、明確に憶《おぼ》えておりまする。このまま先を行けば岩崎村ではなく、瀬田村に戻ることになりましょう。たとい山で暮しておったと言うても、お遊はたかが十五、六の小娘。道案内をさせるには荷が重過ぎることでございました。われ等は無駄足を運ばされておりまする」

「何んだと！」

遊が甲走った声を上げげた。助太郎が慌てて遊を制した。一行の足はそこで止まった。

「ならば、ぬしはどの道を行けば岩崎村に出られるというのだ？」

遊は怯《ひる》まず、その藩士を睨《にら》んだ。陽灼《ひや》けして渋紙色をしている痩《や》せた藩士である。その口吻《こうふん》には遊を見下すようなものも感じられた。

「沢を越えて対岸の道を行くべきだったのだ」

「あの道は谷へ向かっている。ぬしは、おれの道案内が気に入らぬのか」

「気に入らぬというより、得心できぬと申しておるのだ。お遊はしばらく村で暮しておったゆえ、勘が鈍っておる」

遊は舌打ちして鹿内に向き直った。

「鹿内様、ぬしはどうする？　おれの意見を取るのか、それともそこの石頭の意見を重く見るのか」

「さて、それは……」

鹿内も困惑した表情になっていた。

「おれはどっちでもよいぞ」

「いや……この度のことはお屋形様のご命令でもある。田所《たどころ》、承服できぬところはあっても、ここは一つ、お遊に任せることにしてはどうかの。お遊の勘が鈍っていたとして、このまま瀬田村に戻ることになったところで、今日は千畳敷まで足を延ばすことができたのじゃ。大層な収穫ではないか。また別の機会に沢の道を試せばよいだけの話だ」

鹿内は思い直して鷹揚《おうよう》に応えた。田所文之進《ふみのしん》というのが、その藩士の名前だった。他の藩士も村人達も鹿内の言葉に肯《うなず》いている。

「おれの勘が鈍っていたなら、真っ裸で村を走ってやるわ。したが、そこの石頭の勘が鈍っていたなら、ぬしが裸で走り回れ。二つに一つだ。実に易しい賭《か》けである。皆も楽しみであろう」

遊は皮肉に笑って東雲の歩みを進めた。田所文之進は憎々し気に遊の背中を睨んだが、黙ってその後ろに続いた。傘五郎が機嫌を取るように「ささ、田所様、参りましょう」と促した。

九十九《つづら》折《お》りの道を下り、勾配《こうばい》のゆるい下り道になると、歩く者達の息がようやく落ち着いて来た。茫々《ぼうぼう》と生えた草木を漕《こ》ぐように進むのは山に入った時から変わっていなかった。

しかし、樹々を透かして岩崎村の風景が一行の前に微《かす》かに見え、次第に大きく拡がって行くと、鹿内は「おお」と感歎《かんたん》の声を上げ、その声は他の者にも連鎖した。

「どうだ、大きい兄者」

遊は岩崎村の景色を眺める助太郎に声を掛けた。

「うむ。お遊、でかしたぞ」

助太郎は満足そうに応えた。吾作も「おらは最初からお遊様にお任せしても間違いはねェと思っていましただに」と、大口を叩《たた》いた。

「そこの石頭、楽しみだのう。ぬしの裸が見られる。岩崎村の祭りにはまだ早いが、村の人達には、恰好《かっこう》の見世物になるだろう」

遊は田所を振り返って言った。してやったりの気持ちで大層愉快であった。しかし、そう言われた田所は頭に血を昇らせた。

「おのれ、狼女の分際で武士を愚弄《ぐろう》しおって」

刀の柄《つか》に手を掛けて田所は吠《ほ》えた。自分の意見が間違いであったことを恥じる気持ちが田所をそんな態度にさせているのだ。場合によっては只《ただ》では置かないという緊迫した空気が流れた。

「ほう、おれが狼女か。それは、おとこ姉様よりよほどましな渾名《あだな》だ。いかにもおれはぬしから見たら狼女のごときものであろうの。さすれば、おれの勘は獣と同じだ。とてもぬしが太刀打ちできるものではないと知れ。わかったか、石頭」

助太郎は深い溜《た》め息をついて遊を制した。

開き直った時の遊は妙に饒舌《じょうぜつ》であった。それは短いながら一緒に暮してわかったことである。

「お遊、もうその辺で勘弁してやれ。お前が正しいことはよっくわかったゆえ……」

鹿内が言ったことで、なおさら田所の怒りに油を注いだようだ。

「もはや我慢がならぬ。お遊、お前の乗っている馬は、昔、藩の馬場から盗まれたものに違いないのだ。この馬泥棒め！」

「おれが馬泥棒だと？　これは聞き捨てならぬ。どこにそのような証拠があるのだ」

「………」

証拠と詰め寄られて田所は言葉に窮した。

「鹿内様、ぬしもそう思っておるのか」

「いやいや、はっきりしたことはわからぬ。昔、馬場から葦毛《あしげ》の子馬が盗まれたことはあったが……」

鹿内は曖昧《あいまい》に応えた。

「それがこの東雲だというのか」

「なに、もはや済んだこと。誰もお遊を馬泥棒などとは思わぬ。安心するがよい」

「ならば、その石頭の口を封じてくれ。うるさくてかなわぬ。おれは東雲を親父様から与えられた。親父様がどういう経緯で東雲を調達したかまでは知らぬ。承服できぬというなら、親父様を捕まえて仔細《しさい》を問うことしか方法はあるまい。おれには拘《かか》わりなきことだ」

「ええい、口を慎め！」

田所はなおも甲走った声を上げていた。

「ぬしは自分が勘違いしたことを恥じておるのだろう。勘違いは誰にでもある。裸にならずともよいわ。おれはもう気にしておらぬ」

遊はつまらなそうに言って東雲の足を進めた。傘五郎がまた田所を宥《なだ》めて、ようやく諍《いさか》いは終わった。吾作は遊と眼が合うと悪戯《いたずら》っぽく笑った。

岩崎村で休憩を取った一行はその日の夕方には瀬田村に戻ることができた。

助太郎と吾作は興奮気味にその日のでき事を助左衛門に語った。

遊は初に湯に入ることを勧められた。助右衛門とりつの三人で湯に入ると、浴衣《ゆかた》に着替え、西瓜《すいか》にかぶりつきながら助太郎の話を聞いていた。助太郎が大袈裟《おおげさ》に褒め上げるので、遊はこそばゆいような気持ちであった。

たえと初は吾作の籠《かご》の中身に歓声を上げた。

薬草、山菜は用途に応じて保存に回され、赤紫蘇《あかじそ》は塩揉《しおも》みされた後、梅の樽《たる》に足されることになった。

遊は家に戻って来て、吾作に囁《ささや》かれた言葉が引っ掛かっていた。吾作は「お遊様はどこに住んでいなさっただか」と訊《き》いたのだ。吾作は歩いて来た途中に住まいらしいものがなかったことに気づいていた。他にそんな問い掛けをした者はいない。

遊は自分の住んでいた場所を誰にも教える気はなかった。それを教えた時には死が待っていると親父様に幾度となく言われていたからだ。

「吾作、それは教えられぬ」

遊は吾作に気後れを覚えながら言った。自分を信じ切っている吾作に疑いのひとかけらも持ってはいない。しかし、住まいを教えることは、その時の遊にはできなかった。

「なぜでごぜェます？」

「親父様と約束したことゆえ……」

「したども、親父様という方は亡くなられたのではねェですか」

「おれは親父様の亡骸《なきがら》を見ていない。まだ死んだとは、はっきり言えぬ」

遊がそう言うと吾作はうんうんと肯いた。

その顔は寂しそうだった。

「悪いな、吾作」

「いや、いいですだに。お遊様が話したくないというものを無理強いはできねェだに」

「いつか教える時が来たら、ぬしに一番最初に喋《しゃべ》る」

背中を向けて台所に入ろうとした吾作に遊は覆い被《かぶ》せて言った。吾作は聞こえなかったのか返事をしなかった。

十七

「どうも解せぬ」

鹿内六郎太は首を傾げて先刻より何度も繰り返した言葉を再び口にした。

瀬田村で唯一の料理屋に助左衛門と助太郎が呼ばれ、山中善助を同行した鹿内は先日の瀬田山行きのあれこれを語った。反省会と慰労会を兼ねる会食だった。

料理屋「音羽屋」は慶弔事の仕出し料理も請け負う見世である。四方を山で囲まれた土地なので魚は川で獲《と》れるものに限られるが、板前を兼ねる主《あるじ》が工夫した豆腐料理の評判が高かった。その夜も冷《ひ》や奴《やっこ》、田楽、揚げ出しなどが膳《ぜん》にのっていた。その他に年中保存している山菜料理も並んでいる。

鹿内はさほど苦労することもなく瀬田山に行って戻って来たことを訝《いぶか》しんでいた。

「よいではござらぬか。これで藩は安心して瀬田山に道をつけることができるというものです」

山中は蕨《わらび》のお浸しを口に運びながら怪訝《けげん》な表情の鹿内をいなした。

「しかし、それでは今までの瀬田山に関する様々な言い伝えをおぬしは何んと考える」

「迷信というものは根強く残るものでございまする。今回の瀬田山行きで、その迷信が覆《くつがえ》されたものでございましょう。いや、めでたいことです。皆、お遊のお蔭《かげ》でございまする。お屋形様もことの外、お喜びになられ、お遊に褒美を取らせるとおっしゃっておりました」

山中善助は、そろそろ隠居を考える年齢になっていた。以前は鹿内と同じで藩の馬廻《うままわ》り役を務めていた。今は城代組御本丸御番を仰せつかっている。城の警護役であるが五日に一度出仕すればよい閑職であった。城と言っても、島中藩の場合、築城はまだ認められていない館だったが、家臣も領民も城と呼んでいた。鹿内が山中を同行したのは、彼が切羽詰まったお務めに急かされていないせいと、遊が連れ去られた当時、同じ馬廻りという役目でもあったからだ。あの当時のことと、今回の瀬田山のことを関連づけて考えられる人間は、山中の他にいなかった。また、山中は鹿内よりかなり年上というものの、気心が知れたところもあったからだろう。

褒美という言葉が出て助左衛門は相好《そうごう》を崩した。

「身に余ることでございます」

助左衛門は深々と頭を下げると山中に酒の酌をしながら言った。

「助左衛門、おぬしはこの度の瀬田山行きには同行しなかったので事情はよくわからぬと思うが、何んぞ意見はあるかの」

鹿内は助左衛門に訊く。

「山中様は迷信とおっしゃられましたが、瀬田山で道に迷い、命を落とした者は実際に何人もおります。わたしも父親や祖父から幾度となく瀬田山に入ってはならぬと言われておりました。鹿内様がご心配になられるのは、ごもっともなことです。今後も油断をなさらない方が賢明なやり方だと考えております」

「うむ」

鹿内は助左衛門の言葉に満足そうに肯《うなず》いた。助左衛門は続けた。

「ただ、瀬田山も瀬田村も長く岩本藩の支配の下に置かれておりました。昔々は瀬田川の上流で砂金の採掘をしていたこともございます。瀬田山から流れる水は瀬田川に流れておることを考えますと、当時の岩本藩のお考えで故意に瀬田山の風聞を流し、村人も村を訪れる者も、山に登ることを禁止したものかとも考えます」

「うむ」

鹿内は大きく相槌《あいづち》を打った。

「助太郎、おぬしはどう思う」

山中は黙っている助太郎にも意見を求めた。

「わたしは村が岩本藩の支配に置かれていた当時のことはよく存じ上げません。父の申したこともそれなりにわかりますが、わたしは千畳敷で妹と田所様が諍《いさか》いをしたことに拘《こだわ》っております」

「というと？」

山中は呑《の》み込めない顔で助太郎をまじまじと見た。

「千畳敷から岩崎村へ向かう時、田所様は道が違うとおっしゃられました。妹は一笑に付して取り合わなかったのですが、実はわたしも田所様と同じ思いでおりました。いえ、あの時、遊を除いたすべての者がそのような気持ちになったと思います。やはり、瀬田山には方向感覚を狂わす何かがあるのか、それとも千畳敷には岩崎村に行けないような秘密が隠されているためではないかとも考えました」

鹿内は腕組みして天井を睨《にら》んだ。

「千畳敷には奇妙な樹があったの。助太郎、おぬしは気づいたか？」

鹿内はそのままの恰好《かっこう》で言葉を続けた。

「下が銀杏《いちょう》で、途中から桜になっていた樹でございましょうか」

「うむ。多分、雷にでも当たって、そこに桜の種がついて伸びたものであろうか。

まこと奇妙な樹でござった」

「娘が連れ去られた日は瀬田山に大きな雷が落ちたことを憶《おぼ》えておりまする」

助左衛門は遠くを見るような眼で言った。

「雷桜《らいおう》か……」

鹿内は独り言のように呟《つぶや》いた。少し俳句を嗜《たしな》む鹿内だったから、そのような気の利いた言葉を吐いても珍しいことではなかった。山中は「出ましたな、お得意が」と、からかったが、助左衛門と助太郎は笑わなかった。

助左衛門は遊が連れ去られた時に見た閃光《せんこう》を脳裏に浮かべ、助太郎は、すでに葉桜になってはいたが、太い銀杏の樹から、その半分ほどの太さで天に向けて伸びていた桜の樹のことを考えていた。遊が戻って来たというのに二人の気持ちの中には訳のわからない不安が育っていた。それが何んなのかは見当もつかないものであったが。

「岩本藩には、すでにわれ等が瀬田山に登ったことは知れておる様子だ」

鹿内は苦い顔で盃《さかずき》の中身を飲み下すとぽつりと言った。助左衛門の顔に緊張が走った。

「どうして瀬田山のことがあちら様に知れたのでございましょう」

助左衛門は鹿内に詰め寄るように訊《き》いた。

「誰かが伝えたのであろう。藩の者か、あるいはあちら様に通じている村人の誰かがの」

鹿内は平然とした表情で応《こた》えた。

「そんな馬鹿な。何んのためにそんなことをする必要があるとおっしゃるのですか」

助左衛門は思わず気色ばんだ。

「証拠はないが、お遊をかどわかしたのは、あちら様の陰謀と、われ等も思っているではないか。ならば、お遊が戻って来て、われ等が瀬田山を活用すべく行動を起こしていることを、あちら様は穏やかに見ている訳がない。助左衛門、油断するでないぞ。これから、もうひと波乱も、ふた波乱もあろうというものだ」

「情けないことでございます。身内のような村の者を疑うなどと……」

助左衛門の声が湿った。

「まさか山中殿ではござらぬな？」

鹿内は冗談めかして山中に訊いた。山中は飲んでいた酒を噴き出した。

「何を申されるのだ、鹿内殿。もしも拙者が謀叛《むほん》者ならば、お遊をとっくに亡き者にしていたはずですぞ」

山中の言葉に鹿内はぎょっとした顔になった。それは助左衛門と助太郎も同じだった。

音羽屋の小部屋にいた四人の間に居心地の悪い沈黙が流れた。

「助左衛門……」

ようやく口を開いた鹿内の声が掠《かす》れて聞こえた。

「はい」

「お遊は勇ましいおなごであるが、剣は使えるか？」

「…………」

助左衛門は返答に窮して助太郎と顔を見合わせた。助太郎は首を振った。

「育ての親が忍びの者とあらば、何んぞ忍術でも覚えておらぬのか」

鹿内は言葉を続けた。

「聞いておりませぬ」

「ならば即刻、訊《たず》ねてみよ。一つでも心得があれば、もしもの時の用心になる。しかし、何も心得がないとなれば藩から警護の役人をつけることに致す」

「もったいないお言葉……わが娘のために」

「今度こそ、あちら様の陰謀を暴《あば》き、お家を取り潰《つぶ》してくれるわ」

酒の酔いが回るにつれ、鹿内は言葉遣いが激しくなった。反対に助左衛門は、酔うどころか胸の中がしんしんと冷えて行くばかりであった。

「のう、助太郎、お前はどう思う」

音羽屋の帰り、助左衛門は田圃《たんぼ》の畦道《あぜみち》をゆっくりと歩きながら傍らの助太郎に訊いた。

鹿内六郎太と山中善助は今夜、音羽屋に泊まるという。深更になるまで助左衛門親子は彼等につき合い、それからようやく家路を辿《たど》ったのである。

静かな夜であった。昼間は眼前に見えるはずの瀬田山も闇に溶け、助太郎の持つ提灯《ちょうちん》の仄灯《ほのあか》りが僅《わず》かに足許《あしもと》を照らしているだけだった。酒でほてった二人の顔に夜風が心地よい。

「鹿内様のお話のことですか」

助太郎は酒の入った父親を気遣うように歩みを進めながら訊き返した。

「うむ。せっかく遊が無事に戻って来たというのに、また余計な心配をせねばならぬ」

「あちら様が遊の様子を窺《うかが》っているとすれば、目的は何んなのでしょうか」

「遊は別に瀬田山の秘密らしきものがあるようなことを言うておらぬ。赤子の遊をかどわかして、あちら様は充分に溜飲《りゅういん》を下げたはずだ。これ以上、われ等の周りをうろちょろして何んの得があるというのだろうか。いい加減にせよと言いたい」

助左衛門は怒気のこもった声で吐き捨てた。

「先日、瀬田山に登りました時、遊は自分の住んでいた塒《ねぐら》を教えませんでした」

助太郎は助左衛門とは逆にひどく冷静な声でそう言った。

「村人や藩のお役人も一緒であったからだろう」

助左衛門は別に不審そうでもなく応えた。

「親父様という人の影に脅《おび》えている様子もありました」

「親父様は死んだと言うていたではないか」

「しかし、遊はそれを確かめてはおりませぬ。もの心つく頃から一緒に暮した人の言葉は遊にとって絶対とも言えます。親父様は村に下りることも、まして村人と口を利くことも遊に禁じておりました。それは親父様にそうしなければ命の保障ができない理由があったのでしょう」

「その理由とは何んだ」

助左衛門はぎらりと助太郎を睨んだ。助太郎はその眼の鋭さに一瞬たじろいだように二、三度、眼をしばたたいた。

「それはわたしにもわかりません。もしや、あちら様に代々伝わる秘密のようなものが瀬田山に隠されているのかとも考えたくなります」

「秘密だと？」

「はい。その秘密を考える前に、まず、わたしには素朴な疑問がございます」

「言うてみよ」

「遊と親父様が桜を伐《き》って炭に拵《こしら》えていたことです」

そう言った助太郎に助左衛門は怪訝《けげん》な表情をした。

「それがおかしいと言うのか？」

「はい」

助左衛門はまじまじと息子の顔を見つめ、それから乾いた笑い声を洩《も》らした。

「おとう、わたしは冗談を言っているのではないのですよ。親父様という人は、桜の樹を伐って炭に拵えていたのです。炭にするなら他に適当な樹は幾らでもあるものを。わたしはそこに、親父様の何んらかの意図を感じます。……まあ、遊が桜の炭を焼くのは親父様の真似ですから大層な理屈はないでしょうが」

助左衛門は助太郎の言葉にようやく納得した様子で腕組みした。

「それでいて、遊がかどわかされた時から瀬田山には桜の樹が増えたような気も致します。これは……桜が何かを暗示しているのではと、考えたくなります」

助太郎は淡々と言葉を繋《つな》いだ。

「わしにはわからん」

助左衛門は頭を振って言った。

「おとうは爺様《じいさま》に昔、瀬田山に何かあったようなことを聞いておりませんか？　いくさとか、あるいは噴火とかの天変地異でも……」

助太郎は助左衛門に畳み掛ける。

「いや、ない。爺様が何かご存じであったなら、わしに洩らしていたはずだ。ひい爺様となったら、どうかはわからぬが……」

「それはどうしたらわかるのでしょうか？」

「あちら様の藩史を辿《たど》れば何かわかるであろうが、それができぬとあらば……」

助太郎は父親の口許をじっと見つめている。

「後は行徳寺かのう。あそこに行けば古い寺の文献が保存されておるはずだ。それを見せていただければ、あるいは……」

行徳寺は村にある寺である。村でたった一つの寺なので瀬田村の住人はすべて行徳寺の檀家《だんか》とも言える。村の古寺にしては立派なたたずまいを見せていた。寺の後ろは墓所になっている。

「調べていただけますでしょうか」

助太郎は恐る恐る訊いた。村務の忙しい助太郎はそれをする時間の余裕がなかった。また、若い自分が頻繁に行徳寺に出入りしては人目に立つとも思われた。助左衛門ならば、さほど不自然ではないだろう。助左衛門もそれを察して「うむ。わしが当たってみよう。しかし、助太郎、このことは他言無用に。わしも和尚には、くれぐれも口止めしておく」と言った。

「むろんでございます。村人の中にも疑わしい人間がいるとすれば、用心に用心を重ねなければなりませぬ。それらしき人物におとうは見当がついておりますか」

「まさか……鹿内様の話を聞いて、そういうこともあるものかと、今夜初めて気がついた。今までは露ほども考えたことはない。ただ……」

「何んですか」

思い当たるふしがありそうな助左衛門の言葉に助太郎の胸は僅かに動悸《どうき》が早くなった。

しかし、助左衛門は「いや、まだわからぬ」と言葉を濁した。

遠くで梟《ふくろう》の鳴き声が聞こえた。星が光り、月は頭上にあった。瀬田村の人々はすでに眠りに就いた様子で、家々の灯りも消えているところが多い。起きているのは夜なべ仕事をしている者だけだ。鹿内六郎太の話を聞いた後では、そんな家の灯りにさえも疑念が湧く。

何かよからぬ相談をするために夜遅くまで灯りを点《つ》けているのだろうかと。

瀬田川の向こうにある家の灯りがその時の二人の眼にやけに鮮明に映った。

「何かお気づきのことがあれば話して下さい」

助太郎は言葉を呑《の》み込んだ様子の助左衛門に話を急《せ》かした。助左衛門はしばらく黙ったままだったが、やがて低い声で口を開いた。

「遊が連れ去られた夜のことはお前に何度も話したであろう」

助左衛門の眼は遠くの民家の灯りに注がれている。

「はい、お聞き致しました」

「わしはあの時、昼間の疲れと酒のせいで眠り込んでしまった」

「はい。親父様はその隙に遊を連れ去ったのですね?」

「そうだ。わしは不覚にも眠ってしまったことを何度も悔やんだ。わしはまだ若かった。今でこそ、酒を飲んで前の日のことを憶《おぼ》えておらぬことはあっても、その頃は、そんなことは一度たりともなかったのだ」

「何がおっしゃりたいのですか」

助太郎は立ち止まって助左衛門に訊《き》いた。

「たとい眠っていたとしても、不審な物音に気がつくはずではないか。わしは自分が前後不覚に眠り込んでしまったことが解せなくてならぬのだ」

助太郎には助左衛門の本意がよく摑《つか》めなかった。たとえ若さがあったと言っても酒を飲めば酔うだろうし、眠り込んで前夜の記憶がないことも不思議ではない。

「たえに呼ばれて立ち上がった時、頭が妙に重くて目まいがした。手足も痺《しび》れていたような気がする。あれは……一服、盛られたからではないかと今になって思うのだ」

「誰がそのようなことを……」

ぎょっとなった助太郎の声がしゃがれた。

ごくりと固唾《かたず》を呑《の》んだ音も大きく聞こえた。

「あの時、遊の節句に祝いに来た客の一人であろうか。わしが中座した隙に銚子《ちょうし》に眠り薬を仕込むことはできただろう。それも、帰る少し前にの」

「だ、誰です。それは」

「まだ、そやつを確信している訳ではない。しかし、これから何かが始まるとすれば、そやつは様々な形でわしやお前や遊に近づいて来るはずだ。助太郎、油断はならぬぞ。もしや心当たりがある時は言うてくれ。わしとお前の思惑《おもわく》が一致した時、そやつがあちら様に通じている者だと知れる。わしが今、その名を挙げるのは憶測に過ぎない。憶測は真実を見誤る場合が多い。よいな、今は言わぬ」

「わかりました」

助太郎は大きく肯《うなず》いた。新たな緊張のために助太郎は酒の酔いもすっかり覚めた。瀬田川のせせらぎが夜のしじまを縫って低く聞こえていた。二人はそれから言葉を交わすこともなく、瀬田の家に向かっていた。

十八

「ご用人様……」

助次郎は用人部屋の前に来ると、中に向かって声を掛けた。榎戸は文机で書き物をしていた。そのままの恰好《かっこう》で「何んだ」と訊いた。

「少しお話ししたき儀がございまする。お時間をいただけますでしょうか」

「うむ。入れ」

「失礼致します」

助次郎が畏《かしこ》まって中ににじり入ると、榎戸は手を止め、こちらを振り返った。夏のことで障子は開け放してある。

「どうした。殿がまた我儘《わがまま》をおっしゃられたのか」

そう訊いた榎戸の口吻《こうふん》にはからかいのようなものが感じられた。助次郎は薄く笑みを浮かべている榎戸に真顔で口を開いた。

「ご用人様、このままでよろしいのでしょうか。拙者、殿のこれからが案じられてなりませぬ」

榎戸は助次郎の問い掛けに、すぐには応《こた》えず、途中まで書いた己れの文字に視線を落として短い吐息をついた。助次郎は構わず続けた。

「このままお屋敷にいては、殿は本物の病人になってしまいまする。どこか殿のご気分が麗しくなられる場所で静養することをお勧めしたいと存じまする」

「奥医師は今のところ大丈夫だと言われた」

榎戸は少し苛々《いらいら》して応えた。

「そうでございましょうか。拙者にはむしろ、殿のお身体は衰える一方に思えまする。季節柄、よくお眠りになられないのはやむを得ないこととは存じまするが、昼寝もなされず、お食事も進まず、神経ばかりが尖《とが》っておられます。ご用人様、どうぞ殿のために何卒《なにとぞ》、よき策をお考え下さいませ」

午前中の用人部屋には朝から強い陽射しが降り注いでいる。その日も相当の暑さが予想された。

「殿は清水家の当主ゆえ、勝手に屋敷を離れることはできぬ」

「ご公儀のお許しは叶《かな》わぬと仰せられますか？」

「うむ」

「それではお忍びで出かけるということは？」

助次郎が畳み掛けると榎戸は怪訝《けげん》な顔を向けた。

「おぬしはこの江戸が殿の病を進めるとでも言うのか」

「御意」

「理由を申してみよ」

榎戸はようやく姿勢を正して助次郎に向き直った。

「先日、拙者が宿直《とのい》のご用をうけたまわりました折、殿はこのままでは、ご自分が狂ってしまうような気がすると仰せられました。拙者に二十歳まで生きていられるだろうかと心細いようなお声でお訊《たず》ねになりました。拙者、畏《おそ》れながら殿を我儘なお方とお見受けしておりましたが、実はそうではなく、上様のお気に召す御子になろうと必死の思いでおられるのです。それが殿のお心を追い詰めて、かような結果になっているのだと思いまする。江戸にいらしては上様のご威光が邪魔となりまする。誰の目も気にせず、お立場も忘れて十八歳の若者としてだけ過ごす機会が必要だと拙者、考えた次第であります」

「何ゆえ殿はそれほどまで上様のことを気になされるのだ？」

「子であることを認めさせたいという切ない思いでございましょうか。上様には何十人も御子がいらっしゃるとすれば、当たり前のことをしていては上様のお目に留まりませぬ。熱心に学問に励み、乗馬をよくし、その血を受け継ぐ者としての証《あかし》を立てたいのでございまする……まあ、これは拙者の勝手な憶測でありまするが」

「上様は殿のことをよっく考えておいでだ。殿が案ずるまでもなく、そこここに似たところがあるのだ。上様も癇《かん》が強く頭痛持ちであらせられる」

「え？」

助次郎は驚きの表情になり、そして自然に笑顔になった。

「これ、上様の頭痛持ちのことをおぬしに明かして、そのように嬉《うれ》しそうにしては困る」

榎戸は苦笑して言った。

「そのこと、殿に申し上げまする。お慰めするきっかけともなりまする」

「そうかの」

榎戸はそれからしばらく俯《うつむ》いて思案するふうがあった。助次郎は榎戸が何か策があるのだろうかと、じっと榎戸の口許《くちもと》を見つめた。

やがて榎戸は決心したように口を開いた。

「これはまだ内々の話ゆえ、おぬしには他言無用に願うところである。おぬしがさほどに殿のお身体を心配する心は家臣としてあっぱれと感じ入ったゆえ……」

「はッ。誓って他言致しませぬ」

助次郎はきっぱりと言った。その表情に侍らしい毅然《きぜん》としたものも感じられて来たと榎戸は内心で思う。助次郎は榎戸の期待通りの成長をしているのだった。

「殿はいずれ紀州徳川家の当主となられるであろう」

榎戸の言葉に助次郎の眼は大きく見開かれた。紀州徳川家は御三家の一つである。格式は清水家の比ではない。場合によっては斉道に将軍就任の機会が巡って来る可能性もあった。

「紀州徳川家は八代様（徳川吉宗）が、かって藩主であらせられたお家である」

　榎戸は続けた。

「存じておりまする」

「現藩主の治房《はるふさ》公には男子がおられぬ。それゆえ、治房公の娘で殿より三歳年上の菊姫様の婿にと上様は考えられておいでのようである。幕閣の重職達も概《おおむ》ね、そのご意見に賛成のご様子である。もっとも治房公だけは少々、お気に染まぬふうではあるが……」

「なぜでございますか？　上様の御子が姫君の婿となるとは、望んでも得られない縁談でございまする」

「まあ、下世話に申せば、上様の御子を押しつけられて、思うようにまつりごとができぬということであろう」

「事情はどうであれ、殿にはおめでたいことでございまする」

　助次郎はそう言ったが、胸の中を一抹の風が通り抜けたような心地がした。

「いかにも」

「そうなると、このお屋敷はどなたが当主となられるのですか」

　助次郎は途端に清水家の今後のことが心配になって訊《き》いた。それは自分の身の振り方にも大いに関係のあることだった。

「殿の弟君か、あるいはご親戚《しんせき》の方でも推挙されるであろう。適当な方がおられぬ時は当主不在のままとなる」

「そのような……」

「いや、かつてもそのようなことはあったのだ。おぬしが案ずるほどのことはない」

榎戸は意に介したふうもなかった。

「そういうおめでたいことがあるのでしたら、是非にも殿にはお元気になっていただきたいものです」

助次郎の声は沈んでいたが、榎戸は助次郎の内心の思いに気づいていない様子であった。

「殿には静養が必要とおぬしは申すか……難しいのう。わしの一存ではどうにもならぬことだ。しかし、心掛けておく」

「どうぞ、よしなにお取り計らいいただきますよう、お願い致しまする」

助次郎は手を突いて深々と頭を下げた。

助次郎は用人部屋から出ると、少し休息を取るために御長屋に向かった。その夜も宿直の御用があったからだ。広い庭を横切りながら助次郎は斉道が紀州徳川家の娘婿となることを考えていた。その時、自分はどうなるのだろうと思った。紀州には紀州の家臣がいる。

中間《ちゅうげん》から家臣に取り立ててもらった自分など、まっさきに務めを解かれるような気がした。榎戸はそれについて何も言わなかった。

まだ具体的な話になっていないので、家臣の身の振り方まで考えが及ばないのだろう。彼はいい、と助次郎は思う。斉道を紀州に送り出した後、お城に戻って他の役職に就くこともできる。斉道がことの外、榎戸に信頼を置いているとすれば、一緒に紀州にお伴《とも》することも考えられた。

瀬田村に戻ろうか……助次郎はふと思った。

戻って助左衛門に分家を立てて貰《もら》い、与えられた畑で麦や野菜を拵《こしら》えるのだ。野良仕事は嫌いではない。遊にも会いたい。

しかし、そうするにせよ、斉道の身体のことが助次郎は依然として心配だった。このまま何事もなく済むとは思えないのだ。清水家の屋敷内で斉道の不始末をもみ消すことはできても、御三家紀州徳川家では難しい。舅《しゅうと》になる人物がこの縁談に賛成ではないなら、なおさら斉道の一挙手一投足に眼を光らせるはずである。

斉道が今後、どのような事態を引き起こすのか、想像するだけで助次郎は恐ろしかった。

「瀬田様……」

頭上から甘い声が降って来た。足許に視線を落としていた助次郎は、沙江が立ち止まってこちらを見ていたのに気づかなかったのだ。

「沙江殿」

そう呟《つぶや》いた助次郎に沙江は笑顔を見せ、辺りに気を遣いながら傍に近づいて来た。幸い、中間も奥女中の姿もなかった。

「難しいお顔をなさっておりましたよ。殿が何か？」

「いや、何もございませぬ。これから少し昼寝をしようかと思っていたところです」

助次郎も沙江の顔を見て自然に笑顔になった。

「今夜も宿直の御用があるのですか」

「はい」

「お疲れでございましょうね」

沙江は助次郎の身体をねぎらう。その気遣いが助次郎には何よりも嬉しかった。

「なに、拙者はまだ若さがありますゆえ、多少のことでは疲れなど致しませぬ」

「それでも……御台所の外に床几《しょうぎ》を出しております。少しお休みになって白玉など召し上がりませんか」

「お心遣いはありがたいのですが、拙者、やはり横になりたいので、これで失礼致しまする」

助次郎は沙江に頭を下げてそう言った。今は白玉や沙江のことより、自分の今後のことを静かに考えたかった。

踵《きびす》を返し掛けた助次郎の前に沙江が立ち塞《ふさ》がった。

「瀬田様、父があなた様に会いたがっております」

「…………」

沙江の頭上で楓《かえで》の葉がそよぎ、白い眩《まぶ》しい光を沙江の黒髪に落としていた。陽を受けた楓の葉が助次郎の眼に一瞬、黄金色に見えた。

「どうかお時間を作っていただけないでしょうか」

沙江は気後れしたふうではあったが、はきはきと言った。

「中田殿は何ゆえ拙者に会いたいとおっしゃるのですか」

「それは……」

沙江は俯き、耳朶《じだ》を桜色に染めた。

「父は、あなた様とわたくしの祝言のことを考えております」

沙江は決心したように顔を上げ、助次郎に言った。沙江はそれについて不満を表してはいなかった。ということは沙江は自分に対して好意を持っていることになる。助次郎はくすぐられたような気持ちになった。

「沙江殿は拙者と祝言を挙げることについて異存がないということですか」

「はい……瀬田様さえよろしければ……」

上目遣いになった沙江の眼に僅《わず》かに媚《こ》びが含まれた。

「沙江殿は百姓の嫁になる覚悟がおありですかな」

助次郎は試すように訊いた。斉道の話を聞かされた後では沙江にそのことを確認しておく必要があった。しかし、沙江はそう言った助次郎に訝《いぶか》しい表情をした。

「お百姓？　でも、瀬田様は殿に家臣に取り立てていただいたのではないですか？　どうしてそのようなことをおっしゃられるのでしょうか」

「いずれ拙者、お役目を解かれる事態になるやも知れませぬ。そのために沙江殿に覚悟のほどを訊いておるのです」

「…………」

沙江はしばらく返事をせず、まじまじと助次郎を見つめているばかりだった。黒目がちの沙江の眼は一点の濁りもなく澄んでいる。

その眼をいつまでも見つめていたいと助次郎は思う。奥女中のお仕着せである水色の単衣《ひとえ》はすっかり沙江になじんでいた。胸高に締めた帯の上に椀《わん》を伏せたような膨らみがある。

助次郎は自然にそこに眼が行きそうになる自分を堪《こら》えて言った。

「お父上には、こうおっしゃって下さい。瀬田村の百姓の嫁でよろしければ、このお話、喜んでお受け致しますと」

「意地悪をなさっているのですか」

沙江は突然、助次郎が思ってもいないことを口にした。

「と、とんでもない。拙者は真面目な話をしているつもりです」

「では、面と向かって断りを入れるのをご遠慮なさって、そのようなことをおっしゃるのですか」

沙江は気色ばんでいた。頰が紅潮し、眼がつり上がっている。助次郎は慌てた。

「違います。これには色々と事情があるのです。そのために沙江殿には、あらかじめ申し上げておいた方がよろしいかと思いまして……」

「構いません、嫌やなら嫌やとはっきりおっしゃって下さいませ」

「沙江殿……」

「わたくし、少しのぼせていたのかも知れません。瀬田様には口で申し上げなくてもわたくしの気持ちは通じているものと思っておりました。勘違いしていたようです。恥ずかしい……」

沙江は袂《たもと》で顔を覆った。

「沙江殿、拙者、沙江殿のことは前々より……」

しかし、助次郎が皆まで言わない内に沙江は助次郎にくるりと背を向け、足早に台所の中に入ってしまった。後に残された助次郎は、なす術《すべ》もなく、その場に呆然《ぼうぜん》と立ち尽くしていた。沙江はきっと泣くだろうと思った。

沙江を喜ばせる言葉が言いたかったと助次郎は後悔した。斉道のことを抜きにして二人のことを考えるべきだったのだ。間《ま》が悪いというより他はないが、助次郎は心底、己れの無骨さを恥じていた。

十九

榎戸角之進が斉道の転地療養を決意したのは、それから間もなくのことであった。

ある夜半、斉道は宿直《とのい》の御用をしていた今泉鉄之助という家臣に抜刀して刀傷を負わせる事件が発生した。寝ずの番の家臣が騒ぎに気づき、すぐに止めに入ったので、幸い大事には至らなかった。興奮がようやく治まった斉道に榎戸が仔細《しさい》を訊《たず》ねると、今泉が謀叛《むほん》を働いているとの何者かの声が聞こえたという。その時の斉道が真顔だったので榎戸は背中を粟《あわ》立《だ》たせた。

榎戸は斉道の病状を由々《ゆゆ》しき事態と捉《とら》え、公儀に進言する前に大奥にいる斉道の生母、お遊の方に伺いを立てた。

お遊の方は大層驚き、紀州に赴く前に是非にも斉道の病を治してほしいと懇願した。斉道の希望する土地でゆるりと静養することができるよう、将軍家斉に口利きするつもりでもあるという。

榎戸は清水家の付き家老と相談して静養する場所を考え始めた。その場所はあまり江戸から離れていてもまずかった。もしも不意に登城の仰せが出た時に、すぐさま間に合う土地でなければならない。登城に欠席して、あらぬ噂を立てられては困る。特に紀州徳川家の息の掛かった連中には内聞にしなければならなかった。ためしに榎戸が、どこか行きたい土地の希望はあるかと斉道に訊ねると、斉道はさほど躊躇《ちゅうちょ》することもなく「予は瀬田村に行きたい」と応《こた》えた。榎戸はその言葉に面喰《めんく》らったが、ようく検討していくと、瀬田村ほどふさわしい場所もなかった。

そこは存外に江戸と近い。片道三日で辿《たど》りつける。江戸からの急ぎの御用にも対処できるというものだ。名目は遠出の鷹狩《たかが》り。これなら伴《とも》をする家臣も少なくて済む。斉道は瀬田村に着いてから風邪を併発し、しばらく療養するということにして長期滞在の首尾を調《ととの》えた。

榎戸は瀬田村を領地にする島中藩に斉道の来訪を手紙で知らせた。

藩は上を下への大騒ぎとなった。何しろ上様の御子がいらっしゃるのである。山の中の小藩には、かつてなかった一大事でもあった。

島中藩はすぐさま斉道が逗留《とうりゅう》する陣屋の整備に取り掛かった。

瀬田村の助左衛門の所へも藩からの使いの者が訪れ、斉道の来村が伝えられた。

助左衛門は頭にかッと血が昇るような気持ちになった。上様の御子がいらっしゃる。しかも助次郎を伴にして。

しかし、助左衛門は興奮が収まると、清水家の当主が島中藩の領地に逗留している間に、よからぬことでも起きなければよいが、という不安に捉えられた。それは鹿内六郎太も同様に考えていたことである。

鹿内は斉道の警護に格別の配慮を考え、そのために藩から屈強の若者を選《え》りすぐり、斉道の逗留の期間だけの警護隊を組織させることを藩に進言した。

助左衛門は行徳寺の和尚から古い文献を見せて貰った。それによれば、今を遡《さかのぼ》ること二百年前の時代に岩本藩の前身となる藩の藩主が瀬田山を砦《とりで》にして戦った時期があったという。その時、藩の財宝を瀬田山に運んだ形跡があった。藩主は大勢の家臣を道連れにして敵に敗れ、命を落とし、藩は潰《つぶ》れた。後に岩本藩は立て籠《こも》った砦をつぶさに探索したようだが、財宝のような物は見つけることはできなかったと文献には記されていた。

岩本藩の前藩主と家臣の恨みがこの山に宿ったのか、その後、瀬田山には山崩れ、洪水、地震が襲い、当時の道筋はことごとく消失している。今となっては、その財宝を見つける術もない。瀬田川の上流で、かつて砂金が採れたのは、隠していた黄金が天変地異で砕け落ちて川に流れたものかとも推測される。しかし、何分にも古い時代のことであり、文献には脚色された部分も感じられる。岩本藩が未《いま》だに瀬田山に思いを残しているのは、その財宝に理由があるのだろう。遊を育てた親父様が消息を絶った理由は、そのことと関係があるのだろうか。助左衛門にとって、親父様は依然として謎の人物であった。

助左衛門は村人に声を掛けて道路の補修に乗り出した。その他に村で見苦しい所はないかと、あちこちに注意を払った。

天女池の魚が腹を見せて浮いていたのは、それから間もなくのことだった。また、島中藩の藩主の愛馬が連れ去られ、馬の首だけが瀬田川に捨てられていたという事件も起きた。敵がそろそろ、何らかの策を弄《ろう》していた。村人は不吉な前兆に脅《おび》えた。助左衛門は村人にさらなる警戒を呼び掛けた。

榎戸と助次郎は瀬田村がそんな状態であるのを知らなかった。斉道の一行十五人は旅仕度を調えると清水家を出発したのである。

瀬田村に秋の気配が忍び寄った頃であった。

遊は斉道の来村に備え、助左衛門や助太郎が忙しくしているのをよそに、瀬田山に籠《こも》って炭を焼いた。炭焼きの窯に火を入れると十四日間は村に下りることができない。

もはや遊には炭を焼いて生計を立てる必要もないのだが、長年なじんで来た習慣を、おいそれとやめることはできなかった。季節が秋になれば身体が自然に炭を焼きたがっているのがわかった。遊は吾作と二人で山に行き、植わっている桜の枝を払った。吾作には払った枝を縄で束ねるところまで手伝わせたが、その先は遊が一人で運んだ。炭焼き小屋の近くには遊が住んでいた塒《ねぐら》がある。遊は、まだ吾作にそれを教える気にはなっていなかった。

吾作を一人で村に戻れる所まで送ると遊は炭焼き小屋に向かう。それからしばらく、遊は瀬田の家を留守にすることになる。たえは最初、ずい分心配していたが、やがて諦《あきら》めたのか何も言わなくなった。遊は自由に瀬田山と自分の家を行き来した。おとこ姉様の遊を、村人はもう、特別な眼で眺めることもなかった。遊はどこの民家にも気軽に立ち寄り、茶を飲ませて貰《もら》ったりする。遊は世話になった家には土産の炭を忘れなかった。村人はそれを「お遊様の炭」と呼んだ。

東雲に炭の束を括《くく》りつけ、久しぶりにわが家に戻った遊は玄関の辺りがやけに騒々しいのに気がついた。客が助左衛門を訪ねて来ている様子である。面倒な挨拶《あいさつ》が苦手の遊は、そっと裏口に廻《まわ》り、台所の通用口の傍に炭の束を下ろした。それから東雲を馬小屋に連れて行き、水と飼い葉を与えた。

東雲はめっきり衰えたと思う。長年、遊と暮しを共にして来た東雲も、馬としては老年に入っている。それでも瀬田山に行く時は喜んでいるのが感じられた。

遊は東雲の世話を済ませると台所に戻り、中へ向かって「かか様、義姉《あね》様」と声を掛けた。返事はない。二人とも客のところに行っている様子である。遊は少し気落ちした。いつもなら持ち帰った炭の束に二人は感歎《かんたん》の声を上げるのだ。短い舌打ちをして遊は井戸に向かった。井戸は台所の通用口を出たすぐ傍にある。汚れた手と顔を洗うつもりだった。

遊は釣瓶《つるべ》を落としながら、今までいた瀬田山に視線を向けた。まだ紅葉には早く、山は濃淡の藍《あい》色《いろ》に染まっていた。やがて全山が紅葉すれば燃えるような茜色《あかねいろ》になる。それを村から眺めるのが大層楽しみでもあった。

微《かす》かに足音が聞こえた。遊は桶《おけ》に屈み込んだ姿勢のまま首をねじ曲げた。見慣れぬ若者が少し離れた場所で立ち止まってこちらを見ている。遊は構わず顔をざぶざぶと洗うと、手拭《てぬぐ》いで水気を拭い、ゆっくりと若者の方を向いた。

「そちは誰だ」

若者は遊に訊ねた。その物言いに遊はなぜか、むっと腹が立った。新参者の藩の役人かとも思った。若者は笠《かさ》を外していたが、野歩きの恰好《かっこう》だった。藩の役人にしては衣服が上等にも見える。

「ぬしは礼儀知らずだの。おれが誰かと問う前にぬしから名を名乗れ。おれが応えるのはその後だ」

遊は斜《しゃ》に構えた言い方をした。だが若者は「予は喉《のど》が渇いた。水など汲《く》め」と遊に命じた。遊は自分の言葉が聞こえなかったのかと思った。黙っている遊に「早く汲め！」と急《せ》かした。

「ぬしは手が不自由であるのか？」

そう訊《き》くと若者は呆気《あっけ》に取られたような顔になった。

「そうではないらしい。ならば自分で釣瓶を落として水を汲め。おれが湯呑《ゆのみ》を持って来てやる」

遊は台所に入って、戸棚から白い湯呑を取り上げると井戸に戻った。その間に若者は言われた通り釣瓶を落としていた。呆《あき》れるほど不器用な手付きである。水の入った桶は存外に持ち重りがする。若者は腰をふらつかせて必死の形相で釣瓶を引き上げた。

「ぬし、その様子では箸《はし》より重い物は持ったことがなさそうだの」

遊は愉快そうに笑った。

慌てて若者の後を追って来た家来がそう呼んだ。その声に聞き覚えがあった。遊の胸は弾んだ。

「兄者！」

遊は幼い子供のように無邪気に叫んだ。助次郎は陽に灼《や》けた顔をほころばせたが、すぐに若者の傍に近づいた。

「殿、何をなされておられますか」

「予は喉が渇いたゆえ、このおなごに水を汲めと言うた。だが、このおなごは手が不自由でないなら自分で汲めと応えた。いかにも予は手が不自由ではない。それもそうだとやっておったところだ」

「客間にお戻り下さい。茶などお淹《い》れ致します」

「いや、予は水が飲みたい」

若者はそう言って遊に向き直った。遊は怪訝《けげん》な顔をしている。

「遊、清水様の殿であらせられるぞ。無礼はならぬ」

助次郎は遊を窘《たしな》めた。

「さようか、兄者の仕えておるお屋形様か。知らぬこととは言え、ご無礼致した」

遊は素直に謝り、こくりと頭を下げた。

「殿、妹の遊でありまず。礼儀知らずなおなごでありますれば平にご容赦のほどを」

助次郎は斉道に取り繕うように言った。

「そちが遊か。いや、そうではないかと内心で思うていたが、やはりの……」

斉道は妙に得心した顔で遊の顔をまじまじと見つめた。遊は少しきまりが悪くなり、斉道が引き上げた釣瓶の水桶から湯呑に水を注いだ。水は湯呑から溢《あふ》れ、地面を盛大に濡《ぬ》らした。遊は湯呑を斉道に突き出した。

「飲め。この井戸の水は大層うまい」

「遊！」

助次郎の叱責《しっせき》がすぐに飛んだ。遊は兄が侍の家来の顔でいることにそぐわなさを感じた。

東雲に一緒に乗った時の助次郎とは違った。

言葉の訛《なま》りも抜けている。兄者は人が変わったのかとさえ思った。

「構わぬ。並のおなごではないと聞いている。遊、予の前で遠慮は無用じゃ」

斉道は鷹揚《おうよう》に二人に言った。遊は救われたように笑顔になった。

「気難しい男と聞いていたが存外に話がわかる。おれも気が楽になった」

「予が気難しいだと？」

斉道はその時だけ癇《かん》を立て、傍らの助次郎をぎらっと睨《にら》んだ。

「それ、その癇の立て方が気難しいというのだ。ここは江戸ではない。せめてここにいる間はのんびりと過ごせ。おれが山など案内しよう」

助次郎は遊の物言いに肝を冷やしていた。

しかし、斉道は唇の端を歪《ゆが》めるようにして笑顔を見せた。それには心底、助次郎は驚かされた。初対面の人間とすぐさま打ち解けることなど斉道にはかってなかったことだった。

斉道は湯呑の中身をひと息で飲み下すと、ほうっと息を吐き「うまい」と言った。

「そうだろう。瀬田山から流れた水が何十年も地下を這《は》って、ここに辿《たど》り着くのだ。ぬしの飲んだ水は何十年前に降った雨であろうか。いや、雪かも知れぬ」

遊はそんなことを言った。斉道はくすぐられたような笑顔を見せた。

「遊、今宵《こよい》、島中藩では予のために歓迎の宴を張るそうじゃ。そちも来るがよい」

斉道は機嫌のよい声で言った。

「おれは堅苦しい席は苦手じゃ。遠慮する。だが、明日、天気がよければ、またこの家に立ち寄るがいい。山に案内しよう」

遊はそう言って、一礼すると台所に入ってしまった。斉道はしばらくものを言わなかった。

「ご無礼致しました。遊は、あの通りのおなごでありまする」

助次郎は斉道の顔色を窺《うかが》いながらおずおずと言った。

「予はあのようなおなごを見るのは初めてだ。瀬田が言うた通りのおなごであった」

「…………」

斉道の表情につかの間、好色そうな色が走った。しかし、すぐに助次郎を振り返って「さて、これから島中の館へ向かうとするか。遊の言うたように堅苦しい席が待っていることだろうの」と冗談めかして言った。

二十

榎戸角之進は斉道を瀬田村に連れて来たことに満足していた。着いて三日もすると、斉道の顔色は見違えるほどよくなった。瀬田村ののんびりした雰囲気もさることながら、毎日朝から晩まで外歩きをしているので斉道は食も進み、夜もよく眠られる。

早晩、斉道は健康を取り戻すものと榎戸は信じて疑わなかった。しかし、藩の馬廻り支配を務める鹿内六郎太は斉道の身辺に気を遣うことを慇懃《いんぎん》に、だがくどく何度も言った。

榎戸は、鹿内の言う意味が最初はよくわからなかった。鹿内にすれば、斉道がせっかく島中藩の領地までやって来たのに、そそくさと追い返すこともできず、かと言って予想される危険を無視もできない。榎戸と顔を合わせる度に警告の言葉を発するしかなかった。

十日目に榎戸は連れて来た家臣の内七名を江戸に帰した。少ない家臣で構成される清水家では人手が足らないし、前々から申し合わせていた通り、斉道が風邪で倒れたとの報告をさせるためでもあった。

斉道が逗留《とうりゆう》する陣屋に暴れ馬が飛び込み、玄関周りを破壊したのは、それから間もなくのことだった。さらに残った家臣の内、鷹匠《たかじよう》組の中年の男が忽然《こつぜん》と姿を消した。瀬田村の村人も必死で捜索したが行方はようとして知れなかった。

組頭の傘五郎がその家臣の死体を天女池の傍で見つけ助左衛門の屋敷に知らせて来た。

榊原作左衛門《さくざえもん》は近習の榊原秀之助の親戚《しんせき》に当たる人物であった。死んだ榊原には外傷がなかったので、一人で散歩している間に心ノ臓の発作でも起こしたものだろうとされた。

榎戸は助左衛門と相談して榊原の亡骸《なきがら》を行徳寺に運び、ねんごろに弔った。

斉道は助左衛門の屋敷に泊まりたい様子であった。最初は断ったが、再三の催促に、とうとう承知する羽目となった。そのために、助左衛門は一家総出で屋敷の清掃を行ない、客間に納戸から金屏風《きんびょうぶ》や客用の食器を出して斉道を迎える準備を調《ととの》えた。

その日、遊は、たえと初に無理やり大振袖《おおふりそで》を着せられた。形ばかりでも歓迎の宴をするので、遊の野良着のような恰好では、いかにもまずかった。本当は斉道の伴《とも》をして瀬田山に行く予定であったのだが、遊は同行しなかった。

湯に入ったり、髪を調えたりする必要があったからだ。瀬田山はもう何度も斉道は登っている。榎戸と助次郎、それに村人も二人ほどつき添わせている。心配はなかった。

瀬田家の台所は近所の女房達も集まって午前中から料理を始めた。客間は次の間との境の襖《ふすま》を取り払い、大広間にした。上座には金屏風を回し、綿《わた》の厚い座蒲団《ざぶとん》が置かれた。夜になれば衣服を調えた斉道がそこに座るのである。遊は行儀よく酒の酌をしなければならない。口の利きように気をつけろと初に何度も釘を刺されていた。

遊は手持ち無沙汰《ぶさた》であった。大振袖を着せられたので台所の手伝いもできない。甥《おい》の助右衛門と姪《めい》のりつと双六《すごろく》をして時間を潰《つぶ》した。

やがて酢の物や山菜の小鉢が運ばれて、女達がかいがいしく黒塗りの膳《ぜん》の上にのせて行く。斉道が席に着くと、すぐさま温かい料理を運ぶ手筈《てはず》になっていた。

藩の役人達や助左衛門の片腕となっている村人も紋付姿で次々、瀬田家を訪れて来た。

招かれた客はすべて揃い、後は斉道を待つばかりとなった。しかし、金屏風の前の三つの席は、まだ空いたままである。

暮れなずんだ空は巣に帰る烏《からす》の鳴き声が耳についた。

藍《あい》を溶かしたような闇が家の外から忍び寄り、たえが座敷に置いた紙燭《しそく》に火を点《つ》けると、「遅い……遅過ぎる」と、鹿内六郎太が苛立《いらだ》った声を洩《も》らした。それは助左衛門も助太郎も先刻から感じていたことであった。

「助左衛門、清水の殿は本日、瀬田山に向かったのだな？」

鹿内は確認するように訊《き》いた。

「天女池での狩りの首尾がうまく行かなかった時は、そのまま瀬田山へ向かうと息子の助次郎が申しておりましたゆえ……」

「このように刻《とき》が経っては足許《あしもと》が覚つかない。迷う恐れもあるというものだ」

鹿内は腕組みして天井を仰ぐと吐息を洩らした。

「今夜のことがございますので、ほんの散策程度で奥へは参らぬはずでございますが……」

助左衛門は助太郎と顔を見合わせてからそう言った。

「幾ら遊が戻って来て、以前より山には登りやすくなったというものの、このようなことがあると心配でならぬ。もしや道に迷うたのではなかろうかの」

鹿内は不安そうな顔で呟《つぶや》いた。

「おれは殿を案内して何度も山に登った。よくよくのことがなければ迷わぬ」

遊はきっぱりと言った。念のため、鹿内は家臣の一人を天女池近くまで迎えに行かせていた。何かあったら知らせて来るはずだった。

庭に足音が聞こえ、座敷にいた者が腰を浮かしたが、姿を現したのは斉道ではなく、田所文之進であった。鹿内が迎えに行かせた家臣である。後ろから組頭の傘五郎が切羽詰まった表情でついて来ていた。

「申し上げます。清水家の殿様、並びにご用人の榎戸様、瀬田助次郎様、村の寅吉の四人は瀬田山で道に迷うた様子であります」

田所は鹿内に澱《よど》みなくそう伝えた。

「迷っただと?」

鹿内は甲走った声を上げた。

「傘五郎殿、ぬしも一緒に山に行ったのではないか。どうしてぬし一人が戻って来られたのだ」

遊は解せない顔で傘五郎に詰め寄った。

「わしは途中で小便に行きましたが、その間に皆様の姿を見失いました。それで仕方なく一人で戻って来ましただ。天女池で田所様にお会いして、一刻も早くお知らせしなければと思いまして……」

傘五郎の言い訳を皆まで聞かない内に遊はくるりと傘五郎に背を向けた。そのまま座敷から出て行こうとした。

「お遊、どうするつもりだ?」

鹿内がすかさず遊の背中に覆い被《かぶ》せた。

「知れたこと、殿と兄者を捜しに行く」

「わしも行こう」

助太郎がすぐに口を挟んだ。

「足手纏《まと》いだ。おれは一人で行く。吾作、提灯《ちょうちん》を持て。かか様、おれのいつもの着物を」

遊は叫ぶように言った。座敷から出ると同時に帯留を取り、緞子《どんす》の帯を解いた。苛立った手つきで腰紐《こしひも》を抜き取り、大振袖を脱ぎ捨てる。遊の部屋まで着た物が次々と脱ぎ落とされ、さながら絹物の波のようであった。

「だからな、おんばにいいべはいらねェと言っているのに」

助右衛門が呆《あき》れた声で言った。初は遊の後ろから着物や帯を拾い集めながら「邪魔です。あちらに行っておいで」と甲高い声で助右衛門を叱った。

遊は着替えをしながら傍にいるたえに「かか様、握り飯を拵《こしら》えてくれ」と言った。場合によっては今夜の内に戻れないかも知れぬと言い添えた。たえはすぐさま台所に走り、女達に握り飯の用意を言いつけた。

初は遊の着物を畳みながら、「清水のお殿様にもしものことがあったら取り返しがつきません」と低い声で言った。

「そのようなことにはさせぬ」

遊はきっぱりと言った。

「本当ですか、お遊さん。信じていいのですか」

初は手を止め、縋《すが》るような眼になった。

「殿は何ゆえこの村に来たものかのう。迷惑もいいところだ」

遊はいつもの筒袖の上着、共の、たっつけ袴《ばかま》の恰好《かっこう》になり、脚絆《きゃはん》をつけながら独り言のように呟いた。

「殿はお遊さんがお気に召しているのですよ。きっと助次郎さんからお遊さんのことを色々とお聞きして興味を持たれたのでしょう。そして実際にお会いしたお遊さんは思った通りの人だった……」

「………」

遊は脚絆が済むと手甲《てっこう》をつけた。顔が赤くなるのをどうしようもなかった。斉道は自分に会うために瀬田村にやって来たということか。そんなことは考えられないと思う一方、斉道が自分に向けた視線を思い出す。それは熱く執拗《しつよう》に遊の心に絡みついていた。

「お殿様のお気持ちを察して、どうかお遊さん、お殿様を無事にお守りして、この家に戻って来て下さい」

初は手を突いて頭を下げた。斉道にもしものことがあったなら島中藩は責任を問われる。

助左衛門も助太郎も、いや、この瀬田の家の行く末にも拘《かか》わりがあるというものだ。だがその時、遊にはそれ等、難しい事情など頭にはなかった。斉道が自分に好意を持っているということだけに捉《とら》えられていた。

「義姉《あね》様、他人行儀な真似をするな。ようやくおれの役に立つ時が回って来たゆえ、むしろ喜んでそうするつもりだ」

「お遊さん……」

初の声が湿った。遊は台所に向かいながら「かか様、握り飯はできたか？」と声を張り上げた。

握り飯は風呂敷に包まれていた。遊はそれを背中に斜めに括《くく》りつけた。

「お遊、しっかりするのですよ」

たえは娘に言葉を掛ける。遊は母親を安心させるように「大丈夫だ」と応《こた》えた。

馬小屋では吾作が東雲に鞍《くら》をつけて用意をしていた。遊はすばやく東雲に跨《またが》り

「東雲、走るぞ。久しぶりの夜道だ。ぬしは道を憶《おぼ》えておろうの？　頼むぞ」と、首を叩《たた》いた。

吾作は提灯を渡してくれた。

「お遊様、お気をつけて」

吾作も心細い声で言う。

「うむ」

遊は東雲の尻《しり》に鞭《むち》をくれて夜道を瀬田山に向かって駆けた。

たえが遊の部屋に戻った時、東雲のひづめの音はとうに遠ざかっていた。たえはそれから初と二人で言葉もなく遊の着物を畳み続けた。

助次郎は焚《た》き火に小枝を放り入れると、ぱちぱちと水気の爆《は》ぜる音がした。すぐ目の前は幅三十尺ほどの沢が流れていて、沢の向こう岸はごつごつした岩の壁で塞《ふさ》がれている。

川原は大きな砂岩が所々に転がっていた。

その砂岩の下は緑の苔《こけ》がむしていた。どんどんと無粋な音がするのは、岩壁の端に高さ三十間ほどの滝が流れているからだ。

滝から流れた水が沢となって流れている。

沢はゆるやかに見えるが存外に水量が多い。澱《よど》みや深所《ふかんど》もあり、岸は赤土が露出していた。水を汲《く》む時に滑って助次郎は大層難儀した。その沢は、千畳敷に流れているのと違うような気がした。濃い闇に閉ざされているが岩壁の反対側はなだらかな杉木立ちで、一行はその杉木立ちを抜けてここまで辿《たど》り着いたのである。

まるですり鉢の底にいるような気分がした。

当初は千畳敷まで足を延ばし、すぐに村へ帰るつもりでいたのだ。天女池で狩りを試みたが、思うように獲物は得られなかった。鶴が飛来するにはまだ時季が早い。鶉《うずら》ぐらいは獲《と》れるだろうと思ったが、それも甘い考えであった。

斉道を退屈させたくなくて助次郎は瀬田山の散策を勧めたのだ。天女池で清水家の家臣を待たせて斉道と榎戸、助次郎、それに組頭の傘五郎と寅吉の五人は瀬田山に向かった。

油断があったのかも知れない。遊がいない時に勝手なことをしたのが助次郎には、いかにも悔やまれた。

千畳敷で休憩をしている間に組頭の傘五郎の姿が見えなくなった。榊原作左衛門の二の舞をさせてはならじと方々を捜し回った。その内に陽は暮れて来た。本日はここまでと諦《あきら》めて瀬田村の道を目指したのだが、どういう訳か道に迷ったらしい。うろ覚えにあちこちを歩いたのも悪かったのだろう。気がつくと、見たこともない場所に出てしまった。

とりあえず、その夜は野宿して、翌朝、千畳敷へ戻る道を捜そうということになった。

助次郎は平身低頭して斉道と榎戸に詫《わ》びた。

二人は仕方がないと、さほど立腹している様子はなかったものの、不安は隠し切れない。

水は目の前の沢から汲むことはできるが、何しろ中食《ちゅうじき》を食べたきりで空腹がこたえていた。

「このような所で断食することになろうとは思いも寄らぬの」

斉道はちくりと皮肉を洩《も》らした。

「しかし、傘五郎さんはどこに行ったものやら」

江戸の油問屋に奉公している正次の兄の寅吉は小首を傾げた。寅吉は老いた父親の代わりにこの頃は村の行事をかいがいしく手伝ってくれる。助左衛門にとって頼りになる男であった。

この度、斉道の来村に当たり、助左衛門は組頭の傘五郎ともども彼を瀬田山の案内係に抜擢《ばってき》したのである。四人は焚き火の周りにそれぞれ座って話をしていた。秋口とは言え、夜になるとさすがに風はひえびえとしている。

「傘五郎さんは無事に村に着いていればよいが……」

助次郎も傘五郎のことを気にしていた。

「あの者は千畳敷で不意に姿が見えなくなった。まさか、われ等に断りもなく勝手に戻ったとは思えぬが」

榎戸は解せない表情で言った。

「予はあの者の目付が気に喰《く》わぬ。したが、瀬田の父親は頼りにしている様子であった」

斉道も口を挟む。

助次郎は応えた。

「さようでございまする。傘五郎さんは村で組頭を務めております」

「組頭というのは百姓達のまとめ役ということだな?」

斉道が助次郎に訊《き》いた。

「さようでございまする。稲の苗を植えたり、刈り入れをする時は組ごとで行なっております。組の中で悪さをする者が出た時も組が連帯責任で咎《とが》めを受けます。ですから組ごとの結束は自然に堅いものにもなります」

助次郎は斉道にそう説明した。

「したが坊ちゃん、傘五郎さんの組の者はあまりあの人をよく言わねェずら」

寅吉は乾いた小枝を選んで焚き火に放り入れると、そんなことを言った。

「どうしてよ」

「あの人は手前《てめ》ェの田圃《たんぼ》の仕事をする時は組の者を手伝わせるくせに、他人の番になると、やれ庄屋様に呼ばれたとか、隣り村に行く用事ができたとかで仕事を逃げるそうです。茂吉がこぼしておりました」

茂吉は傘五郎の組に入っている百姓だった。

「どこの世界にも自分の利しか考えない人間はいるものだのう」

榎戸は薄く笑った。

「殿様が瀬田村においでになると聞くと、やけに張り切っていましただ。目立ちたがりやで派手なところは娘とよく似ていますだに」

寅吉は皮肉混じりに言い添えた。

「傘五郎の娘が遊のことをおとこ姉様と陰口を叩《たた》いているのは本当か？」

助次郎は寅吉にさり気なく訊いた。寅吉は罰の悪い顔で「それは……」と言葉を濁した。

「おとこ姉様だと？」

斉道はそう言ってぷッと噴いた。

「うまいことを言うものだ。遊がおとこ姉様か、これは的を射ている渾名《あだな》だ」

「殿、傘五郎さんの娘ばかりでなく、村の子供達もそう言います。甥《おい》の助右衛門はそれが悔しいと言って喧嘩《けんか》をして帰って来ます」

助次郎は半ば苦笑しながら斉道に言った。

「あの甥っ子は遊を慕っておる。予にはわかる。遊は子供には優しきおなごであるぞ」

「殿はずい分、お遊を褒め上げまする。さほどにお気に召しましたか」

榎戸はからかうように訊いた。

「いかにも。予は遊が気に入った。言いたいことを言い、やりたいことをやる。人のことなど構ったことではない野生のおなごよ。予は遊を眺めていると胸が清々する。清水の屋敷で瀬田から遊の話を度々聞かされておった。初めて会った時も初めてのような気はしなかった。まるで身内のようにも思える」

遠くを見るような眼で語った斉道に寅吉はにやにやした。

「何がおかしい」

斉道は寅吉を睨《にら》んだ。

「いえ、何もおかしいことはごぜェません」

「そちは笑っていたではないか」

「………」

「殿、寅吉は殿のお話が楽しかっただけです。畏《おそ》れ多くも殿をからかった訳ではございません」

榎戸は寅吉に助け船を出した。こんな所で諍《いさか》いになっては目も当てられない。

「しかし、拙者も遊には大層興味を惹《ひ》かれましてございまする」

榎戸は斉道に阿《おもね》るように話を続けた。斉道がほう、という顔で榎戸を見た。

「あの物言い、あの仕種《しぐさ》は並の娘には見受けられないものです。江戸の下町にはお侠《きゃん》な娘もおりまして歯に衣《きぬ》を着せぬ物言いを致しますが、遊はまた別な意味で伝法《でんぽう》なおなごでありまする。拙者も、もう少し若ければ遊に懸想《けそう》したやも知れませぬ」

榎戸の言葉に斉道は低い声で笑い、助次郎は「ご冗談を」と真顔になった。

「いや、ご用人様のおっしゃることも一理ありますだに。お遊様は不思議な色気がごぜェますだに。本人がそれに気づいていないところがまたいい」

寅吉も持ち上げる。

「寅兄《に》い、お前ェまで……」

助次郎は呆《あき》れて寅吉の顔を見た。

「瀬田、おぬしは正直なところ、遊をどう思うておる。妹ということを別にして」

榎戸は助次郎に訊く。斉道も助次郎の口許《くちもと》をじっと見つめている。

「さて……うまい言葉では申し上げられませんが、妹は強いおなごだと思いまする。誰の助けを受けずとも一人で生きられるおなごです。恐らく、妹はこの先、連れ合いも持たず、一生瀬田の家と山を行き来して生涯を終えることでございましょう」

助次郎の言葉に斉道は深い吐息をついた。

「拙者は、いずれ瀬田村に戻った暁には、そんな妹の面倒を見ながらのんびりと暮すつもりでおります」

「おぬし、お務めを退くつもりか？」

榎戸はぎょっとした表情で助次郎に訊いた。

「はい。殿のご祝言が纏《まと》まれば、おのずとそういうことになるかと……拙者は無用の家臣でございまする」

「おお、それで合点がいった。おぬしは中田殿の娘御に百姓の嫁でよいなら貰《もろ》うてやると言うたそうだな？」

「…………」

助次郎は返答できずに俯《うつむ》いた。

「中田の娘とは沙江のことか」

斉道が首を伸ばして助次郎に訊いたが、助次郎は口を閉ざしている。寅吉は心配そうに助次郎の表情を窺《うかが》っていた。

「中田殿から話を訊いてどういうことかと思うていたら……瀬田、殿のご祝言が纏まった暁には、おぬしも殿と一緒にあちらへ参るのだ」

「え？」

驚いた助次郎に榎戸は「殿、それでよろしゅうございますな」と念を押した。

「首尾よく祝言に漕《こ》ぎ着けたらの。したが、予はまだ祝言には心が動かぬ」

斉道はつまらなそうに応《こた》えた。

「殿、何を仰せられますか。これは上様のたってのご希望であらせられますぞ」

「…………」

「まあ、その前に瀬田の祝言の方が先でござろう。拙者は仲人を頼まれましたゆえ」

「ほう、そちが仲人をのう。これはこれは……」

斉道は口の端を歪《ゆが》めるいつもの笑みを洩らした。

「しかし、こんな時にこのような話も曲《きょく》のないものでございまする。無事に村へ戻れなければ祝言も仲人も詮《せん》のなきこと」

榎戸は現実に立ち返り、低い声で言った。

「遊が迎えに来ます、きっと。この山を知り尽くしているおなごでございますれば」

助次郎は声を励まして言った。寅吉も「そうです、そうです。お遊様ならきっと」と、言い添えた。榎戸はふっと笑ったが、その後には居心地の悪い沈黙が四人を襲っていた。

二十一

千畳敷に出た遊は、そこで東雲のたづなを引き締め、しばらく思案した。助次郎達が迷ったとすれば、そこから彼等が向かった道筋は、おのずと知れた。

千畳敷には少し強い夜風が吹いていた。遊は雷桜に近づいた。島中藩の鹿内六郎太が目印の桜をそう呼んでから、誰もがそれに倣《なら》うようになった。遊もその名が気に入っている。

雷《らい》と呼ばれて育った自分は、ある時を境に遊になった。捨てた名前がその桜の樹に残されたようで嬉《うれ》しかった。

雷桜はまさしく自分の分身のような樹だとも思う。

「頼むぞ。兄者とあの我儘者《わがままもの》を守ってくれ」

遊は夜目には黒々としか見えない樹に囁《ささや》くように言葉を掛けた。

それから遊は、じっと息をひそめて耳を澄ました。土を踏み締めてこちらに向かって来る足音が聞こえたからだ。助次郎達かと僅《わず》かに色めき立ったが、遊はその思いをすぐに振り払った。足音は二人、いや三人ほどであろうか。

遊は提灯《ちょうちん》の火を吹き消した。千畳敷にやって来た者は松明《たいまつ》を手にしていた。その先頭に立っている者は組頭の傘五郎、ぬ武士らしい男が続いていた。傘五郎の松明はすぐさま遊の姿を闇の中に浮かび上がらせた。

「お遊様、助っ人に参りました」

傘五郎は笑顔を見せてそう言った。

「鹿内様に言われて来たのか」

遊は東雲の上から傘五郎を見下ろして口を開いた。

「さようでごぜェます」

「足が速いのう。夜道は足許が覚つかないというのに」

「なに、おらは何度も山に登っている内に勝手を知りましただに。お遊様が清水の殿様をお迎えに上がるとお聞きして、すぐさま、われ等も後を追いましただ」

傘五郎の物言いに引っ掛かるものを遊は感じた。百姓の身分で二人の武士ともども「われ等」と、ひと括《くく》りで言ったことだ。

「傘五郎殿、お気持ちはありがたいが、これから先はおれが一人で行く。その方が早い。どうでも心配というなら、ここで待つがよい」

「いや、それはならぬ。若い娘にもしものことがあっては一大事である」

田所が口を挟んだ。

「清水殿はどちらにおられる」

後ろに控えていた男が苛立《いらだ》った声で訊《き》いた。

「それをこれから捜すと言うのだわ」

遊も癇《かん》を立てた。

「お遊様、言うことを利いて下せェ。清水の殿様の所へご案内して下せェ。それがお遊様の身のためずら」

「傘五郎殿、ぬしは勝手を知っていると言うたの？　ならば、ぬしが黙って殿についておればこのようなことにはならなかったものを。ぬしだけ、のうのうと戻って来たのは腑《ふ》に落ちない話だ。もしや、ぬしはわざと殿を道に迷わせたのか」

「何をおっしゃいますだ、お遊様」

傘五郎は笑顔を消して真顔になった。

「黙って言うことを利くのがおれの身のためとは、どういう意味だ」

「………」

遊は東雲のたづなをきつく引き締めた。東雲は前脚を苛立たし気に何度も踏んだ。走り出そうとするところを無理に止めているからだ。傘五郎が身体を後退《あとずさ》りした瞬間、遊は東雲に蹴《け》りをくれて一目散に千畳敷を駆けた。そのまま鬱蒼《うっそう》と繁る森の中へ入った。後ろで怒号が聞こえた。

助次郎は満天の星が輝く夜空を見上げた。

このようにゆっくりと夜空を眺めるのも久しぶりであった。西の空に笑っているような三日月が出ている。三日月が出ていたから、かろうじてその方角を西と悟ったのだが。

切り立った岩壁も今は濃い闇に隠れている。しかし、その岩壁の頂上辺りに星よりも微《かす》かな光を見たと思った。助次郎はじっと眼を凝らした。それは提灯の仄灯《ほのあか》りではないか。誰かがそこまで来て、提灯に灯《ひ》を入れたように思えた。試しに助次郎は小枝の一つに火を点《つ》けて、そちらに向かって大きく円を描いた。他の三人も立ち上がってそちらを見た。返答はない。助次郎は口許に両手を添えて「誰かいるかあ？」と叫んだ。

その声が山々にこだまして聞こえた。

「兄者！」

鋭く甲高い声がようやく聞こえた。助次郎は後の三人と顔を見合わせた。自然に笑顔になった。斉道は立ち上がって自分も小枝に火を点け振り回す。

「ここだ、ここだー！」

斉道はなりふり構わず叫んだ。

「今、行くぞー！」

遊は応えた。

「やはり来たか。頼もしいおなごだのう」

斉道は感歎《かんたん》の声を上げた。三人は東雲のひづめの音を聞き洩《も》らすまいと、じっと息をひそめて待った。やがて、かつかつと乾いた音が次第に明瞭《めいりょう》になり、ついに沢の対岸にやって来た。

「遊、沢を渡るのか？　滑るぞ」

助次郎は心配して声を掛ける。遊は返事もせずに水音を立てて沢に入ると、まっすぐにこちらに向かった。助次郎は足を濡《ぬ》らして遊に手を貸した。沢を渡り終えた東雲はぶるっと身体を震わせた。沢の水が寅吉の顔に掛かり、寅吉は「ひえっ」と大袈裟《おおげさ》な悲鳴を上げた。

「兄者、傘五郎に謀られたぞ」

遊は東雲からすばやく下りると開口一番に言った。

「何んだと？」

「あいつは敵の間者《かんじゃ》だ。それに藩の田所という若い男も仲間だ。もう一人侍がおったが、それはおれの知らない顔だった」

「どうしてそれを……」

助次郎は怪訝《けげん》な顔で遊に訊く。

「おれが兄者達を捜すと言って家を出たが後を追い掛けて来た。千畳敷で殿のいる場所に案内せよとおれを脅した。奴等が馬に乗っていなかったので、おれは隙を見てここまでやって来たが……もしや後をつけて来るやも知れぬ」

「ご用人様、いかが致したらよろしいでしょうか」

助次郎は切羽詰まった顔で榎戸に訊いた。

「ここにぐずぐずしていても始まらぬ。遊、どこか雨露を凌《しの》げる場所はないか」

「さあ、それは……」

「遊、お前が住んでいた塒《ねぐら》は今でもあるだろう？　そこへ殿をお連れせよ」

助次郎はすぐに言った。遊は少しの間、返事をしなかった。

「遊、ここで焚《た》き火をしていては、すぐに奴等に見つかるであろう。予はここで奴等の刃《やいば》に掛かって命を落としたとしても別に構わぬぞ。そちと死出の旅に出るというのも悪くない。どうせ惜しい命でもなし……」

そう言った斉道に榎戸は慌てて「このような時にお戯《たわむ》れをおっしゃいますな」と窘《たしな》めた。

遊は斉道の言葉に内心驚いていた。まだ十八歳と聞いているが、老人のような物言いが気になった。

「おれはまだ死にたくはない」

遊はそう言って東雲のたづなを引くと「ついて来い」と言って先を歩き出した。

寅吉は慌てて焚き火を消した。

遊は杉木立ちの中に入り、上に向かって登り始めた。遊の後ろから四人の荒い息が聞こえた。

「遊、奴等に気づかれぬかのう」

助次郎は心細い声で訊いた。

「兄者、剣の腕はあるか？」

遊は助次郎の問い掛けには応《こた》えず、低い声で逆に聞き返した。

「多少な。榎戸様はお強いぞ。小野派一刀流の免許皆伝の腕前だ」

「殿はいかがである？」

遊は前を向いたまま続けて訊いた。

「予の剣は……恥を搔《か》かせるのか、遊」

斉道は冗談に紛らわした。

「わたしは村相撲では大関ですだに」

寅吉は張り切った声を上げた。

「村相撲まで出して来たか、愉快だの。敵は三人だ。もしもの時も何んとかなるだろう。殿、死ぬではないぞ」

遊は言葉《ことば》尻《じり》に力を込めた。

杉木立ちを登り詰めると、今度は逆に道を下った。提灯の灯りだけが頼りだったが、遊は何んの躊躇《ちゅうちょ》もなく歩みを進めていた。およそ半刻《はんとき》も歩くと、また沢の音が聞こえた。その前に掘っ立て小屋があった。遊はそれを炭焼き小屋であると教えた。遊はその小屋の脇に東雲のたづなを繋《つな》いだ。

それからそろそろと沢を渡った。その沢は幅が二間ほどの狭いもので、さほど難儀することもなく四人は渡った。沢沿いの狭い道を歩いて、岩と岩との間に人が一人通れるだけの隙間のある所に出た。

「この奥におれの塒がある」

遊はそう言って、身体を横にするようにして中に入った。助次郎がその後に続いた。中は存外に奥行があり、掘った土を積み上げたものが幾つもあった。突き当たった所を曲がると薄縁《うすべり》が敷いてあるのに助次郎は気づいた。

「ここは親父様という人が拵《こしら》えたのか」

助次郎は興味深そうに辺りを眺めながら訊いた。座敷の中心には、そんな所に不似合いの瀬戸火鉢が置いてある。遊は岩壁に設《しつら》えてある燭台《しょくだい》に灯りを入れると提灯《ちょうちん》の火を吹き消した。燭台は岩をくり抜いて、くぼみを作り、そこに松の根方を置いたものだった。松脂が燃えて油の働きをしている。

「ここは、もともとあったものだ。昔々、隠れ家として使われた場所だ」と遊は応えた。

斉道と榎戸は呆気《あっけ》に取られたような顔で突っ立っている。

「何をしてる。遠慮せずに寛《くつろ》げ」

遊は二人に声を掛けた。

「ここならひと晩泊まってもよろしゅうございますな」

榎戸は斉道を薄縁に促しながら言った。

「むさい所である」

斉道はそう感想を洩らした。

「嫌やなら、ぬしは外で寝られよ」

遊はすぐさま口を返す。「これ、遊！」と助次郎が制した。

「ふん、だが先刻の沢の傍よりましというものだ」

斉道は愛想《あいそ》のつもりで言っていた。それは遊に通じなかったようで「口の減らぬ男だ」と吐き捨てた。

「その言葉、予がそっくりそちに返そうぞ」

全く斉道と遊はいい勝負である。榎戸と助次郎は顔を見合わせて苦笑した。寅吉は火鉢に消し炭を置いて、すぐに火を熾《お》こした。それから五徳の上に鉄瓶を置いて湯を沸かす用意を整えた。粗末な座敷の奥に水屋らしきものがあった。寅吉は遊にいちいち了解を得てから手を出している。

遊は背中の風呂敷包みを下ろすと、竹の皮に包んでいる握り飯を取り出して皆に勧めた。

「気が利くのう、遊」

助次郎は遊の心遣いを褒めた。

「腹が減ってはいくさができぬ、という諺《ことわざ》もある」

遊は得意そうに応えた。遊を除く四人は空腹であったので、その握り飯を貪《むさぼ》るように食べた。遊は大振袖《おおふりそで》に着替える前に食事を済ませていた。

「しかし、あの傘五郎が敵の間者だったとは目の玉が飛び出るほど驚いたずら」

寅吉は二つ目の握り飯に手を伸ばしてからそう言った。

「そういうことなら、この隠れ家はすでに目星をつけられているやも知れぬ」

榎戸は指についた飯粒をねぶりながら言った。助次郎はひどく気にして「ご用人様、奴等は殿のお命を狙っているのでしょうか？」と訊《き》いた。

「うむ。故意にわれ等を道に迷わせるように仕向けた。さすれば直接奴等が手を下さなくても、その内に息絶えると考えたのだろう。だが、遊が捜しに行くと言ったので慌てて後を追って来たのだ」

「殿のお命を奪ってどんな得がありますか?」

助次郎は榎戸に畳み掛ける。

「これが岩本藩の仕業だとしたら、島中藩に殿がおいでになったことが悔しくてならず、一矢報いたいということだろう」

「今までのあちら様のやり方も呆《あき》れることばかりでございました。ここは一つ、ご公儀から、きつく岩本藩をお諫《いさ》めしていただきたいものです」

助次郎はそう言って唇を噛《か》み締めた。寅吉も大きく相槌《あいづち》を打った。

「遊が赤子の頃、瀬田の家からかどわかされたのも岩本藩の指図だとわしは思うておる。助左衛門は、はっきりとは言わなかったが……親父様という男も岩本藩の息の掛かった者だったのだろう。したが、その男も消息を絶ち、遊も瀬田の家に戻った今、全く関係のない殿にまで非道な行ないをするのが解せぬ。これはもっと深い理由でもあるのかのう」

榎戸は四人の影が岩の壁に黒々と映るのを眺めながら言った。

「傘五郎はそのためにあちら様と通じていたんだ。傘五郎を締め上げて白状させるしかねェ」

寅吉は甲走った声で言った。

「間者だとわかった以上、傘五郎は島中藩から命を落とされる宿命だ。黙ってそうはさせぬだろう。奴はあちら様に助けを求める。これからどう出るか……」

助次郎が皆まで言わない内に遊はひそめた声で「来たぞ」と警告した。沢を渡る足音が聞こえた。東雲が興奮したような鼻息を洩《も》らしている。

「東雲を繋いでおいたのはまずかった……」

遊は反省するようにぽつりと言った。

「なに、奴等がここを知っているとすれば、東雲がいようがいまいが問題ではない」

榎戸は早口で言うと刀の鯉口を切った。助次郎はすばやく積み上げた土の小山の陰に回って身構えた。

「遊、灯《あか》りを消せ」

斉道は遊に命じた。遊が灯りを消すと、たちまち鼻を摘《つま》まれてもわからない闇になった。

その闇の中で遊は腕をぐっと摑《つか》まれた。短く悲鳴を上げた遊の口は相手の掌《て》で塞《ふさ》がれた。斉道である。斉道の手は握り飯の中に入っていた梅干しの香が微《かす》かにした。

辺りは静寂に包まれ、沢の音だけが聞こえていたが、その隠れ家に忍び込んだ敵の足音は静かに、だが確実にこちらに近づいて来るのがわかった。身動きする遊の身体を斉道はぐっと胸に引き寄せた。斉道は女の遊を庇《かば》うつもりで、そうしたのだ。

遊は一瞬、気の遠くなるような思いを味わった。親父様の胸に抱かれたことはあるが、それとは全く違う感覚であった。逃れたいのに逃れられない。遊の胸の動悸《どうき》は高かった。

助次郎がひそんでいる小山に松明《たいまつ》の灯りが怪しく映った途端、ぎゃッ、と獣じみた悲鳴が上がり、松明は地面に落ちて炎を上げた。

田所文之進が俯《うつぶ》せに倒れ、土を掻《か》きむしりながら芋虫のようにもがいている。助次郎が一刀を田所に突き刺したのだ。

「おのれッ」

後に続いた男が松明の灯りに浮かび上がった助次郎に刀を振りかざした。切っ先が光り、助次郎の追い詰められたような表情を遊に見せた。遊は斉道の身体を突き離すと、手探りで薄縁の下から手斧《ちょうな》を取り出し、背を向けている男めがけて投げた。手斧は男の背中にぐさりと命中し、そのまま田所の身体の上に崩れ落ちた。悲鳴が二重に上がった。

「兄者、傘五郎がいるぞ。取り逃がすな！」

遊は甲高い声で助次郎に命じた。

「お許し下せェ、坊ちゃん」

傘五郎の哀願が聞こえた。うるせ、と助次郎は地《じ》の言葉になって傘五郎に吠《ほ》えた。

「言え、誰の命令で殿のお命を狙った。傘五郎！」

「岩本藩のご家老様ですら」

傘五郎は白状した。榎戸が出て行き、傘五郎の身体から小太刀を取り上げると、襟首を掴んで傘五郎の首筋に自分の刀を押し当てた。

寅吉が恐る恐る松明を拾い上げ、傘五郎と榎戸にかざした。倒れた二人の呻《うめ》き声はまだ聞こえている。斉道は低い声で「瀬田、とどめを刺せ。この者達は、もはや助からぬ」と助次郎に命じた。

「はッ」

助次郎は渾身《こんしん》の力を込めて二人の心ノ臓にとどめの一刀を刺すと、末期の声は隠れ家に長く尾を引いて響いた。

「お遊様、傘五郎を庄屋様のお屋敷に連れて行って仔細《しさい》を話して貰《もら》いやしょう」

寅吉は遊にそう言った。

「それには及ばぬ。仔細は最初からわかっておる。こやつ等は秋月藩が山に隠した黄金のありかを捜しているのだ」

遊は傘五郎に冷めた眼を向けて言った。

「秋月藩？」

榎戸は聞き覚えのない藩の名に怪訝《けげん》な顔をした。

「岩本藩の前身の藩でございまする。すでに藩はお取り潰《つぶ》しになり、その血を継ぐ者はおりませぬ。戦国の世の夢物語に尾ひれがついて岩本藩に伝わったものでございましょう。岩本藩はそれを性懲《しょうこ》りもなく捜しているのです」

助次郎は助左衛門に聞いた行徳寺の和尚の話を語った。

「夢物語ではねェ。田中理《り》右衛《え》門《もん》様はそれを知っていましたずら」

傘五郎は叫んだ。

「田中理右衛門とは誰のことだ」

榎戸は傘五郎に訊いた。

「お遊様の育ての親ですら。お遊様をかどわかし、瀬田山で育てただに」

「傘五郎、遊のかどわかしにお前も手を貸したのか」

助次郎が詰め寄った。

「わしは……庄屋様に眠り薬を盛っただけだ」

そう言った途端、助次郎の拳《こぶし》が傘五郎の顎《あご》を打った。助次郎は傘五郎の着物の襟を鷲掴《わしづか》みにして泣きながら傘五郎を二度、三度と続けて打った。瀬田家に訪れた不幸を同じ村人でありながら、何喰《なにく》わぬ顔で眺めていたのだ。

たえの流した涙、助左衛門の苦悩、自分と助太郎の片腕をもぎ取られたようなあの当時の喪失感は、どれほど謝罪されたところで許す気にはなれない。ただ傘五郎を打つしか助次郎には気持ちのやり場がなかった。傘五郎はひいひいと呻き声を上げた。遊はその様子を小意地の悪い表情で見ていた。寅吉と榎戸がようやく二人の中に割って入り、助次郎を止めると、助次郎はそのまま腰を折って咽《むせ》んだ。傘五郎の口許《くちもと》から糸のように血が滴った。

「遊、そちの育ての親は秋月藩の財宝のありかを知っておったのか」

斉道はようやく低い声で遊に訊いた。

「知っていたら、とっくに金に換えて瀬田山から逃れていたろうが」

遊は埒《らち》もないというように吐き捨てた。

「どこかの桜の樹に近い所に宝は隠してあるだに。これは間違いねェ」

傘五郎は荒い息をしながら言った。榎戸は一瞬、雷桜ではないかという気がしたが、すぐにその考えを振り払った。雷桜は遊が連れ去られた時から生えたものだ。時代的に計算が合わない。

「したが、田中様はわし等の眼をごまかすために、山に次々と桜を植えたずら。もはやこうなっては、どの桜なのか見当もつかねェ」

　傘五郎は悔しそうに少し長い吐息をついた。

「樹齢のありそうな桜を捜したらよかったものを」

　斉道は知恵のあることを言った。だが傘五郎はふん、と鼻であしらい「とっくに焼かれて炭になっていますだに」と、応《こた》えた。

　助次郎はいっぺんに合点のいく思いがした。

　遊が連れ去られてから瀬田山に桜の樹が増えたのも、親父様、いや、田中理右衛門という男が炭焼きを始めた理由も。こういうことだったのかと。

「親父様はこやつ等の仲間であったが、おれの命を守るために仲間に背いた。その結果、命を狙われる羽目にもなったのだろう。親父様は強い男であったが寄る年波には勝てぬ。傘五郎、親父様はぬし達に亡き者にされたのか」

　遊の言葉《ことば》尻《じり》が震えて聞こえた。傘五郎は俯《うつむ》いて応えなかった。

「親父様は死んだのか」

遊はさらに続けた。それでも傘五郎は応えない。

「遊、島中藩に傘五郎を引き渡し、そちらで詮議《せんぎ》して貰うことに致せ」

榎戸は口を挟んだ。遊は榎戸の声が聞こえないというように傘五郎の顎をぐいっと摑んだ。傘五郎はうるさそうにそれを払った。

「命を助けてくれるのけ？　それなら話してもやるが、そうでねェのなら死んでも喋《しゃべ》らねェ」

傘五郎はふてぶてしく言った。遊はそんな傘五郎をじっと見ていたが「兄者、親父様は死んだのだな」と、助次郎に確認するように訊《き》いた。

「恐らく……」

助次郎は顔を上げ、掠《かす》れた声で応えた。

「殿、育ての親の仇討《あだう》ちをしてもよいかの？」

遊は傘五郎の視線を避けて独り言のように言った。傘五郎は、ぎょっとした表情になった。まさか遊がそんなことを言うとは思いも寄らないというふうだった。

「そちの好きにするがよい。予が許す」

斉道は低い声で応えた。榎戸はその瞬間、固唾《かたず》を呑《の》んだ。

「おらは直接手を出してはいねェ。田中様の首を刎《は》ねたのは岩本藩の奴等だ。幾ら仕置きしても財宝のありかを白状しねかったからだ。亡骸《なきがら》は谷へ突き落とした。そのまま川へ流れて行った」

傘五郎は、いっきにまくし立てた。遊が一瞬、眼を閉じた。しばらくの間、重苦しい沈黙が漂った。傘五郎の荒い息遣いが耳障りだった。

「寅吉、傘五郎を吊《つ》るせ！」

やがて、遊は悲鳴のような声で叫んだ。傘五郎は必死で命乞いをしたが、誰もそれを聞く耳は持たなかった。

二十二

瀬田山は桜も楓《かえで》も重なり合って枝を拡げていた。その中で紅葉の赤がひと際、眼に眩《まぶ》しく、遊は、いっそ、その色で己《おの》が身体も染まりそうな気がした。枝は赤の色に負けて、むしろ黒々として見える。足を踏み締める度に茅《かや》や笹の乾いた音が耳につく。それでも通り過ぎた後は、茅も笹も、すっくと頭をもたげ、遊と斉道の足跡さえ瞬時に隠してしまう。長く人の往来を拒んできた山は、太古の趣すら備えていた。この山に立て籠《こも》り、ついにはお互いの刃《やいば》で胸を突き合って果てた秋月藩の藩主や姫、多くの家臣達の悲鳴と慟哭《どうこく》が風に乗って今でも聞こえるような気が、斉道はした。

能の『八島《やしま》』の一節が斉道の口をついた。

〽敵《かたき》と見えしは群れ居る鷗《かもめ》、鬨《とき》の声と聞こえしは、浦風なりけり高松の、浦風なりけり……

『八島』は源平の合戦を描いていた。それは勅使下向の折に江戸城の能舞台で見たものだった。父家斉の傍で一緒に見た『八島』は、義経の亡霊が修羅道に苦しむ姿をシテが演じていた。屋島の合戦での源氏は勝者で、従って、勝ちいくさを讃《たた》えてもいたのだが、『八島』は源氏も平氏も海底に眠る哀れな情景で終わる。

斉道の胸にはその時の舞台の様《さま》が切なく残った。

「いい声だの」

遊は振り返って世辞を言った。榎戸と助次郎、それにすっかり家来気分の寅吉は二人の後から、ゆっくりとついて来ていた。

「城を追われた秋月藩の藩主の気持ちはいかばかりであったろうの」

斉道は感慨深い様子で言った。

「戦国の時代は、たとい城の殿様であろうと、生きた心地もなかったものよ。それに比べて殿はよき時代にお生まれになった。己れの癪《しゃく》のことだけ考えておればよいのだから」

遊の皮肉に、斉道はもはや癇《かん》を立てることもない。遊の母親であるたえから斉道は百合根《ゆりね》を擂《す》ったものを飲まされている。大層苦くて飲み下すのに難儀するが、精神の安定を保つ効用があるという。それが幾らかでも効いているのかも知れない。たえは斉道に親切であった。

たえは片田舎の庄屋の妻に過ぎないが、声の優しさ、眼の柔かさは生母お遊の方を彷彿《ほうふつ》させるものがあった。もしも、遊が尋常な娘として成長したなら、目の前のやんちゃな姿ではなく、たえのように控え目で女性らしい娘になっただろう。しかし、斉道は、そんな遊のいる瀬田村に訪れたいとは露《つゆ》、考えなかったはずだ。まことに世の中とは不思議だと斉道は内心で独りごちていた。

「遊、そちには予がどのような男に見える」

斉道は前を歩く遊の背中に問い掛けた。

「どうとも思わぬ。兄者の仕えているお屋形様と思うているだけだ」

木立ちの上をばさばさと跳ね飛んだのはむささびであろうか。姿は見えなかったが一瞬、獣じみた匂いが鼻腔《びこう》をついた。遠くの方でケーンと鳴いているのは鹿であろう。獣達も冬仕度に忙しいのだろうかと斉道は思う。

「いや、そちの眼から予が尋常な男に見えるかと訊いておるのだ」

「知らぬ。おれは瀬田の家に戻るまで里の男と口を利いたことはないゆえ、殿が尋常な男であるか、そうでないかはよくわからぬ」

「……………」

「それよりも、おれはどうだ？　それこそ殿の眼からは尋常なおなごではなかろう」

「そちは仕方がない。育ちが育ちだ」

「ほう、言うたな。それを一番におもしろがっているのは殿だ。やはり尋常ではないのだろう」

「予はそちが愛《いと》しい……」

斉道は突然、あらぬことを口走った。遊は一瞬、金縛りに遭《あ》ったような気持ちになった。

「予はいついつまでも、この瀬田村でそちと一緒に過ごしたいものだ」

遊の頭にかッと血が昇ったが、冷静を装い「できない相談であろう。殿はいずれ江戸に戻る宿命《さだめ》だ」と応えた。

「予はいずれ紀州徳川家に入る人間である。さすれば江戸と紀州を一年おきに行き来することにもなろう。遊、洞穴《ほらあな》の塒《ねぐら》は大層不便であろう。予が庵《いおり》を建てて遣わすぞ」

斉道は機嫌のよい声で言った。

「そこに殿は通って来てくれるのか」

「うむ」

遊は無邪気に笑って「ありがたき倖《しあわ》せに存じまする」と頭を下げた。

「全く堅苦しい挨拶《あいさつ》の似合わぬおなごだのう」

「…………」

「そちをおとこ姉様と呼ぶことは聞いたが、島中は狼女と称した。そちらも凄《すさ》まじい渾名《あだな》である」

島中藩の藩主は遊の噂を聞いてそんなことを言ったのだろう。遊は苦笑した。

「笑止な。狼女だと？　おれが月夜の晩に遠吠《とおぼ》えでもしたというのか」

「おお、予は聞いたような気がする。あれはそちではなかったのかの」

斉道は悪戯《いたずら》っぽい顔で冗談を飛ばした。

「御三卿《ごさんきょう》清水家の殿がうつけたことを言う。世も末だの」

遊はすばやく切り返して先を急いだ。第二の千畳敷へと。

遊達が無事に辿《たど》り着くと榎戸は瀬田山での経緯を助左衛門と助太郎に語った。島中藩の役人もそこに顔を揃えていた。皆んなは一睡もせずに斉道の帰りを待っていた。田所文之進と傘五郎が岩本藩の間者だったという事実は彼等を驚愕《きょうがく》させた。この事実は早飛脚で江戸城にも告げられた。岩本藩がどのような申し開きをしようとも、斉道がその場に居合わせたことで岩本藩は墓穴を掘ったことになる。移封《いほう》どころか改易の沙汰《さた》も下りることになるかも知れない。

早晩、江戸から大目付の一行が岩本藩を訪れることになる。島中藩も俄《にわ》かに財宝問題に興味を示し、遊にもくどいほど仔細《しさい》を訊《たず》ねた。もしも財宝の話が本当ならば島中藩は大いに潤うことにもなるからだ。遊は、そのようなことは知らぬ、と繰り返すばかりだったが。

島中藩は藩士を瀬田山に向かわせ、独自に財宝の探索を試みたものの、結果は何一つ手掛かりは摑《つか》めなかった。無理もない。鍵《かぎ》を握っていたかも知れない親父様もいない今、それを知ることは海中に投じた小石を捜すようなものだった。

傘五郎の家族は村を追われた。傘五郎の組の者達も同じ責めを受けるところであったが、斉道の取りなしにより、田畑の幾らかを差し出すことで村に留《とど》まることが許されたのである。

財宝のありかは期待通りには行かなかったが瀬田山の新たな真実が遊の口から明かされた。斉道が傘五郎達に道に迷わせられた理由を詳しく助左衛門に問い詰められる内、遊は渋々、千畳敷とほぼ同じ規模の平坦《へいたん》な野原が瀬田山に存在すると白状したのだ。斉道が榎戸と助次郎を伴って瀬田家を訪れた時のことである。傘五郎の案内した千畳敷は、もう一つの方だった。そこから先へ進めば広大な樹海か、断崖《だんがい》と森に囲まれた沢に出る。もしも樹海の方に斉道達が足を踏み入れたとしたら、たとい遊であっても捜すのは困難であった。沢に向かったのは運がよかったと言うしかなかった。遊はそのような大切なことを隠していたことで助左衛門からきつく叱《しっ》責《せき》された。その時も斉道は遊を庇《かば》ってくれた。遊はひどく嬉《うれ》しかった。

紅葉の洞窟《どうくつ》からぬけると視界はいっきに開けた。斉道は感歎《かんたん》の叫び声を上げた。

「遊、まさに千畳敷である」

周りの景色も沢が流れている様も、空の高さも吹く風も寸分の違いもない。少し後から登って来た榎戸と助次郎、寅吉も同様に驚きの表情になった。千畳敷まで登って、そこから岩崎村に向かう時、ないしは瀬田村に戻る時、道の選択に納得できない気分になったのは、二つの千畳敷の間で、あるかなしかの道筋が複雑に交錯していたからだ。初めて歩く者は錯覚に陥り易い。

傘五郎は斉道達をわざと第二の千畳敷の方へ案内したのである。

「二つの千畳敷の区別はどうつけておるのだ」

榎戸は額の汗を拭《ぬぐ》って遊に訊《き》いた。

「雷桜かの。あの樹のあるなしであろう」

遊は秋の陽射しに眩《まぶ》しそうに眼を細めて応《こた》えた。

「それだけか？」

榎戸は納得できない顔で続けた。

「おれは雷桜だけで充分である。まあ、これからは、ぬし達が新たな目印をつけられるがよかろう」

「だからお前は雷桜が目印とおれに最初に言ったのだな？」

助次郎はようやく合点のいった顔で言う。

「これは秋月藩の策でもあったのだろうの」

斉道は辺りに眼をやりながら口を挟んだ。

「いや、親父様は偶然だと言うていた。もともと千畳敷は二つあったのだ。まあ、敵を攪乱《かくらん》させるために秋月藩は、そこに幾らか手は加えたであろうが」

遊は訳知り顔で応えた。

「親父様は岩本藩の命令で長いこと秋月藩の財宝のありかを探っていたのだ。しかし、なかなか埒《らち》は明かない。徒《いたずら》に年月は過ぎる。ご自分も年を取って行く。親父様の気掛かりは遊のことだけであったのだろう。もはや死ぬ間際の親父様にとって財宝など興味もなかったのだ。むしろ、それが原因で争いが起きることを苦慮されていたふしが窺《うかが》える。まことに大人物であらせられた」

榎戸は大袈裟《おおげさ》に聞こえるほど親父様を持ち上げた。遊の眼が微《かす》かに赤くなった。

斉道は空を仰いだ。高く聳《そび》える木立ちの天頂はぐるりと輪を描いていた。燃えるような樹々の赤が、また赤が、斉道の胸を息苦しくさせた。斉道は短い奇声を発してその場に倒れた。最初に斉道の身体を起こし、その頰を叩《たた》いたのは遊である。遊は必死で斉道に呼び掛けた。斉道は軽く頭を振って起き上がった。

「案ずるな。天を向いていたら目まいがしただけである」

「見苦しいの。これが城であったら何んと致す。しっかりしろ!」

遊は強く窘《たしな》めた。

「もうすぐ冬が近い。殿、そろそろ江戸にお戻りなさらねば……長居をしましたぞ」

榎戸は低い声でそう言った。斉道は返事をしなかった。

いよいよ斉道が江戸に戻る前日、遊は東雲に斉道と相乗りして瀬田山に向かった。土産にする炭を持たせるために山に取りに行く遊に、斉道は自分も同行すると言った。斉道を連れて行くことは榎戸と助次郎が伴《とも》をすることでもある。遊はそれが煩《わずら》わしかった。なに、すぐに戻ると馬小屋に向かった時、斉道は身拵《みごしら》えもしない普段着のままで後を追って来た。

「邪魔だ。家で待っていられよ」

遊は鞍《くら》に跨《また》がって長屋門の外に出た。斉道はすばやくその後ろに飛び乗った。存外に身が軽い。

「ご用人様に知れたら何んとする」

遊は困惑して言った。

「榎戸と瀬田は将棋を指しておる。その隙にそちと二人で道行きをしようぞ」

斉道の声が耳許《みみもと》で熱く囁《ささや》き掛けた。痩《や》せているが筋肉質の腕が遊の腰に回される。なぜか遊はそれを拒否する気が起きなかった。身体の芯《しん》から獣じみたものが騒ぐ。それが何んなのかを遊は知らない。ただ、このまま斉道の腕に身体を寄せていることが無上の喜びに感じられた。そちが愛《いと》しいと斉道はまた言った。遊は気の遠くなるような甘美な心地がした。身内でもないのに愛しいと言われたことが、なぜにそんな心地を醸し出すのか。

遊は一瞬、うっとりと眼を閉じた。斉道は遊の首筋に熱い息を吹き掛け、唇を這《は》わせた。

「遊、予の側女《そばめ》になれ」

斉道は籠《こも》った声で囁いた。

「側女か……妾《めかけ》のことだな？」

「正室に据えることは予の立場上、無理というものだ。ただし側女なら許される。予とともに江戸へ参るのだ」

「だが、殿はその内、奥方を迎えるのだろう？」

「…………」

「おれは礼儀知らずのおなごゆえ、大名屋敷での暮しは性に合わぬ。殿が度々、ここに来てくれるだけでよい」

「度々は来られぬ」

「殿はおれに庵《いおり》を建ててくれると言うた。一年おきに江戸とお国許を行き来する途中で立ち寄ってくれると約束したではないか」

遊は振り返って斉道を詰《なじ》った。斉道は遊の懸命な表情にふっと笑った。

「俺は建ててやる。だが、これからお務めが忙しくなれば、さほど自由は利かぬ。だから、そちが予の傍にいてくれと言うのだ」

遊は首を前に戻した。足許の落ち葉がかさこそと鳴る。瀬田山は落葉が始まり、通り過ぎる樹々は音もなく枯れた葉を降らせた。

「おれが江戸へ行けば、少しの間はおもしろおかしく暮せるだろう。しかし、いずれ殿は奥方を迎えるという。その時、おれがどのような気持ちになるか考えぬのか？」

「それは……」

仕方がないではないか、という言葉を斉道は呑《の》み込んだ。遊に理解できることではなかった。

「よしんば、その奥方より殿がおれをお気に召したとしても、今度はその奥方が寂しい思いをするだろう。おれは……自分が不幸になることも、他人を不幸にすることも嫌やだ」

すいっと風が吹いて、遊の後れ毛を靡《なび》かせた。斉道は遊の髪を優しく撫《な》でた。

「御三卿《ごさんきょう》清水家の側女よりも瀬田村の庄屋の娘でおる方が気楽と申すか」

斉道の口ぶりに詰る響きはなかった。いかにも遊らしいという諦《あきら》めの気持ちが感じられる。

「ああ」

「そうか……」

斉道はそう言ったきり、炭焼き小屋に着くまで言葉はなかった。

炭焼き小屋で遊が炭を束ねている間、斉道は床几《しょうぎ》に腰掛けて、じっとその様子を眺めていた。これから自分が当主となる紀州にも藩が奨励している炭があった。斉道はそのことをふっと思い出した。瀬田村に来る前からそろそろ紀州のことを学んでもいたからだ。

紀州備長炭《びんちょうたん》は日本で最高の炭と言われている。ウバメガシという樹で焼いた物で、堅く焼き締まり、表面はなめらかである。その火力は天下一品であった。紀州徳川家は炭焼きを積極的に奨励し、窯の改良も進め、元禄《げんろく》年間には地元の炭問屋が屋号に因《ちな》んで備長炭と名づけたそうだ。

遊の焼いた炭は細く、火力もさほどではない。それでも遊は一所懸命に炭を焼く。それが唯一の自分の得意とばかり。斉道は遊の気持ちを慮《おもんぱか》って涙ぐみそうになった。

遊は小振りの炭の束を二つ作ると斉道を振り返って「土産にすると言うても、あまり嵩《かさ》にしては道中の邪魔にもなろう。ほんの心ばかりだ。殿の手焙《てあぶ》り用だの」と、恥じるような表情で言った。

「かたじけない」

斉道は律儀に頭を下げた。遊はそのことに大層驚いた。斉道が今まで、そのように恐縮して頭を下げたのを見たことはなかったからだ。

「本日の殿は妙に殊勝だの。おれとの別れがさほどに辛《つら》いか」

遊はからかうように言った。

「いかにも。予はそちと別れて江戸に帰ることが身を切られるように辛い」

「…………」

「遊、予に手を見せてみよ」

「手？」

「そうだ」

「炭を扱ったゆえ、汚れておる。沢で洗ってくる」

遊は自分の手を眺めて慌てて言った。

「構わぬ。そのままで」

斉道の真意がわからない。言われるままに遊は炭で黒くなった両手を差し出した。

斉道は遊の手首をぐっと摑《つか》んで、しみじみ眺めた。

「予はこのように汚れた手をしたおなごに出会ったことはない」

遊は手を引っ込めようとしたが斉道はそうさせなかった。斉道は突然、遊を抱きすくめた。咄嗟《とっさ》のことで遊は声も出なかった。遊は斉道の腕の中で抗《あらが》った。

「予を拒むな。拒めば予は獣になる」

狂暴なものが斉道の身体を駆け巡っていた。

遊には斉道が苦痛に歪《ゆが》んだような表情をしたのが解せなかった。遊は顔を上げて斉道を見た。そのように間近に斉道の顔を見たことはない。浅黒い斉道の顔は肉が薄い。存外に眉毛《まゆげ》は濃く、奥二重の眼は不安そうに遊を見つめている。薄い唇は紅を刷《は》いたように赤かった。

「おれが拒まねば？」

遊は低い声で訊《き》いた。

「予はそちの男になれる」

「おれの男になるとな？　笑止な……明日は別れが待っているというのに、情けを掛けて、それでどうするというのだ」

「たとい江戸と瀬田村と離れて暮しておろうとも心が通じていれば、それでよいとは思わぬか？」

「…………」

「今の今、この刻《とき》、そちと予の気持ちが一つであることが予にとっては重大なことに思える。この先どうなろうと、予がそちを愛しいと思う心に偽りはない」

斉道はきっぱりと言った。遊は、迷いはしなかった。斉道の言うことはその通りだと思った。たとい一緒に暮せなくとも、心が通っていればそれでいいのだと思う。互いに相手を案じていることは、この上もなく貴重で尊い。

かつて親父様が自分のために無償の愛を注いでくれたように、自分も斉道に代償を求めない愛を注ごう。遊は確実な言葉でそう考えた訳ではないが、斉道の痩せた胸に身体を預け、きつく眼を閉じた。

「許せ、遊」

斉道の声がくぐもった。遊は土間に敷いた筵《むしろ》の上にゆっくりと押し倒された。頭の上で沢が流れて行く音ばかりを遊は聞いていた。

二十三

新年の登城で将軍家斉にお目見《めみえ》した斉道は、そこで御三家紀州徳川家の娘婿となる旨を言い渡された。祝言は春。江戸と紀州の両方で祝宴の儀が催されるという。覚悟していたこととは言え、斉道はさすがに狼狽《ろうばい》した。そんなに早く婚姻が結ばれるものとは思ってもいなかったからだ。

家斉が婚姻を急ぐ理由は前年に紀州で大規模な百姓一揆《いっき》が起こり、その責任を取らせて藩主、徳川治房を致仕させる考えだったからだ。

治房は、国許《くにもと》では名君の誉れが高い。学問を奨励して、町の造りも江戸のように整備した。藩政にも熱心に携わった。そのままでは隠居後も政権を握る恐れがある。家斉の息子である斉道を送り込んでその勢力を殺《そ》ぐ目的でもあった。

治房は、その婚姻にいささか承服できかねるような様子があった。将軍の子を押しつけられるという思いが拭《ぬぐ》い切れないのである。

しかし、家斉の言葉に異を唱えることなど、もちろんできない。治房が城外に隠居所と称する屋敷を国許に建設中であるのは、娘婿となる斉道となるべく顔を合わせないためではないかと榎戸は内心で思っていた。

榎戸は斉道に同行して紀州徳川家に入る家臣の選択を急がねばならなかった。その中には自分と助次郎が含まれる。ために助次郎と沙江の祝言は斉道より先の二月に慌ただしく行なわれたのである。

祝言を挙げても、助次郎はしばらくの間、清水家の御長屋で寝起きし、沙江はお務めを退出して実家の中田家に身を寄せていた。

助次郎は、もちろん、お務めが非番の日は中田の家に泊まり、沙江と一緒の時間を過ごす。沙江の両親はまるで息子がもう一人できたように助次郎をもてなす。通い夫《づま》のような新婚生活であるが、それでも沙江は嬉《うれ》しそうであった。いずれ麴町《こうじまち》の徳川家の上屋敷に斉道が落ち着いた時、改めて近くに家を見つけるつもりである。

助次郎に斉道の夜伽《よとぎ》の御用が回って来たのは祝言を挙げてしばらく経った頃であった。

斉道に新婚生活をからかわれるのは少し気が重かったが。

やがて床に就いた斉道は襖《ふすま》の外にいる助次郎を呼んだ。

助次郎が寝所に入ると、斉道は蒲団《ふとん》の上に起き上がり、傍に来るように命じた。

「どうじゃ、新妻の味は？」

斉道は案の定、艶《つや》っぽい言葉で助次郎に訊いた。

「その節は過分なご祝儀をいただき、瀬田助次郎、恐縮至極にございまする」

助次郎はわざと慇懃《いんぎん》に祝言の礼を述べた。

脂下《やにさが》っていては、どんなことを喋《しゃべ》らされるか知れたものではない。

「なに、礼には及ばぬ。それよりも予の祝言が終われば、紀州にご挨拶《あいさつ》に伺わねばならぬことになった」

「さようでございまするか」

紀州入りして、治房公、並びに徳川家の家臣と顔合わせして、斉道はめでたく御三家紀州徳川家の人間となるのである。

「紀州入りするのは桜の咲く頃となりましょう。殿の前途にまことにふさわしい季節にございまする」

助次郎は穏やかな紀州の地に桜が咲く様を思い浮かべて、しみじみとした口調で言った。

「瀬田山の桜もさぞかし見事であろうの。特に雷桜はいかばかりであろう……」

斉道の心は紀州でなく瀬田山にあった。瀬田山の遊に。助次郎は自然に困惑した表情になる。瀬田村から江戸へ出立しようという前日、不意に斉道と遊の姿が見えなくなった。

辺りをくまなく捜しても二人の姿は見つけられなかった。助次郎は榎戸に山へ参りましょう、と促した。榎戸はなぜかそれを止めた。

「瀬田、殿と遊が瀬田山へ向かったとあらば案じることはない。二人だけで別れを惜しんでおられるのだろう。われ等が迎えに出るのは野暮というもの。どれ、天女池で釣りでもしながら、のんびりとお戻りを待つことにしよう」

榎戸は呑気《のんき》に言った。助次郎は少し心配ではあったが、榎戸がそう言うので従った。

果たして、夕方になろうとする頃、東雲のひづめの音が聞こえ、馬に乗った二人がゆっくりと小道を戻って来た。しかし、榎戸も助次郎も馬上の二人から思わず眼を逸《そ》らした。

斉道が背後から遊を掻《か》き抱き、遊は首をねじ曲げて斉道の唇を受けていたのだ。

傾き掛けた夕陽がそんな二人に茜色《あかねいろ》の光を浴びせて一幅の絵のようだった。助次郎は不思議に淫《みだ》らな感じを受けなかった。ただ美しいと思った。

「これはこれは……」

榎戸も面喰《めんく》らった様子で低く苦笑した。

「申し訳ございません。妹は礼儀知らずのおなごでありますれば、平にご容赦のほどを」

助次郎は榎戸に頭を下げて詫《わ》びた。

「いや……」

榎戸は俯《うつむ》いた顔を上げ、再び二人の姿を眼に入れると「殿は遊に癒《いや》されたのだ。見よ、瀬田。殿の倖《しあわ》せそうなお顔を」と、呟《つぶや》くように言った。榎戸の言う通り、瀬田村に滞在している間、斉道には心配するような症状は起こらなかった。のんびりした村の暮しも斉道の気持ちを癒しただろうが、何より遊の存在が大きいと助次郎も思う。

「遊を江戸へ連れてゆけたらいいのだが……」

榎戸の言葉がこつんと助次郎の胸に残る。

助次郎もそれを考えてはいたが、何分にも遊の気持ちというものがあった。遊は榎戸と助次郎に気づくと、少し罰の悪い表情をした。

「土産の炭を取りに行って来たのだ。存外に刻を喰ったようだ」

遊は取り繕うように言った。遊の眼が微《かす》かに潤んでいた。もしや遊は殿と江戸へ行くと言わないだろうかと助次郎は身構えてもいた。

しかし、遊は、そんなことは言わなかった。

今度いつ来るのだと斉道に訊《き》いただけである。斉道は曖昧《あいまい》な表情で「都合が許せばの」と応《こた》えた。


春が近いというものの、夜半になると寝所は底冷えがした。助次郎は斉道が風邪を引かないように、背後に回って、そっと羽織を肩に掛けた。斉道は袖《そで》に腕を通しながら「紀州に向かう前に瀬田村へ立ち寄りたい」と言った。

助次郎は低く肯《うなず》いた。

「殿が瀬田山のお花見をご希望とあらば、それもよろしゅうございましょう」

「できれば予は遊を紀州へ連れて参りたい」

斉道は少し昂《たかぶ》った声で続けた。

「それはなりませぬ。菊姫様とのご祝言のご挨拶に遊のような者を同行させては、大殿がどのようなお気持ちになられるか……」

「まずいかの？」

斉道は気落ちしたような顔で訊く。

「いかにも」

「そうか……」

斉道は俯いて呟くと「やはり兄妹《きょうだい》だの」と続けた。助次郎は怪訝《けげん》な眼を斉道に向けた。斉道はやや気後れした表情になったが、観念したように口を開いた。

「予は遊に側女《そばめ》になれと言うた」

「…………」

「断られた……」

助次郎はほうっと息をついた。それは安心したというより、遊なら、やはりそう応えるだろうと助次郎が予想した通りであったからだ。

「予と遊が仲睦《なかむつ》まじくしては菊姫が寂しがるそうだ。遊は……自分が不幸になることも他人を不幸にさせることも嫌やだと抜かした……あっぱれなおなごよ」

斉道は感心した様子でもあったが言葉尻《ことばじり》には溜《た》め息が混じる。

「やはり野におけれんげ草、という句もございまする。遊は瀬田山にいるからこそ殿のお心を捉《とら》えたのでございましょう。しかし、江戸や紀州のお屋敷に暮してはただの田舎者、山猿でございまする。殿がその内、興ざめとなられるのは時間の問題でもあります。どうぞ、ここは遊の行く末をもお考え下さり、その儀はきっぱりとお諦《あきら》め下さいますよう」

助次郎は深々と頭を下げた。

「瀬田山の庵《いおり》はもはやできたかのう。島中に頼んで来たが……」

斉道は遊に約束した庵のことをふと思い出した。話の核心を逸らすような感じでもあった。

「雪が解けると、さっそく普請をするとのことでございましたので、そろそろでき上がったことと思いまする」

助次郎は笑顔で応えた。

「遊は喜んでおるかのう」

「もちろんでございまする」

助次郎はその時だけ張り切った声を上げた。

「瀬田山の花見をして、遊の庵を見て、予は紀州に参る……瀬田、これで遊と本当におさらばとなるのか？」

「…………」

助次郎は何んと言葉を掛けてよいのかわからなかった。参覲交代《さんきんこうたい》の道中をする折、瀬田村に立ち寄り、遊とつかの間の逢瀬《おうせ》をするということも考えない訳ではなかった。しかし、斉道が瀬田村に昨年の秋に滞在したことは異例のことでもあった。岩本藩の処遇について大目付からの仔細《しさい》を訊《たず》ねられた都合上、足留めを喰った形に過ぎない。そうでなければ二十日ほどで江戸に戻る予定でもあったのだ。

そしてこれからの斉道は紀伊国五十五万石の藩主である。藩の家臣も清水家とは比べものにならないほど多い。家臣を陣屋に待たせて斉道が勝手な行動をすることは、決してよいこととは思えない。たとい、斉道にとって遊が初めて心から慕った女性であったとしても。

助次郎の脳裏を、遊と斉道が唇を合わせていた図がふっと掠《かす》めた。

「いつまでも遊ごときにお心を奪われていては、紀州徳川家の当主としての面目が立ちませぬ。菊姫様のためにも何卒《なにとぞ》……」

助次郎は己れの感情を押し殺し、低い声で斉道を諫《いさ》めた。

斉道は助次郎の言葉に応えず、羽織を緩慢な動作で脱ぎ捨て、蒲団《ふとん》の中に身を横たえた。

助次郎は蒲団をそっと掛け直した。

「予はこれから遊に言い訳する言葉を考えねばならぬ。もはや下がれ……」

斉道は助次郎と眼を合わさずにそう言った。

「はッ」
斉道は眼を閉じた。行灯《あんどん》の灯《あか》りを落とす刹那《せつな》、助次郎は斉道の閉じた眼から、ひと筋、流れるものを見た。

二十四

瀬田山は中腹の辺りが桜の花で白い帯を巻いたように見える。時折、強い風も吹いたが季節は順当に巡り、瀬田山も村も春の盛りを迎えていた。瀬田助左衛門と妻のたえは縁側から見える瀬田山に時々眼を向けながら茶を飲んでいた。二人とも言葉は少なかった。

江戸の助次郎より斉道がいよいよ紀州入りするとの手紙を助左衛門は受け取っている。

目の前で尊顔を拝した十八歳の少年は年が明けて十九歳となり、今、御三家紀州徳川家の藩主となるべく紀州入りするという。畏《おそ》れ多いことだった。その御仁がこの片田舎においでになっていたということが、今更ながら夢のように思えてならない。

しかも、自分の息子がその尊いお方の家来になり、徳川家の家臣に改めて召し抱えられるのである。瀬田家始まって以来の一大事でもあった。しかし、助左衛門は素直にそれを喜べなかった。今年に入り、島中藩より、娘の遊のために瀬田山に庵を建てるとの仰せがあった。今の炭焼き小屋は不便な場所にあるので、雷桜のある千畳敷からほど近い場所に炭焼き小屋と寝泊まりに安楽な庵を設《しつら》えるのだという。それは斉道のたっての希望であるそうだ。

助左衛門は斉道が何ゆえ遊のためにそのような配慮をするのかを訝《いぶか》った。島中藩の使いの者は多くを語らなかったが、清水の殿様は遊をことの外、お気に召した由、と手短に助左衛門に伝えた。助左衛門は今度こそ天地が引っ繰り返るほど驚いた。あの遊を、狼女、おとこ姉様と渾名《あだな》される娘を斉道がお気に召したということが、である。助左衛門は側室に抱えられるのではないかと俄《にわ》かに慌てた。遊があっさりと「おれは江戸へも、どこへもゆかぬ」と応えたので、助左衛門はほっと安心したが、同時に、何やら複雑な思いも味わった。遊が富貴な身分に昇ることを自ら捨てているような気がしたからだ。

しかし、斉道が再び瀬田村に立ち寄る話に遊は頰を染め、それから嬉々《きき》として新しい住まいの掃除に余念がない。遊はこの度の斉道の来村の理由をまだ知らなかった。斉道が菊姫と祝言を挙げたことも。助左衛門はそれを伝える機会を逃していた。助太郎に頼んでも返事を渋り、それはおとうが遊に話すのが筋だ、とつれないことを言った。助太郎と助左衛門の内心の気持ちは一緒だった。二人とも遊が斉道の側室になることを望んでいる。しかし、遊の資質を考えたら、それができない相談であることも二人は知っていた。割り切れない気持ちはずっと助左衛門を捉えたままだった。

「お舅《とう》様、おっ姑《か》様。お茶のお代わりなどいかがですか」

初が声を掛けた。助太郎は務め向きのことで代官屋敷の方へ行っている。二人の子供達も外へ遊びに行って、久しぶりに瀬田の家は静かだった。

「わたくしは結構です。旦那《だんな》様は？」

たえは助左衛門に訊く。

「あ？　ああ……それでは貰《もら》おうか」

助左衛門は我に返ったような顔で返事をした。

「お舅様、元気がありませんね。それに比べてお遊さんの張り切っている様子と言ったら……」

初はいそいそと火鉢の鉄瓶の把手《とって》を前垂れで摑《つか》みながら苦笑混じりに言った。

「吾作も遊と一緒か？」

助左衛門は初に訊いた。

「はい。山のお家の掃除を手伝っております」

初が応《こた》えると助左衛門は短い舌打ちをした。

「こっちの家の掃除が先だろうに……」

「それでは清水のお殿様は、また、この家においでになるのですか」

初の眼が輝いた。初は斉道が瀬田の家に来たことが大層得意で、京の実家にも嬉々として手紙で知らせていた。

「この度はほんの少し立ち寄るだけで、去年のように長く滞在するようなことはないらしい。しかし、おいでになるとあらば、それなりに心構えをせねばならぬ。できればまっすぐに紀州においでになっていただければ、われ等も気が楽なのだが……」

助左衛門は吐息混じりに言った。

「村の庄屋ともあろう者が、そのような言葉を吐いてはなりませぬ。殿様がおいでになるのはわが家にとって光栄の至りではございませんか。助次郎がお世話になっているお屋形様ならなおさら……」

たえはやんわりと助左衛門を制した。

「お殿様はお遊さんにぞっこんですもの、素通りはできませんよ」

初は助左衛門の思惑など微塵《みじん》も感じたふうはなく無邪気に冗談を飛ばした。

「何んだ、ぞっこんなどと下衆女《げすおんな》のような口を利きおって」

助左衛門は癇《かん》を立てた。初の顔色が変わった。たえはさり気なく「あなた……」と助左衛門の袖《そで》を引いた。初も遊と同じで斉道の紀州入りの理由を知らずにいたのだ。初は黙って茶を淹《い》れると湯呑《ゆのみ》を助左衛門の前に置いた。

「お初、お遊のことですけれどねえ……」

たえは言い難そうに口を開いた。助左衛門は即座に「よせ！」と声を荒らげた。

「だって、あなた」

「いずれ殿様がおいでになれば知れること」

初は訳がわからず二人の顔を交互に見つめている。助左衛門は居心地の悪い表情で「どれ、村の様子を見て来よう。見苦しい所があっては無礼になるゆえ」そう言って腰を上げた。初の淹れ換えた茶は手つかずで残された。

「おっ姑様、話して下さい。お殿様に何か不都合なことでも起こったのですか」

助左衛門が出て行くと、初は待っていたように膝《ひざ》を進め、たえに詰め寄った。

「助太郎はあなたに何も話しておりませんか」

「いいえ、何も。うちの人は、わたくしがお遊さんとお殿様の話をすると機嫌が悪くなるものですから」

いかにも助太郎らしいとたえは思った。心配の種になりそうなことは自分の胸に収めて妻にさえも口を噤《つぐ》んでいる。年を取るごとに性格は助左衛門とよく似てきた。

「清水のお殿様は紀州の徳川様のご養子となられるのです。すでにあちらのお姫様とはご祝言を挙げられたとのことです。この度はお国許《くにもと》におられるお舅様へのご挨《あい》拶《さつ》に伺う途中で瀬田村へお立ち寄りになるのです」

「清水のお屋敷の方はどうなるのでしょうか」

「それは上様やご公儀のお役人が考えられることです。わたくし達が心配すべきことではありません。それよりもお殿様は御三家紀州徳川様のお殿様になられるのです。ご出世なされたのですよ」

「では、お遊さんもお傍に上がるのでございますか」

「いいえ、そのようなことは……」

「農民の出でもお殿様のお眼に留まってお側室に上がる例は多いと聞いております」

「お初……」

たえはやんわりと初を制した。

「お遊にお屋敷暮しができると思うのですか」

「これから行儀見習いをすれば立派にお役に立つと思います」

初は意気込んで言う。遊にとっては千載一遇の好機だった。むざむざその機を逃すことはない。初はそう思っていた。しかし、たえは「無理です」と、にべもなく言った。

「お遊は村と瀬田山以外で暮せぬおなごです。遊もお殿様のお傍にはゆかないと言っております。あなたもこれ以上、余計なことを喋《しゃべ》ってはいけません。旦那様はそれでなくても、これで本当によいのかと悩んでおられるのですから」

「そんな……お遊さんが可哀想。お殿様だってお遊さんをお気に召していられたのに……それを諦《あきら》めろだなんてむごい……」

初は前垂れで眼を拭《ぬぐ》った。

「所詮《しょせん》、お遊にはつり合わぬお方。お遊のためにもその方がよいのです。後は、時が解決してくれるでしょう。わたくしもお遊がお側室に上がったら、何か失態を起こすのではないかと心配で夜も眠られぬことでしょう。これでよいのだと思っております」

たえは案外、さばさばした様子で、助左衛門の飲み残した茶をひと息で飲み干し、大きく息をついた。

「お遊様、見て下せェ」

吾作が張り切った声で遊を呼んだ。瀬田山の庵《いおり》は六畳の座敷に土間と水屋、裏口の傍には厠《かわや》まで設えてある。座敷の中央には煮炊きと暖を取る囲炉裏が切ってあった。

茅葺《かやぶ》きの屋根の庵は、いかにも山のわび住まいという風情がある。しかし、本当のわび住まいとなるにはまだまだ時間が掛かりそうだ。庵はどこもここも木の香が清々《すがすが》しい新築である。

囲炉裏の縁を空拭《からぶ》きしていた遊は手を留めて戸口の方を向いた。外から甥《おい》の助右衛門と、姪《めい》のりつの声もした。山に向かう途中、道端で遊んでいた二人と出会い、一緒に行きたいと言うので連れて来たのだ。助右衛門は木登りに興じ、りつは野の花を摘んでいた。初への土産にするのだという。

「おんば、早く来てみろ」

助右衛門が昂《たかぶ》った声で遊に言った。外に出ると、助右衛門は裏口へ遊を促した。

吾作が竹を二つ割りにして樋《とい》を拵《こしら》え、沢から水を引くようにしたのだ。樋の先から流れた水は、ほどよい水量で一尺ほど下の地面に落ちる。落ちた水は傾斜を利用して、また沢に流れる仕組みになっていた。それなら水溜《みずた》まりもできない。

「ここに平たい石でも置けば水汲《みずく》みが楽になりますだに」

吾作は得意そうに遊に説明した。

「器用だの」

遊は感心した顔で応える。

「殿もさぞかしお喜びになられることだろう。これは吾作が拵えたと確かに殿に言うておく」

「へい」

遊は竹の樋から流れる水に眼を細め、それを掌《て》に掬《すく》って喉《のど》に流し入れた。吾作はじっとその様子を見つめている。大層うまい、と感歎《かんたん》の言葉を吾作は期待して待っていた。しかし、遊は突然咽《むせ》んで、傍らの地面に激しく吐いた。

「どうしましただ？　虫でも紛れ込んだべェかの」

吾作は心配そうに遊の背中を摩《さす》った。

「いや、大したことはない。何やら胸がむかついての」

斉道が来るというので少し働き過ぎたのかも知れない。遊はそう考えると掃除を早めに切り上げて、その日は家に戻ることにした。

山を下りる途中も、遊が盛んにおくびを洩《も》らすのを吾作は心配そうに見ていた。

二十五

斉道の一行は家臣を従えて岩崎村に辿《たど》り着いた。以前のようなお忍びの形ではなく、今度は輿《こし》に乗り、槍持《やりも》ち、挟み箱を担いだ中間《ちゅうげん》、一文字笠《いちもんじがさ》の揃いの旅装束に拵えた家臣がつき添った大名行列である。中間、足軽を含めて家臣は五十数名。大名行列としては小規模の部類であろう。岩崎村の住人達は斉道の一行が通ると道を空けて礼を尽くした。

助左衛門と助太郎が幾ら家でおとなしく待てと言っても遊は利かなかった。父と兄を振り切り、東雲《しののめ》を走らせて瀬田山を越え、岩崎村に出迎えに出たのである。一行は、瀬田山は越えず、従来通り、街道沿いを進んで島中藩の陣屋へ向かう予定であった。行列の行進には山を越えるより平坦《へいたん》な道の方が都合はよかったのかも知れないが。

遊が千畳敷を過ぎて岩崎村を眼下に見下ろした時、村は春霞《はるがすみ》に覆われていた。のどかでぼんやりとした村の景色であった。

雛飾《ひなかざ》りのような大名行列が眼に留まると、遊の胸は激しく高鳴った。あの中に斉道がいると思えば身体も自然に震えた。すぐさま迎えに行き、後ろに乗せてひと足先に瀬田山に登るのだ。びっしりと花をつけた雷桜と新しい庵を早く見せたくて仕方がなかった。遊は東雲の腹に蹴《け》りを入れた。老いた東雲は遊の期待に応《こた》えようと必死で走るのだが、遊のはやる心ほど追いつけなかった。

東雲は土埃《つちぼこり》を立てて行列に近づいた。先頭の中間が慌てて足を留めた。不逞《ふてい》の輩《やから》かも知れないという警戒心が家臣の間にすばやく走った。榎戸は一文字笠の庇《ひさし》を上げて前方に眼をやった。それよりも早く、助次郎が「遊だ」と叫ぶ声を聞いた。

「無礼者、下がれ、下がれ！」

先頭の家臣の甲走った声がする。遊は怯《ひる》まず斉道の輿に近づいた。

「殿、待っていたぞ。輿からさっさと下りろ。おれと一緒に山へゆくのだ」

遊は構わず輿に向かって怒鳴るように言った。

「下がれと言っておるのがわからぬのか！」

遊と斉道の事情を知らぬ家臣が苛立《いらだ》った様子で腰の刀に手を掛けた。榎戸は足早にその家臣に近づいて制した。

「松本、案ずることはない。この者は瀬田の妹である。殿もよくご存じである」

「遊、この度は事情が違うのだ。黙ってこのまま家に戻れ。島中藩にご挨拶を済ませたら家に顔を出すゆえ」

助次郎も慌てて言い添えた。それは遊の粗末な身なりにあったのかも知れない。家臣達の訝《いぶか》しい視線に助次郎は恥じらうような表情をしている。

「殿、輿よりも東雲の方が早いぞ。ぬしはそれでもこのままゆくのか?」

遊は仕舞いには縋《すが》るような顔になった。ようやく輿の中から返答があり、輿持ちが地面に輿を下ろして戸が開けられた。しかし、斉道は外に出る様子はなく、そのままの恰好《かっこう》で遊に言葉を掛けた。

「遊、しばらくだったの。息災でおったか?」

遊は安心したように笑顔になった。東雲から飛び下りると輿の前に膝《ひざ》を突いた。

「殿、おれは会いたかったぞ」

遊は臆面《おくめん》もなく言う。その声に家臣達の間から失笑が起こった。

「予はこれから島中に挨拶をしなければならぬ。そちとこのまま山に行くことはできぬ。ささ、そちはおとなしく家に帰られよ」

斉道は宥《なだ》めるように遊に言った。

「挨拶など捨ておけ。雷桜が見事であるぞ。それに、殿に建てて貰《もら》った庵も見せたい」

斉道は遊の言葉に肯《うなず》いたが、すぐに顎《あご》をしゃくって輿の戸を閉めさせた。前進の号令が先頭の家臣の口から叫ばれた。遊は呆然《ぼうぜん》とその場に突っ立ったままである。

助次郎は遊の肩に手を置き「な、遊、ここは堪《こら》えてくれ」と、遊をいなした。遊は助次郎の手をうるさそうに払ったが顔は紙のように白かった。自分の何も彼《か》もを受け入れていたはずの斉道が、初めて自分を拒絶したような気がした。

助次郎がしばらく歩いてから振り返ると、遊はまだそこで立ち留まっていた。遊の姿は助次郎の眼には頼りないほど細く、小さく感じられた。

遊は瀬田の家には戻らず、山の庵に泊まった。家に戻ればたえや初から斉道の様子がどうであったか訊《たず》ねられたことだろう。その時、自分が平静な顔で応えられる自信がなかった。

もはや両親も兄も義姉も遊が家に戻らなくても心配して捜し回るようなことはなかった。

ああ、きっと山にいるのだろうと思うだけである。遊は斉道の表情に衝撃を受けていた。

何かがどこかが妙に感じられた。その仔細《しさい》を父や兄に問う勇気がない。斉道には何かしらの変化があったのだと遊は自分の勘で察している。

極度に緊張したせいだろうか。遊は山の庵に着いてから身体の具合が悪くなった。胸の辺りが重く、吐き気も襲って何度か吐いた。

おまけに下腹に突っ張るような痛みも感じた。熊胆《くまのい》を飲んでみても一向に気分はよくならなかった。空腹は感じたが食べ物を口に入れるとすぐに吐きたくなる。遊は蒲団《ふとん》を敷いて横になった。

夜半、瀬田山に強い風が吹いた。遊の耳に樹木の倒れる音も聞こえた。その軋《きし》んだ音は遊の心にひび割れを生じさせるような気がした。かつて親父様と暮していた頃、親父様が狩りに出て、塒《ねぐら》に戻らず、遊は何日も一人で過ごすことがあった。さほど寂しいとも思わなかった。夜の闇は遊にとって恐怖の対象ではなかったからだ。闇を恐れる心は己れの弱さだと親父様は言った。闇と己れの身体が同化すれば闇もまた友。それが忍術の極意の一つであったのかどうかはわからない。親父様は遊に忍術などは教えなかった。瀬田助左衛門が実の父と知らされるまで遊は親父様を父として慕っていた。遊を男まさりな娘に仕立てたのは親父様の本意ではなかったろうが山で暮すためには、なよなよした女らしさは無用のものである。遊はただ親父様の子として育っただけだ。人を恋することがどういうものであるか、本当は親父様が骨の髄まで滲《し》みるほど知っていたはずである。

人の妻であった女に恋し、その女と手に手を取って国許《くにもと》を出奔したと後で聞かされた。

せめてその女には遊の記憶に残るほど生きていてほしかったと思う。さすれば、その女を母と崇《あが》め、今より少しはましな自分になれたのではないだろうか。親父様はその女が病で亡くなると、以後、思い出話の一つたりとも口にすることはなかった。もっとも頑是《がんぜ》ない遊を育てることに懸命で、そんな心の余裕もなかったのだろうが。

遊は詮《せん》のないことばかりを考えた。庵《いおり》で一人で過ごす遊は生まれて初めて寂しいと感じ、具合のよくない身体のために夜が怖くもあった。今そこに獣がやって来たとしたら手斧《ちょうな》を振るって戦う気力がなかった。遊は夜に脅《おび》え、我知らず涙をこぼした。もしも斉道がその場に現れたなら、遊の感じている不安も寂しさもたちどころに霧散するだろうと思う。

遊は焦がれるように斉道を待っていた。

　斉道は島中藩に着いてから二日後にようやく瀬田山に向かっていた。翌日の早朝には紀州へ出立しなければならない。本当は遊と再会した翌日には瀬田家を訪れたかったのだが、島中藩藩主、島中周防守《すおうのかみ》からくどくどと祝いの言葉を述べられ、祝宴にも招かれたので思わぬほど刻《とき》を喰《く》った。このままでは遊と言葉を交わす機会もないまま紀州へ向かわなければならないだろうと半ば諦《あきら》めていた。

　しかし、榎戸は時間をやり繰りしてようやく半日ほどの暇を作ってくれた。島中藩の陣屋に家臣達を待たせて、斉道は榎戸と助次郎を伴っただけで瀬田家を訪れた。前夜の嵐もやみ、村はのどかな春のたたずまいを見せていた。三人は島中藩から借りた馬に乗っていた。馬廻《うままわ》り支配役、鹿内六郎太が便宜を計らってくれたのだ。

「平和だのう」

　斉道は田圃《たんぼ》の畦道《あぜみち》を歩きながらそんなことを言った。

　瀬田家では助左衛門と助太郎が紋付・袴《はかま》で斉道を出迎えてくれたが、肝心の遊の姿がない。斉道は心から気落ちした。岩崎村でのやり取りで遊がすっかり臍《へそ》を曲げたのだと思った。榎戸は遊のことは諦めて陣屋に戻ってはどうかと斉道を諭したが、斉道は承知しなかった。このまま紀州に向かっては悔いが残る。つれない態度で遊を追い払ったことも気になった。

斉道の気持ちを察した助次郎は「遊は山におります。そちらに向かってみましょう」と勧めてくれた。

瀬田山は嵐のせいで桜の花びらが至る所に落ちていた。特に雷桜のある千畳敷は散った花びらが敷き詰められ、土の色も見えない。

さながら薄桃色の毛氈《もうせん》を敷いたようにも思えた。その景色に三人は息を呑《の》んだ。

「まるでここはあの世だのう」

斉道は吐息混じりに呟《つぶや》いた。

「お戯《たわむ》れを」

榎戸は苦笑した。しかし、榎戸の眼にも、秋に過ごした景色とはまるで別物のようだった。淡い花びら色に彩られた千畳敷は華やかで、それでいて心がしんとする寂寥《せきりょう》をも感じさせる。榎戸は瀬田山の春の印象が、そのまま遊の心の様のような気がしてならなかった。

助次郎は斉道と顔を合わせた時の遊の反応を心配していた。穏やかに話をしてくれたらいいのだがと思っていた。

真新しい庵の前で東雲がのんびりと草を食《は》んでいた。たづなを繋《つな》いでもいない。もっとも、東雲は遊の傍から決して逃げることをしない馬である。足許がよろよろと覚つかないことを助次郎は感じた。もはや東雲も老体の馬であった。

「あれでは狭くはないかの」

斉道は庵を眺めて、そんな感想を洩《も》らした。

庵は炭焼き小屋と向かい合う形で建っている。背の高い杉の樹が庵の傍に植わっていた。

「遊が一人で住むには充分でございます」

助次郎は斉道に応《こた》えた。

「一人で住むのか……」

斉道の表情につかの間、複雑なものが含まれた。助次郎は、いずれ亭主を持って二人で暮すことでしょうとは言わなかった。それは斉道の気持ちを考えた上でのことだったが、遊に別れを告げるつもりの斉道は却《かえ》って助次郎の言葉にちくりと胸の痛みを覚えた。遊を置き去りにしなければならない自分が、いかにも薄情な男に思えた。

斉道は庵の前で馬を下りると中に向かって「遊」と呼び掛けた。助次郎は自分も馬を下り、斉道からたづなを受け取った。

遊はすぐに表に顔を出した。青白い顔をしていたが斉道を見ると笑顔になった。

榎戸にこくりと頭を下げ「ささ、中に入れ。兄者もご用人様も」と、庵に促す。

「遊、殿はお前に折り入ってお話があるそうだ。われ等は外で待つゆえ、ゆるりとお話を伺うがよい」

榎戸は遊にそう言った。

「今夜は泊まって行くのだろう？」

遊は当然のように訊《き》く。

「いや……もはや時間がないのだ。明日はこの地を出立しなければならぬ」

斉道は遊に言い含めるように応えた。

「殿はどこへ行くのだ？」

「紀州へ行く」

「紀州……」

それが何んのためであるのか、遊はしばし、思案する表情をした。斉道は遊の肩を抱き、庵の中に入った。戸口に入る瞬間、遊は助次郎を振り返った。

(兄者、どういうことだ？)

遊は眼で訊いていた。助次郎は遊の視線を避けて俯《うつむ》いた。榎戸が早く中に入れと顎《あご》をしゃくる。遊は呑み込めないふうではあったが、斉道に肩を抱かれたまま庵の中に入った。斉道が後ろ手で戸を閉めると、助次郎の眼から自然に涙がこぼれた。

遊が哀れであった。

「顔色がすぐれぬ。風邪でも引いたか」

斉道は敷かれていた蒲団に眼をやって遊をいたわった。

「なに、大丈夫だ。庵の掃除をして疲れたせいだろう。じきに治る」

「鬼の霍乱《かくらん》だの」

斉道はいつもの皮肉な言葉を遊に浴びせた。

「言うたな、薄情者。おれがわざわざ出迎えに行ったというのに知らぬ顔をした」

遊は岩崎村でのことを詰《なじ》った。

「許せ。伴《とも》についた家臣の手前、勝手な行動は控えねばならなかったのだ。本当は、予もすぐさま、そちと山へ行きたかった……狭いが、いい庵である。満足してくれたかの」

斉道は庵の中を見回して言った。

「この度は過分なお志をいただき、恐縮至極に存じまする」

遊は座り直し、三つ指を突いて丁寧に礼を述べた。

「よさぬか。堅い挨拶《あいさつ》がそちには似合わぬと以前にも申したであろう」

「だが、とと様や大きい兄者から、お会いしたらくれぐれも礼を述べるようにと、くどいほど言われておる」

「そうか……それはご丁寧なことで、斉道、痛み入りまする」

斉道はおどけた表情で畏《かしこ》まった言葉を口にした。遊は斉道の胸に縋《すが》って訊いた。

「殿の病は癒《い》えたか？　発作は起こらぬか？」

遊の言葉に斉道は眉間《みけん》に皺《しわ》を寄せた。遊の身体を胸に抱き寄せ、腕に力を込めた。

「そちのお蔭《かげ》である。予は健康を取り戻した」

「そうか……おれのお蔭か」

遊は得意そうに斉道の顔を見上げた。ほんの半年足らずほど会わなかっただけなのに、斉道の顔が大人びて見えた。

「不思議だの。しばらく顔を見ていなかったせいか殿が男前に見える」

「そうか。そちも女振りを上げたぞ」

「茶を言うな」

昨夜の寂しさも不安も遊から消えていた。

遊は斉道の胸に片頬をあてがい眼を閉じる。

しみじみと幸福を感じた。しかし、遊の感じた幸福は、長くは続かなかった。斉道は低く籠《こも》った声で「予は紀州徳川家に入ることとなった。江戸で徳川治房公の娘、菊姫と婚姻を結んだのだ」と言ったからだ。

遊はがばと斉道の胸から離れ、まじまじと斉道の顔を見た。

「もう、そちとは会えぬ……」

「………」

「それとも、予のために側女《そばめ》に上がってくれるか」

斉道は遊の答えを知っていながら、やはり、また訊《たず》ねずにはいられなかった。

「菊姫とは……殿の正室のことだな」

「うむ」

「幾つだ」

「予より三歳年上の二十二歳になる」

「年上妻か……大変だの。おれが側女にならなければ、これでおさらばという訳だな」

「………」

「それではこの庵を建ててくれたのは何んのためだ。殿は一年に一度でも二年に一度でもここへ来ると約束したではないか」

「…………」

「あれは嘘か？」

「遊！」

「おれをわが物にするための方便だったのか？」

「違う！」

だが遊は斉道の話に、もはや聞く耳を持たなかった。

「毛色の変わったおなごを思い通りにして、殿はさぞかし満足であったろうの。おれはまんまと騙《だま》された。気の病があるなどと笑止な。殿はおれより役者がうわ手だ。わかった、ようくわかった。紀州なりと、どこなりと行ってしまえ！　清水の殿は徳川となり、これから先、ますます箔《はく》をつけることだろう。めでたい、この上もなくめでたい」

遊はそう言いながらぽろぽろと涙をこぼした。斉道は遊の腕を取ろうとしたが邪険に振り払われた。

「おれと縁を切るのだな？　上等だ。この先、おれの名を口にするな。兄者との話にもおれを持ち出すな。どうしているかなどと情けも無用だ」

「遊……」

「約束せよ。瀬田山も村も、おれも、一切忘れるのだ。わかったか、徳川の！」

遊は荒い息をして斉道を睨《にら》みつけた。

「忘れることなどできぬ、忘れることなど……」

斉道の声がくぐもった。

「帰れ！」

遊は仕舞いには甲高い声を上げた。斉道はそんな遊に悲し気な視線を向け、深い溜《た》め息をついた。

「いついつまでも息災で暮せ」

「言うな」

遊は斉道に背を向けて吐き捨てた。

「さらばじゃ」

斉道は低い声で、だが、はっきりと別れを告げた。遊は身体の中から、何かががらがらと音を立てて崩れ落ちるような気がした。返事をしない遊と斉道の間に、しばらくの間、重苦しい沈黙が流れた。

その沈黙を破ったのは外から聞こえた助次郎の切羽詰まった声であった。助次郎は東雲の名を激しく呼んでいた。遊は怪訝《けげん》な顔をした斉道に構わず外に飛び出した。東雲が倒れていた。ぴくぴくと身体を痙攣《けいれん》させている。

「東雲！」

遊は叫んで東雲に近づいた。東雲の息は荒かった。遊を見ても脅《おび》えたように眼を見開いている。

「どうした、どうしたのだ」

東雲は口をぱくぱくさせて喘《あえ》ぎ出した。

「兄者、水を汲《く》んで来てくれ」

遊がそう言うと、助次郎は肯《うなず》き、裏口に廻《まわ》った。沢から竹の樋《とい》を渡してあり、注ぎ口から流れた水が桶《おけ》に満たされていた。助次郎はその桶を東雲の傍まで運んだ。

遊は桶を受け取ると東雲に水を飲ませた。

東雲は喉《のど》を鳴らして飲んだが、飲み終えると大きく息を吐き、それから悲し気な鳴き声を洩《も》らした。そのまま東雲は動かなくなった。

「死んだか……」

榎戸が呟《つぶや》くと遊は、はっとしたように顔を上げた。

「兄者、東雲は死んだのか？」

助次郎に確認する。助次郎は返す言葉もなかった。

「遊、諦《あきら》めろ。東雲はもはや寿命であった」

榎戸が慰めるように声を掛けた。しかし、遊はまだ暖かい東雲の身体を摩《さす》って、しばらくものを言わなかった。

「殿、もはやお戻りにならねば……」

榎戸は斉道を促した。遊をそのままにするのは、いかにも気が重かったが、時間の制限があるために榎戸はそう言うしかなかったのだ。

「遊、殿にご挨拶しろ。われ等はこれで山を下りるゆえ」

助次郎も遊を急《せ》かした。遊は東雲の前にぺたりと座って、じっと動かない。

「殿は……疫病神だの。別れを告げに来て、ついでに東雲の命も奪ってゆくのか……」

遊は低い声で最後の悪態をついた。

「おのれ、遊、無礼者！」

榎戸が血相を変えて怒鳴った。遊はぎらりと榎戸を睨んだ。

「ふん、おれが無礼者であるのは最初から知れたこと。何を今更、眼の色を変えて怒鳴ることがある。東雲が倒れて、どうしてよいかわからぬおれの傍で、そのような無粋な声を上げることこそ無礼であろう。いい年をして、しかも重職に就く者が人の気持ちも察せられぬとは情けない」

「言わせておけば……」

「榎戸、黙れ。遊の言う通りである。東雲は遊の分身ともいうべき馬だ。遊の心を察して悲しみのあまり命を落としたのであろう」

斉道はしみじみとした口調で言った。

「殿、東雲は老体でありました。ご用人様のおっしゃられたように寿命でございまする。遊、これ以上、お二人を責めてはならぬ。忙しい時間を割いてここまで来て下さったのだ。ありがたいと思わねば罰が当たるぞ」

助次郎は遊の肩に手を置いて諭すように言った。

「兄者、兄者も徳川の家来になるのか」

遊は心細い声で訊《き》いた。

「ああ。殿のお引き立てによる」

そう助次郎が応《こた》えると、遊は正座して斉道と榎戸に深々と頭を下げた。

「兄者のこと、よろしくお願い致しまする」

斉道は赤い眼をして肯いた。榎戸も唇を嚙《か》み締めて悔しそうな顔をしていたが、観念したように「心得た」と、低い声で応えた。

「おれは東雲の供養をしなければならぬので、麓《ふもと》まで送らぬ。ここでごめん被《こうむ》ることにする」

「東雲の始末はお前一人では無理だ。このままにしておけ。すぐに吾作を寄こすゆえ」

助次郎は慌ててそう言った。遊は静かに肯いたが、もうそれ以上、一言も喋《しゃべ》らなかった。

三人は遊を残してその場を去った。助次郎は何度も振り返った。少し曇っていたが、春の柔かい陽射しを受け、横たわる馬の前に座っている遊が絵のように見える。周りは薄紅色の花びらの座敷。斉道の言葉ではないが、まるであの世の景色であった。遊の姿が眩《まぶ》しく、美しく、助次郎は眼を開けていられなかった。

「東雲の代わりの馬を与えてやらねば……」

斉道が独り言のように呟いた。

「もったいないお言葉。お気持ちだけで充分でございまする」

助次郎は眼をしばたたくと低い声で礼を言った。

千畳敷に戻ると雷桜が時折、風に花びらを飛ばしながらさわさわと揺れていた。

斉道はその樹の下まで行くと、愛《いと》おしそうに幹を撫《な》でた。

「予と遊のような桜だ」

斉道は溜め息混じりに言う。

「不思議な桜でございまする。榎戸、四十三年生きておりまするが、このような桜を見たのは初めてでございまする」

「いかにも」

斉道は相槌《あいづち》を打つと「予は遊と二人っきりで雷桜の下で花見をしたかった……そうできるなら、どれほど嬉《うれ》しかろうの」と続けた。

もはや、それが叶《かな》わぬこととなった今、せめて雷桜の姿をしっかりと胸に留《とど》めるかのように斉道はじっと見入る。榎戸は胸が熱くなった。助次郎の顔も歪《ゆが》んだ。

ふと斉道は耳許《みみもと》で「殿」と囁《ささや》く声を聞いた。

無邪気な少女の声である。慌てて辺りを見回したところで、もちろん声の主の姿はない。

斉道は耳を塞《ふさ》ぐ仕種《しぐさ》をした。

「殿、いかがなされました？」

榎戸は怪訝な表情で斉道に訊いた。榎戸にはその声が聞こえていないらしい。空耳か。

しかし、今度は瀬田山の全山にこだまするように声が響いた。

「殿、殿、とのぉー……」

その声の哀切さに斉道はとうとうその場にしゃがみ込んだ。助次郎が斉道の身体を支えた。次の瞬間、雷桜の花びらがざあっと音を立てて三人に降り注いだ。助次郎は息を呑《の》んだ。

「榎戸、瀬田、予は早く山を下りたい。ここにいたなら、予は……予は狂うてしまうやも知れぬ」

斉道は悲鳴のような声で訴えた。

「遊、鎮まれ。殿の御《おん》ために」

助次郎は目の前の雷桜に叫んだ。榎戸はぎょっと助次郎を見る。だが斉道は助次郎の言葉に幾らか救われた様子で雷桜に眼をやり「許せ、遊」と囁いた。

斉道はよろめくように馬に乗り、麓への道を辿った。斉道を呼ぶ声はそれから幾日も斉道の耳許から離れなかった。

二十六

吾作は東雲の倒れた傍に穴を掘った。どこか別の場所にと思ったが、東雲の重量は吾作にも支え切れるものではなかった。仕方なく、すぐ傍に穴を掘り、その中に埋めることにしたのだ。

助次郎から知らせを受けた吾作は、すぐさま庵《いおり》に駆けつけてくれた。瀬田の家では東雲が亡くなったことが誰しもの心に衝撃を与えた様子でもある。助右衛門とりつが泣いていたと吾作は遊に伝えた。吾作の言葉に遊は笑いながら新しい涙をこぼすのだった。

「世話を掛けるの」

遊は穴を掘る吾作の前にしゃがんで礼を言った。

「なあに。お蔭《かげ》で瀬田山の花見ができましただに」

吾作は年寄りにしては敏捷《びんしょう》な身のこなしで鍬《くわ》を振るっている。

「東雲は偉い馬でしただに。お遊様の言うことを何んでも利いて……」

吾作はお世辞でもなく言った。吾作の言葉が遊の胸に滲《し》みた。遊はまた泣きたくなるのを堪《こら》えるため、晴れて眩しい空を見上げながら「兄者と殿はどこまで行ったかのう」と独り言のように言った。昨日は薄ぼんやりとした雲が空を覆っていたが、今朝はその雲も彼方《かなた》に去って、久しぶりに明るい陽射しが瀬田山に降っている。

「紀州までは十日も掛かりますだに。まして行列を従えてなら、もっと掛かりますだに。今日は街道沿いの次の宿場まで行くのがせいぜいですら」

吾作は東雲の身体が入る分の穴を掘り上げると地面に這《は》い上がった。吾作は足を踏ん張り、東雲の身体を穴に押し落とそうとしたが、東雲の身体はびくともしない。遊も見兼ねて手を貸した。ずんと重い音を立てて東雲が穴に落ちると遊の下腹にちくりと痛みが走った。

その後に悪寒が襲って来た。遊はその場に蹲《うずくま》った。東雲がかッと眼を見開いていたせいかも知れない。

「お遊様、どうしましただ」

吾作がすぐさま遊の様子に気づいた。遊の身体に触れるのをためらった手が宙を泳いだ。

「吾作、具合が悪い。蒲《ふ》団《とん》に横になりたい」

遊は立って歩くのも切なかった。吾作は遊の言葉に安心したように肯《うなず》き、遊の身体を横抱きにして庵に連れて行った。遊は土間に激しく吐いた。吾作は遊の背中を摩《さす》りながら「お遊様……ややができたんでねェずらか」と、遠慮がちに訊いた。遊は、ぎょっと吾作を見た。

「い、いや、この間から何んだか様子がおかしいと思っておりましただに。奥様も若奥様もややができた時はお遊様のように具合が悪くなりましただで……」

遊は手の甲で唇を拭《ぬぐ》うとじっと考え込んだ。

よく考えてみれば、毎月巡って来るものを見ていない。黙っている遊に吾作は「奥様を呼んで来ますだに」と静かな声で言い添えた。

「かか様に山登りは無理だ」

遊はよろよろと座敷に上がり、吾作の敷いてくれた蒲団に横になると、そう言った。

「奥様が無理なら若奥様をお連れしますだに」

吾作は早くも山を下る準備を始めた。

「吾作……今夜は傍にいてくれ。お前が帰れば、おれは一人になる。一人は心細い……」

吾作は、はっと胸を衝《つ》かれたような顔をして遊を見つめた。遊の口から初めて気弱な言葉を聞いたと思った。吾作はうんうんと肯いた。

「そうずら。おらが山を下りては具合の悪いお遊様が一人になっちまう。それはなんねェ」

吾作は自分に言い聞かせるように言った。

「お遊様、東雲の供養をして来ますだに。それから粥《かゆ》など炊いて進ぜましょう。今日は奥様自慢の梅干しを持ってきましたから」

「かか様の梅干しか。去年はおれも手伝ったぞ」

「それではいっそういい味になっておりましょう。ささ、何も考えず、少しお眠り下せェまし」

「うむ」

遊は素直に肯いて眼を閉じた。吾作は庵を出ると東雲の穴の傍に戻り、土を被《かぶ》せ始めた。

東雲を葬った場所は、そこだけ黒土が鮮やかだった。桜の花びらが辺りに散っている。薄紅色の花びらは地面に落ちると枯れ始める。やがて土に帰る。瀬田山の桜は咲いた後にすべて散ってしまうのだということに吾作は今更ながら気づいた。すると気の遠くなるような感じがした。

吾作は骨太い掌《て》を合わせて東雲の冥福《めいふく》を祈った。風に乗って来た桜の花びらが黒土の上に一つ、二つと舞い落ちる。吾作はそれを呆然《ぼうぜん》と見つめていた。

たえは着物を裾短《すそみじか》に着付け、手甲《てっこう》、脚絆《きゃはん》、草鞋《わらじば》覆き。髪は手拭いで包んで埃《ほこり》よけとしている。杖《つえ》を頼りにひと足、ふた足と歩みを進めていた。背には風呂敷包みを背負っている。

初めての瀬田山はたえが考えていたより、はるかに険しい山だった。実際に足を踏み入れて見ると、まるで太古の景色のように木立ちが鬱蒼《うっそう》として気味悪くさえあった。しかし、たえはそんなことに頓着《とんちゃく》する心の余裕はない。早く早く遊の許へ行きたいという気持ちに急《せ》かされていた。

遊の体調が落ち着くと吾作は急いで山を下りた。たえは吾作に囁《ささや》かれた言葉に目まいがするほど驚いた。しかし、ものも言わず自分の部屋に入ると、遊の着替え、白綿、桜紙を取り出し、山へ行く用意を始めた。助左衛門と助太郎が寄合で留守にしているのが幸いであった。家にいたなら、たえは辛《つら》い言い訳をしなければならなかっただろう。二人が帰る前に家を出たかった。

「おっ姑《か》様、瀬田山においでになるのですか？　わたくしもご一緒致します」

初はたえを心配してそう言った。

「あなたもいなくなっては、この家に女手がなくなります。旦那《だんな》様と子供達のお世話を頼みますよ。詳しいことは戻って来てから話しますから」

「おっ姑様に山登りはご無理ではないですか？　おっ姑様が留守を守って下さるなら、わたくしが代わりに参ります」

初はたえを気遣って言う。たえはそんな嫁に微笑んだ。

「わたくしはお遊の母親です。娘が具合を悪くしているのに、その世話を嫁に任せたとあっては母親の沽券《こけん》に拘《かか》わります。お初、どうぞ、行かせて……」

たえは最後には哀願の口調になった。初はたえの表情に何やら、のっぴきならない事情を感じた。

「おっ姑様、わたくしもお遊さんのためなら何んでもしたいのです。どうぞご遠慮なくおっしゃって下さい」

初は健気《けなげ》に応《こた》えた。嫁と姑は助右衛門がそこにいなければ手を取り合って泣いていたかも知れない。助右衛門は柱に背を凭《もた》れて膝《ひざ》を抱えた恰好《かっこう》で「東雲が死んで、おんばは馬なしになっただに。炭を運んで来る時は難儀するずら」と、少し大人びた口調で言った。

助右衛門の物言いに初は癇《かん》を立てた。

「あなたは余計なことを考えなくてよろしいのです。ご本の素読は済んだのですか」

初は甲高い声を上げた。

「な、何んだよ。おっかねェなあ」

助右衛門は口を尖《とが》らせた。

「お初、助右衛門を無闇に叱ってはいけません。助右衛門は助右衛門なりにお遊を心配しているのですから」

たえは柔かく初を制した。

「助右衛門、お遊の具合がよくなったら、この祖母《ばば》と一緒に山に行きましょうね」

たえは孫に優しい声を掛けた。

「おんばが具合が悪いって？　今までそんなことは聞いたこともねェ。天狗《てんぐ》の子でも孕《はら》んだのかのう」

助右衛門はさして意味もなく呑気《のんき》に言っていた。しかし、たえは、ぎょっとしたような顔になった。初はそんなたえの表情を見逃さなかった。初は助右衛門を追い立てるとたえに向き直った。

「おっ姑様はまだわたくしを他人と思っていらっしゃる……」

「お初」

「お遊さんはややができた様子なのですね？」

「…………」

黙っていることが肯定の意味になった。たえは俯《うつむ》いて吐息をついた。

「まだ確実なところはわかりません。だからわたくしが様子を見て来ると言っているのです。お初、このことはくれぐれも……」

遊の恥はすなわち、母親であるたえの恥であった。嫁入り前に遊が孕んだことは自分の躾《しつけ》のゆき届かない証明のようなものだった。

「承知致しました。おっ姑様、くれぐれもお気をつけて」

初は三つ指を突いてたえに頭を下げた。

遊の相手は誰かなど、初は余計なことを訊《き》かなかった。いや、訊くのがためらわれたのかも知れない。遊の腹の子の父親は斉道しか考えられない。それを口にするのは畏《おそ》れ多いことだった。たえは吾作の名を呼んだ。吾作は山から戻って来たばかりだというのに、さほど疲れた様子も見せず、すぐに出かける仕度をしてたえの前に現れた。そのまま二人は足早に瀬田山に向かったのである。たえの恰好に、途中で出会った村人は不思議そうな表情をしていた。たえが瀬田の家から出かけるのは、実家の母親の葬式以来であったからだ。

先を歩く吾作の後ろをたえは懸命について行く。不思議に疲れは感じなかった。娘の所へ行くのだという緊張がたえを気丈に支えていた。

ようやく千畳敷に着くと、吾作は得意そうに雷桜をたえに教えた。

「奥様、不思議な桜でごぜェましょう？」

「本当に……こんなふうに桜が咲くこともあるのですね？」

「雷桜と呼んでおりますだに。お役人の鹿内様が命名したそうですら」

「雷桜……」

「んだす。ほれ、お遊様が連れ去られた日にでっかい雷が落ちたこと、奥様も憶《おぼ》えておられましょう？」

「ええ、ええ」

「多分、その時のもんだとおらは思っておりますだに」

「では、この桜はお遊と同じ年月を生きておるのですね」

「へい。お遊様の桜ですだに」

「……」

雷桜は花びらを落として、葉桜になり掛けていた。花の命は短いと、たえはつくづく思う。ついこの間、蕾《つぼみ》が開いたと思っていたのに、もはや花の盛りを過ぎているのだ。

「ささ、吾作。急ぎましょう。お遊が待っております」

たえは吾作を急かした。雷桜を観賞するよりも遊を案じる心がたえには勝っていた。

山の庵《いおり》はたえが想像していたものより、はるかに立派な建物だった。やはり偉い方のお声が掛かったせいで大工は材料も吟味して、仕事も丁寧に仕上げられている。山を案内した遊に対する志にしては高価過ぎた。そのための代償を遊はこれから支払わなければならないのかと思えば、たえは心が痛む。こんなもので、という気がしきりにした。

「かか様……」

遊はたえの顔を見ると床の上に起き上がり、安心したように笑顔を見せた。たえも笑顔で応えた。約二刻《ふたとき》（四時間ほど）の山登りがようやく終わったのだ。並の男の倍も掛かったことになる。

「足は痛くないか」

遊はたえをねぎらう。

「ええ、大丈夫ですよ。こんなに歩いたのは久しぶりです。よい運動になりました」

たえは草鞋の紐《ひも》を解きながら応える。すぐに吾作は桶に濯《すす》ぎの水を入れて持って来た。

「まあまあ、吾作は瀬田の家と同じようにここの勝手を知っているのですね」

たえは感心した声で言った。

「へえ、ここはおらにとって瀬田の家の寮（別荘）のようなものですら」

吾作は笑いながら応える。

たえは足を洗うと素足になって遊の傍に行き「どうですか、お加減は」と訊いた。

遊の顔色はまだすぐれなかったが、特に異常な様子は認められない。たえは少しほっとした。

「東雲を穴に埋めるのを手伝ったら、この様《ざま》だ」

遊は自嘲的《じちょうてき》に言った。

「当たり前です。東雲の重さを考えたらとんでもないことです。それでお遊……」

たえは小声で出血はないかと訊いた。たえは流産の兆候を心配していた。たえは最初から遊が子を孕んでいるという前提で話をしていた。遊は少し戸惑いを覚えた。

並の母親なら最初に困惑の表情を示すのではないかと覚悟してもいた。たえは遊の身体ばかりを心配した。遊は素直に少量の出血があったが今は治まり、腹痛もないと応えた。

「知らずにそのまま東雲に乗り続けていたら、それこそ大変なことになりましたよ。東雲はあなたの身代わりになってくれたのです」

「……………」

たえの言葉に遊はぐすっ、と洟《はな》を啜《すす》った。

「おやおや、いつものお遊らしくもない。わたくしがついております。安心してややをお産みなさい」

たえは遊を励ますように言った。

「かか様、済まない……」

遊は低い声で詫《わ》びた。

「わたくしはあなたを責めてはおりませぬ。あなたはまだ世の中のことを何も知らない小娘ですもの。ましてお相手がお殿様なら是非もありませぬ」

「腹の子は殿の子ではない」

遊はたえにきっぱりと言った。

「え？　どういうことです？」

　たえは怪訝《けげん》な顔になった。村人の誰かと野合《やごう》したとでもいうのだろうか。それこそ恥知らずなことである。だが、遊は悪戯《いたずら》っぽい表情で「おれだけの子だ」と言い添えた。

　たえは思わず長い吐息をついた。

「こんな時に脅かすなんてお遊も人が悪い」

「殿の子だと言えば、あちらに知らせが行って、子は取られることにもなろう」

「では、あなたはこのことをお殿様にお知らせしないつもりなのですか」

「ああ」

「…………」

　たえは今度こそ驚いた。たとい母親が遊であっても、生まれて来る子は徳川家の血を引く者である。そんな勝手が許されるだろうかと思った。

「殿には姫がおられる。祝言を挙げて間もないのに子ができたと知らせるのは姫が可哀想だ」

「でも、父親ならば生まれて来た子に責任を取らねばなりません。それが世の中の筋《すじ》というものです」

「だから、この子はおれだけの子と言うておろうが」

遊は苛々《いらいら》した様子で応《こた》えた。

「あなたが一人で育てるのですか」

たえがそう訊《たず》ねると「かか様にも手伝って貰《もら》いたい……迷惑か？」と恐る恐るたえの顔色を窺《うかが》った。

「でも、その子はててなし子になりますよ」

「……」

遊はそこまで考えが及ばなかった様子で、改めて気づいたように唇を嚙《か》み締めて俯いた。

吾作が鉄瓶に水を入れて運んで来ると、囲炉裏の五徳の上にのせた。じゅっと水気の爆《は》ぜる音がした。

「湯が沸いたら茶を淹《い》れますだに。それまで、おらはちょっくら山菜などを摘んで来ますだに。奥様、竹の子がありますよ。それに芹《せり》も」

「まあ、それは楽しみなこと。今夜はご馳走《ちそう》ですね？」

たえは吾作に張り切った声を上げた。しかし、吾作が出て行くと声音は自然に弱まった。

「あなたはそれでよいかも知れませんが、生まれて来る子が気の毒です。親の勝手で父親の名も知らないとすれば……」

「ならば徳川にやれと言うのか」

「あなたは嫌や？」

「嫌やだ。かか様も知っておろう。殿に気の病があることを。あれは窮屈なお屋敷暮しのせいだ。その血を引いているとすれば、この子も気の病に陥る恐れがある。村に暮しておれば、おれの眼が届くし、畑仕事や炭焼きやら、気の病を患う暇もない」

たえは遊の理屈に少しだけ納得することができた。

「助太郎に頼んで、その子を助太郎の養子にするということもできましょうが……」

たえはふと心に浮かんだことを口にした。

遊の眼が輝いた。

「かか様、是非、そうしてくれ。頼む。そうだ、それがいい。大きい兄者が父親になってくれるのならこれ以上のことはない。おれは助右衛門やりつと同様に、この子のおんばでいればいい」

「旦那様《だんなさま》と助太郎に話してみます」

「かか様、恩に着る」

遊はたえの手を取って強く握った。心から安心した表情であった。

「助右衛門がねえ、おんばが具合を悪くするなんざ聞いたこともない、天狗《てんぐ》の子でも孕《はら》んだのかと冗談を言っておりましたよ」

たえはさもおかしそうに言った。

「あいつめ、子供のくせに生意気を言う。とっちめてくれるわ」

遊は愉快そうに笑った。

難題を抱えているというのに、遊の屈託ない表情を見ている内、いつしかたえも気が楽になっていた。その夜、たえは遊の隣りに枕を並べて眠った。吾作は土間の敷き藁《わら》に横になった。自分の姿が目障りにならないように板でそっと囲っている。

たえは寝る前に外に出て見た。頭上の星が見事で、たえは眼を見張った。まるで手の届きそうな距離に幾千万の星がきらめいていた。

たえは思わず掌《て》を合わせた。遊と、生まれて来る子の倖《しあわ》せを祈らずにはいられなかった。

二十七

紀州徳川家、徳川治房の娘婿となった斉道は、その年の六月に家督を相続して正式に紀伊国《きいのくに》五十五万石の当主となった。

しかし、治房は城外の隠居所と称する屋敷を拠点に相変わらず藩政を握る考えであった。

治房の思惑が読めた斉道は自らも新御殿を建築し、藩の諸役所もそこに移す計画を立てた。

紀州藩はそのために藩政が二分されたとも言える。

紀州は代々、治め難い国と言われていた。

その治め難い国の藩主となった斉道の荷は重過ぎたのかも知れない。温暖な気候風土は斉道の気に入ったが、そこに暮す人々の気持ちが斉道には摑《つか》みかねた。江戸の流儀は通じなかった。

天文《てんぶん》年間に著されたという『人国記《じんこくき》』によると紀州の人間の人となりは「不律儀第一にして陽気甚《はなは》だ卑しく、上として下を貪《むさぼ》り、下は上を侮り、法令を入れずして、更に言語に絶えたり」ということであった。主従関係の乱れを『人国記』は衝《つ》いている。斉道が自分に向けられる冷たい視線を感じる時、『人国記』の紀州批判があながち大袈裟《おおげさ》なものではないと思えた。古参の家臣達が治房に傾いた考えをすることは、何より斉道にはこたえる。

榎戸角之進と瀬田助次郎は斉道の寵臣《ちょうしん》として常に傍についていた。二人は斉道にとって、紀州の暮しが決して喜ぶべき環境にないことを感じていた。そのために、またぞろ悪しき病が再発するのではないかと恐れてもいた。

幸い、正室の菊姫が何かと斉道を気遣ってくれるので、治房に対する不満は幾らか癒《いや》されている様子であった。しかし、菊姫との蜜月《みつげつ》は六月の家督相続までの間で、以後、二人は江戸と紀州と離れて暮す生活を強いられた。

たとい新婚といえども、女子は江戸藩邸で暮さなければならない仕来たりであった。斉道が江戸出府となる翌年まで仲睦《なかむつ》まじい暮しはお預けを喰《く》う形になった。

紀州は温暖な気候と自然に恵まれた土地である。周りは和泉《いずみ》、長峰《ながみね》、白馬《しらま》、果無《はてなし》、大塔《おおとう》山脈に囲まれ、その間を縫うように紀ノ川、有田川、日高川が南西に流れている。北の地域は降雨量が多いので樹木の生長がよく、定期的に伐《き》り出して材木問屋に卸し、藩の財政を潤す役目を果たしている。

斉道は家督を相続すると家臣を従えて熱心に紀州の土地を視察して廻《まわ》った。

紀伊国は、北は和泉国、河内国《かわちのくに》に隣接し、東は大和国、伊勢国《いせのくに》と接している。交通の要所でもあるので早くから町並が整備されていた。

斉道は藩の領地を視察する内、紀ノ川をもっと整備する必要を感じた。しかし、藩の重職達は「あの紀ノ川を浚渫《しゅんせつ》するとなると莫大《ばくだい》な費用が掛かりまする。畏《おそ》れながら、殿はまだこの紀州をご存じありませぬ。もう少し、じっくりお勉強していただかねば」と、言下に軽くあしらわれた。

治房は藩領の自然の整備よりも自身が梃子《てこ》入れした藩校を充実させることに熱心であった。それというのも、かつて紀伊国の藩校は諸国の中で随一と誉れの高い時代があったからだ。もともと八代将軍吉宗が紀伊国の藩主であった時、講釈所を設置して藩校の基礎を築いたという経緯がある。

講釈所の教官には伊藤仁斎《じんさい》の弟子である荒川景元《かげもと》、木下順庵《じゅんあん》の弟子である祇園南《ぎおんなん》海《かい》らが任じられていた。吉宗以降の藩主が土木事業ばかりに熱心だったことを憂慮した治房は藩校のさらなる充実に腐心したのである。

治房が学究肌の藩主だったのに対し、斉道が武官肌だったことも対立の要因だったのかも知れない。

とは言え、何事もない内、学問に重きを置くことは藩士の教養の向上に貢献するだろうが、洪水などの災害が起きた時にはどうするのかと斉道は不安だった。家老に言われるまでもなく紀州は広い。何んとなれば紀伊国はわが国最大の半島にあった。豊饒《ほうじょう》な自然は恵みをもたらせば厄災をも同時にもたらす。

斉道は視察を試みる内に、このままではいけないという思いを強くした。ことあるごとに、自然の整備をすることを主張した。ために舅《しゅうと》、治房とはますます対立して行くことになった。

斉道の心の内を知らぬ藩の重職達は「清水のうつけ者」といって陰口を叩《たた》いた。あのような方に藩政はお任せできませぬ。ここは一つ、大殿に頑張って貰《もら》わなければ、と。治房はそんな重職達の言葉にほくそ笑み、斉道に断固として藩政を譲るものかの気持ちを募らせるのだった。

斉道は孤独であった。心優しい菊姫は江戸にいる。愚痴をこぼせる相手は榎戸と助次郎ぐらいのものだった。しかし、二人が斉道の心を慰めるには限度というものがある。優しく寄り添い、愛情を降り注いでくれる女性の存在が必要だった。だが、斉道は、国許《くにもと》で側室を持つつもりはなかった。それは菊姫に対する遠慮というより、遊に対する遠慮だったのかも知れない。それは誰に洩《も》らしたことでもなかったが。

菊姫の夫で、紀伊国の藩主となった斉道にとって遊は遠い存在になってしまった。しかし、斉道は遊の夢をよく見た。いつも二人で瀬田山を散策しているものだった。夢の中の遊は、いつも斉道に何か言いた気《げ》であった。

「遊、話してみよ」

斉道が促しても遊は首を振り、寂しい笑顔を見せるだけだった。少年のような遊の身体を抱いた記憶もすでに朧《おぼ》ろである。

遊に自分の子が宿っているなどと、斉道は露《つゆ》、考えもしなかった。たった一度の短い至福の刻であった。

遊が身ごもっていることを、たえが助左衛門と助太郎に告げた時、もちろん二人は大層驚いた。もはや子を堕《お》ろすこともできない時期に入っていた。たえは生まれて来る子を遊が斉道の許に渡す気持ちがないことも言い添えた。

「しかし、おなごならともかく、もしも男子であった場合、何んとする。畏れ多くも……」

助左衛門の言葉をたえは皆まで言わせず、「たとい男子であっても遊の考えは一つです」と応《こた》えた。助左衛門は苦渋の表情を隠さなかったが、助太郎はたえが養子の話を持ち出すと、意外にもあっさりと承諾した。初もそれには賛成している様子である。

「わたしは子供が二人しかおりませんので、もう一人ぐらいいてもいいのではないかと考えておりました。生まれて来る子を、遊がわたしの養子にしてほしいと望んでいるのなら、それを拒む理由はありません。わたしは喜んで遊の子の父親になります」

助太郎の言葉に初は思わず掌を打った。しかし、助左衛門は村人の噂を恐れた。何んと言い訳したものやらと思っていた。

「旦那様、あのお遊のことです。村の人達には天狗《てんぐ》の子でも孕んだのだろうぐらいおっしゃって、はぐらかしておしまいなさいませ。きっとどなたも納得することでしょうよ」

たえは冗談混じりに言った。

「馬鹿者！」

助左衛門の声がその時だけ激昂《げっこう》していた。

遊の出産は村の産婆の介添えで行なわれた。

遊は体調が落ち着くと山から下りて瀬田家に戻った。ぷっくりと膨れた腹をして村を歩く遊に村人は案の定、様々な噂をした。遊と山へ行くことの多かった寅吉に疑いが向けられ、そのために寅吉の家は夫婦喧嘩《げんか》が持ち上がったという。

誰も遊の相手が斉道であろうとは考えもしなかったようだ。ただ、島中藩の鹿内六郎太だけは斉道が遊に庵《いおり》を与えている経緯から、それを疑っているふしがあった。しかし、遊も瀬田家の人間も相手の名を言わないので真相は藪《やぶ》の中であった。いつしか村人達は、あのお遊様のことだから天狗の子でも宿したのだろうと、助右衛門が洩らしたようなことを囁《ささや》くようになった。それが一番、村人達にとっては納得できることだったのかも知れない。

陣痛の始まった遊は天井から吊《つ》り下げられた紐《ひも》に摑《つか》まっていきんだ。座産で行なわれるのである。客間の閉じた襖《ふすま》のこちら側では助左衛門と助太郎が、今か今かと待ち構えている。

吾作は台所で女中達とともに湯を沸かす準備に余念がなかった。

「まだまだ。無闇に力を入れてはいけません。痛みが来た時に合わせて息を吐きながらいきむのです」

たえの声が勇ましい。いざという時、たえの度胸の据わり方は初も感心するほどであった。

初もたえに励まされて二人の子を出産したのである。初は遊の痛む腰を摩《さす》ったり、額に湧き出た汗を拭《ぬぐ》ってやったりした。遊以外の三人の女は襷姿《たすきすがた》もかいがいしい。

「んだす。奥様の言う通りだに。お遊様、それ、もうひと息ずら」

七十歳の産婆は腰が二つ折れになったように曲がっているが、瀬田村の子供達を何十人も取り上げて来た経験がある。遊もこの産婆に取り上げて貰った一人である。

「かか様、腰が割れそうだ」

遊は弱音を吐く。

「お産で腰が割れたおなごなどおりません。ささ、気をしっかり持つのです」

たえは気丈に遊を叱った。初がここですか、ここですか、と腰を摩る。

初産は時間が掛かるのが通例であった。夜中に出産の兆候であるしるしを見てから陣痛が始まった。すでに時刻は翌日の昼に掛かっている。最初はちくちくと微《かす》かな痛みだったが、次第にそれは大きな波のうねりとなって遊を襲っていた。横たわることができないので遊はなおさら苦しく、疲れを覚えていた。

「お留《とめ》婆さん、まだ引き出せぬか？　ぬしは産婆の手練《てだれ》であろうが」

遊は仕舞いには産婆のお留に悪態をつく。

「こりゃ、天狗の子を産み落とそうというおなごが気弱な台詞《せりふ》を吐くものだ。しっかりせい！」

お留は容赦もなく遊の尻《しり》を叩いた。遊はぎゃっと呻《うめ》くと「おのれ、死に損ない！」と口を返した。

「これ、遊」

たえの叱責《しっせき》がすぐに飛んだ。

「まあまあ、こういう時は悪態の一つもほざかなければ、おなごはやっていられないというものだに。若奥様は若旦那《わかだんな》をくそたれ呼ばわりしなさった」

お留は愉快そうに言った。初が「恥ずかしい」と身を縮める。遊もつられて笑った。それが功を奏したのか、遊の腹の子がすとんと下りたような気がした。

「おッ、来た来た」

お留は張り切った声を上げた。

「もうひと息ずら。最後の仕上げだがに」

遊が力を振り絞っていきむと、ようやく赤ん坊の頭が覗《のぞ》いた。それからお留は両手を使って赤ん坊の頭を器用に引き出した。頭が抜けると、身体はそれに引き続いて、すっと抜けた。

男子であった。産声は瀬田山へ届くかと思われるほどの大きさだった。襖の外では助左衛門と助太郎の歓声が聞こえていた。

翌年の春から瀬田村の人々は背中に赤ん坊を括《くく》りつけて瀬田山と家を往復する遊の姿を見ることになった。

子供は助三郎《すけさぶろう》と名づけられた。お遊様の子供かと訊《たず》ねる村人に、遊は「瀬田家の次男坊だ」と応える。人別《にんべつ》は助太郎に入っているので遊の言うことは間違いではなかった。

参勤交代《さんきんこうたい》で江戸に出府する折、斉道が瀬田村に立ち寄ることはなかった。斉道は遊のことに、はっきりと諦《あきら》めをつけたつもりだった。

逢《あ》ったところで、また別れなければならないのなら、いっそ逢わずにいた方がいい。斉道はそんなふうに考えていた。ただ、東雲が亡くなった後で、不自由することと思い、代わりの馬を届けさせた。それに対する礼が助左衛門から丁寧な手紙で来ていたが、遊がその後、どのように過ごしているのかはわからなかった。

斉道も助次郎も、もちろん榎戸も遊がよもや斉道の子を産んだなどとは想像もしたことがなかった。

助次郎は公務に忙しく、それから瀬田村に帰る機会はなかなかやって来なかった。ようやくその機会が訪れたのは、皮肉なことに助左衛門の葬儀の後であった。瀬田村の庄屋として村人の人望が厚かった助左衛門も寄る年波には勝てず、とうとうあの世へ旅立った。

一人娘を赤ん坊の頃にかどわかされ、その娘は再び助左衛門の許に戻って来た。尋常ではない娘となって。尋常ではない娘は御三家紀州徳川家の当主の子を宿し、出産した。畏《おそ》れ多いことだった。その子の将来を見極めることも助左衛門は強く望んでいたはずである。しかし、寿命には逆らえず、思いを残したままで逝ったのだ。三歳の助三郎は祖父の思いなど知る由もなく、白い布を被《かぶ》せられた骸《むくろ》の傍で無邪気な表情をしていた。助左衛門、享年五十六であった。

葬列は村人のほとんどが出席して助左衛門の死を惜しんだ。

助次郎はその葬儀には出席できなかったが、盂蘭盆《うらぼん》には沙江と娘を伴って瀬田村にやって来た。

助次郎はそこで初めて助三郎の存在を知らされたのであった。

助次郎は紀州藩の家臣として、もちろん助三郎を引き取ることを口にした。菊姫は斉道と祝言を挙げてから懐妊の兆しがなかったからだ。沙江は助三郎が生まれた翌年に久江《ひさえ》を産んでいた。助太郎と助次郎は久しぶりに会ったというのに助三郎のことで難しい話をする羽目になった。

「犬の子でもあるまいし、そう勝手に物事を運んで貰《もら》っては困る。お家にとっても一大事なのだぞ」

瀬田家の茶の間に兄妹と、その娘、息子がうち揃って、それは賑《にぎ》やかな宴の最中であった。

「しかし、遊が嫌やだと言うものを、われ等が無理強いすることはできなかった。助次郎、お前は遊の気持ちをわかってやれ。助三郎もここで暮す方がいいのだ」

「何がいいものか。大名の御子となれば、望めば何んでも可能だ。兄さは助三郎の将来を潰《つぶ》しているのだぞ」

助次郎は助太郎に口を返した。

「兄者はまこと、侍根性が滲《し》みついたものだの」

遊は助三郎に膳《ぜん》のおかずを口に入れてやりながら皮肉な言い方をした。

「なに？」

助次郎は遊を睨《にら》んだ。二十歳の遊は以前の痩《や》せぎすの身体ではなく、うっすらと肉もついた。しかし、相変わらず筒袖《つっそで》の上着、共のたっつけ袴《ばかま》という恰好《かっこう》で、子がいる母親にはとても見えなかった。それでも助三郎は食事の時と眠る時は遊の傍にやって来るという。助三郎は、助次郎の眼には、ただの村の子供だった。

「おれが側女《そばめ》に上がらぬと言うた時は同意したではないか。子ができたからと言うて何ゆえ、そのようなことを言うのだ。助三郎も殿の許《もと》へは行かぬ」

遊はきっぱりと応《こた》えた。

「しかし、殿には御子がおらぬ。このまま御子ができぬ時には何んとする。紀州徳川家は途絶える」

助次郎は真顔で遊にとも助太郎にともつかずに言った。

「御三家は潰れぬ。跡継ぎは何んとでもなろう」

遊はにべもなく応えた。

「しかし、こうして目の前に殿の御子がおられる以上……」

「助次郎、言うな。助三郎はおれの子だ」

助太郎は助次郎を制した。助次郎は頭を二、三度振って「おれは訳がわからぬようになった」と呟《つぶや》いた。

「助三郎ちゃんはお遊さんの子供です。瀬田家の子供です。もうそれでよろしいではありませぬか」

沙江が恐る恐る口を開いた。助次郎が、余計なことを言うなというように沙江を睨んだ。沙江は眼をしばたたくと「できればお遊さんは殿様とお別れしたくなかったはずです。殿様もその通り。でも、様々な事情でお二人は別れなければならなかった……わたくし、殿様をよっく存じ上げておりますから、殿様がお遊さんをお気に召したお気持ちがわかりました。あなたはお家安泰のために、これ以上お遊さんを悲しませてはいけませぬ。殿様はお遊さんに置き土産をなさったのですから、それを取り上げるのはむごいことです」と、続けた。

「置き土産とな？　兄者の嫁女はうまいことを言う。いかにも助三郎は殿の置き土産だ。取り上げてはおれが一生恨むぞ」

遊は顎《あご》を上げて哄笑《こうしょう》した。助三郎も同じように笑う。沙江の膝《ひざ》でおとなしくしていた久江もつられて笑った。

「これ、久江。おれはそなたのおんばであるぞ。つれない素振りをせず、一度ぐらい膝に抱かれに来ぬか」

遊は久江が笑ったのを潮にそんなことを言った。久江は沙江の膝から下りると、ためらいがちに遊の傍まで行き、とうとう膝に乗った。しかし、久江は小さな指で鼻をつまんだ。遊の身体から馬の匂いを嗅《か》いだらしい。

「これはこれはご無礼した。馬の匂いは嫌いか？　すぐに慣れるぞ。おんばがそなたを馬に乗せてやるゆえ」

「おれのおんばだ」

傍で助三郎が焼《や》き餅《もち》を焼いて久江を突き飛ばした。久江は派手な泣き声を上げた。

「さあさあ、久江。今度は祖母《ばば》のところにいらっしゃいましな。大きくおなりだねえ」

たえが久江の腕を取る。

「おれの祖母だ」

助三郎が先回りして久江の邪魔をする。

「兄者、見よ。助三郎はどなたかに瓜二《うりふた》つの気性と思わぬか？　こういう者を若君だの何んだのと、おだててはろくな者にならぬ」

遊は助次郎にそう言うと、助三郎の頭に加減もなく拳骨《げんこつ》をくれた。助三郎は凄《すさ》まじい泣き声を上げた。誰がどう宥《なだ》めようと治まらなかった。遊は仕舞いには助三郎の襟首を摑《つか》むと外の納屋に連れて行って鍵《かぎ》を掛けた。

「手のつけられぬつわ者だ」

遊は戻って来ると吐き捨てた。

「父親よりも母親と瓜二つだ……」

助次郎は溜《た》め息混じりで感想を洩《も》らすと、盃《さかずき》の酒を苦い顔で飲み下していた。

翌日の夜は瀬田川の灯籠《とうろう》流しであった。村人が死者の霊を慰めるために灯籠に灯《ひ》をともして川に流すのである。助左衛門の戒名が刻まれた灯籠は瀬田川をゆっくりと川下に向かって流れて行った。遊は助三郎を抱き上げて、その様子を見せた。助次郎も久江を同様にして抱いている。

「おとうはこれで彼岸に行ったずら……」

助次郎は静かに流れて行く灯籠を見つめながら口を開いた。

「おれは、とと様に迷惑の掛けっ放しだった。ろくに親孝行もできなかった」

遊が呟くように言った。

「おれも同じだ」

「なん……兄者は侍になってとと様を喜ばせた。おれとは違う」

「そうかの……」

二人の子供達は珍しくおとなしい。幻想的な灯籠の光に眼を奪われているようだ。

「殿のことは訊《たず》ねぬのか」

助次郎は遊の横顔に言った。まつ毛が僅《わず》かにしばたたかれた。

「あの男のことは忘れた……」

「……」

「気の病が起こらねばよいと案じておるだけだ……それだけだ」

「今のところは大丈夫だ。菊姫様がよい方なのでな、側室もお持ちにならぬ」

「そうか」

「それゆえ、御子も授からぬ」

「……」

「遊、助三郎のことは本当にこのままでよいのか」

助次郎は前夜のことを蒸し返す。

「このままでよい……ただ……」

遊はつかの間、逡巡《しゅんじゅん》する表情を見せた。

「菊姫様の手前、側女《そばめ》を持たぬのは殿の勝手だが、もしも、おれに対する遠慮だとしたら、おれが困る。兄者、世継ぎのために殿へ側女を持てと勧めてくれ。おれが許すとな」

助次郎は「うぬぼれおって」と苦笑した。だが、すぐに真顔になって「遊がそう言っていたと告げよう。あるいはお気持ちが変わるやも知れぬ」と言った。

「助三郎には瀬田の分家を立てさせるつもりだと大きい兄者が言うていた」

「そうか……」

「兄者、殿の力になってやってくれ」

「むろん。お前も困ったことがあれば遠慮せずに手紙を寄こせ。できる限り力になる」

助次郎は遠くの灯籠に眼をやって静かに言った。

「助三郎のことは決して他人に言うてくれるな。たとい、ご用人様にも」

遊は縋《すが》るような声で助次郎に言う。

「心得た」

「済まぬ……一生恩に着る」

遊は安心したように助三郎の身体を抱え直した。助三郎と一緒にいる遊は倖《しあわ》せそうであった。助次郎はその横顔を長いこと見つめていた。

二十八

江戸麹町の紀州藩の藩邸に早飛脚がやって来たのは、穏やかな秋の日であった。国許の紀州から手紙が届けられたのだ。筆頭家老、国田《くにた》平左衛門《へいざえもん》がその手紙を読み終えると、彼は血相を変えて庭を菊姫とともに散策していた斉道の傍にやって来た。

「殿、一大事にございます。お国許でうんかが発生致した模様でございまする」

「うんか？」

斉道は呑《の》み込めない顔で国田の顔をまじまじと見た。国田平左衛門は治房にも長く仕えていた家老であるが、藩政に関して斉道の言葉にも耳を傾けてくれる少ない家臣の一人である。斉道は家督を譲られてから彼を筆頭家老に任命したのだ。

「うんかは蟬に似た害虫でございまする。稲の汁を吸いまする」

傍にいた菊姫が斉道にそっと囁《ささや》いた。菊姫は小柄な女性であるので、とても斉道より年上には見えない。愛嬌《あいきよう》のある丸顔をしていた。

紀州の自然のことには斉道よりも詳しいので助言とまではゆかないが、色々と参考になる話を寝物語に語ってくれた。

斉道と菊姫は池の傍にいた。眼の下を錦鯉《にしきごい》がゆったりと泳いでいる。うららかな陽射しが降り注ぐ日に国田の切羽詰まったような顔は、いかにもふさわしくない。

「して、うんかが発生して何んとした」

斉道は国田に畳み掛けて訊《き》いた。

「お国許《くにもと》の稲がほとんど全滅とのことであります」

「何んと！」

斉道は今度こそ驚愕《きょうがく》した。慌てて手に持っていた鯉の餌をいっ気に池へ撒《ま》き散らす。鯉は先を争って尾鰭《おびれ》を跳ね上げ、水面に波紋を作った。

「皆を呼べ。これから対策を練らねばならぬ」

斉道は急ぎ足で屋敷内に戻った。菊姫が小走りに斉道の後を追った。

九州で発生したうんかは東に拡がり、四国、中国地方へも被害をもたらしたという。それから紀州までやって来たのだろう。蝗害《こうがい》と記載されることが多いが、いなごではなく、うんかによるものである。

九州ではこの年、長雨が続き、それから猛暑となった。うんかの発生しやすい気候条件でもあった。

紀州でも夏の初めから稲が喰い荒らされ、盆を過ぎた辺りには国中の田がすっかり駄目になったという。治房はそれを黙って見ていたというのだろうか。これでは餓死者が出ることは必定。斉道はすぐさま国許の金蔵を開け、それで食糧を調達することを江戸の家臣達に提案した。

「畏《おそ》れながら、お国許の金蔵に貯《たくわ》えている物はございませぬ。大殿様の時代から多大な借財がございましたゆえ」

藩の勘定方の役人は畏《かしこ》まって斉道に応《こた》えた。

斉道は眼を剝《む》いた。

「五十五万石の紀州藩の金蔵に金がないだと？　笑止な。大殿はどのようなご政道をなされていたのだ。幾ら学問を奨励したところで、米の飯がなくては、人は生きてゆかれぬ」

斉道が藩主に就く前、紀州は暴風雨による河川の氾濫《はんらん》があり、領民に給米を施したために御用金が底をついたのだと勘定方の役人は続けた。

「国田、そちはこの先、どのような手立てを考えておるのだ」

斉道は怒気を孕《はら》ませた声で国田に訊ねた。

「懇意にしておる豪商に借り入れ金を要請しなければならないと考えておりまするが、その件について大殿様が何んとおっしゃられるか……」

国田は困惑の表情で応えた。五十歳の国田平左衛門は思慮分別に長《た》けているからこそ、筆頭家老に任じたのである。その国田の間抜けな返答に斉道は心から激怒した。

「大殿、大殿と小うるさい。ただ今、そち達の藩主を誰と心得る。予であるぞ。この徳川斉道なのだ。藩主の言葉を聞かずして、そち達は隠居なされた御仁の意見を重く見るのか」

斉道の甲走った声が大広間にこだまするように響いた。

「畏れながら、今日の紀州藩を諸侯において、一目置かれる立場になされたのは大殿のご尽力でございまする。われ等はその家臣として仕えておりました。大殿のご意見を無視することはできませぬ」

国田は必死の形相で言い訳した。国田は斉道の藩政に賛成していると見せ掛け、実は裏で治房とも通じていたことがよくわかった。

「なるほど、大殿は名君の誉れが高い。そち達にとってこの新参者よりも大殿こそ信頼を置くべき御仁なのだろう。ならば、国田、三年前の百姓一揆《いっき》は何ゆえ起きた」

国田は勘定方の早坂門之介《はやさかもんのすけ》に目配せした。

早坂は二十五歳の若者である。父親も藩の勘定方であった。

「それは、年貢米の前納を農民に申し渡したからだと思いまする。しかし、そうでもしなければ、わが藩は莫大《ばくだい》な借財の返済が叶《かな》いませんでした」

早坂は仕方がなかったという顔で応えた。

「ほう、して、前納とはいかほどを農民達に課したのじゃ」

「三年……いや、四年分を」

「たわけ！」

斉道は立ち上がって拳《こぶし》を強く握り締めた。

助次郎も慌てて腰を浮かした。その事実は庄屋の息子である助次郎にも無茶苦茶な采配《さいはい》に思えた。

「それは農民達に死ねというようなものだ。そち達、その意見をまともに聞いていたのか？　呆《あき》れて言葉もないわ。だから一揆は起きたのだ。大殿はその責めを問われて致仕なされたのだ。このこと、よっく肝に銘じられよ」

家臣達は斉道の言葉に居心地の悪い表情で顔を見合わせた。

「借り入れはやむを得ない。さっそく手筈《てはず》を調《ととの》えよ。その金で領地の人々に給米を施すのだ。それから野菜の収穫を急がせるのだ。野菜は他国に売り渡すことはならぬ。国許で捌《さば》け。稲の刈り入れができぬとあらば農民達の手が空いておろう。紀ノ川の浚渫《しゅんせつ》を行なわせるのじゃ。うんかの被害の上に洪水でも起こったら、それこそ眼も当てられぬ。大殿が文句をおっしゃられたら、予が直接、意見を聞くと伝えよ」

斉道は家臣に檄《げき》を飛ばした。

斉道は今を遡《さかのぼ》る享保《きょうほう》の時代、未曾有《みぞう》の大飢饉《だいききん》が起きたことを脳裏に浮かべていた。全国で何万人もの人々が死んだという。うんかの被害が発端である。その二の舞をさせてはならないと思った。

斉道は登城した折、将軍家斉に紀州の実情を訴えた。家斉は紀州藩に同情を寄せ、幕府から御拝領金と、大坂の米蔵の籾《もみ》二万俵を与える措置を約束してくれた。

紀ノ川の浚渫は斉道の意見が通り、国許で行なわれた。その後に紀州では本当に洪水が起きたのだが、浚渫が功を奏して被害は最小限に抑えられた。

しかし、斉道が藩政に一服の涼風を吹かせたのはこの時限りで、以後、相変わらず藩政は治房に牛耳られているばかりであった。

うんかの被害が治房の謀略であったと知ったのは御拝領金と大坂米蔵の籾が紀州藩に渡った後のことである。

子《こ》煩悩《ぼんのう》の家斉はある日、斉道のいる麴町の藩邸にお立ち寄りになった。そこで人払いをして家斉が斉道に語ったことによれば、九州でも四国でも飢饉に陥るほどのうんかの被害は起こっていないというのである。

斉道は眼を剝いた。自分は確かに国許からの手紙でそれを知らされていたからだ。

家斉は脇息《きょうそく》に身体をもたせ掛けて、ゆっくりと盃《さかずき》の酒を口に運ぶと「そちは伊予《いよ》の古狸にまんまといっぱい喰《く》わされたのじゃ」と吐き捨てた。治房は伊予西条藩の血を引く男であった。

「そちと菊姫の縁組に際し、彼奴《きやつ》が不服であったことは予も承知の上だ。それゆえ、紀州藩が幕府から借りておった四万五千両を帳消しにしてやったのだ。彼奴は這《は》いつくばって喜んでおったわ。喉元《のどもと》過ぎれば熱さを忘る、とはこのことよ。またぞろ金が足りなくなり、そちを利用して金を引き出す算段を考えた。隠居の身では江戸に参覲《さんきん》する手間もいらぬ。国許でのうのうと指図しておったのじゃ」

家斉は福々しい顔に不快を滲《にじ》ませた。

「父上、うんかの被害はなかったというのは、まことのことでございまするか」

斉道は信じられない顔で家斉に訊く。

「御庭番《おにわばん》の者を遠国御用《おんごくごよう》に出して確かめた。うんかの被害はあったことはあったが、それは大したものではなかったのじゃ。紀州の米が全滅したとあらば、すぐさま江戸の米の相場に表れるというものだ。何事もないではないか。それより今年は例年以上の豊作であるぞ」

家斉は息子によく似た皮肉な表情を拵《こしら》えた。

斉道は目まいがするような気がした。

「父上、それがしはこの先、いかが致したらよろしいのでしょうか？」

斉道の声音は自然に弱まった。

「伊予の古狸の魂胆は読めておる。彼奴は自分の血を引く者を紀州の藩主に就かせたいのだ。それまでは必死で藩政を死守する構えである。篤之丞（斉道の幼名）、菊姫との子作りに励め。それが古狸と穏便にゆく唯一の方法であるぞ。さすれば古狸もそちにおとなしく藩政を譲る気持ちにもなるだろうて」

家斉はつかの間、淫蕩《いんとう》な表情を浮かべて低く笑った。

斉道は唇を嚙《か》みしめて俯《うつむ》いた。

菊姫は斉道の子を二度孕《はら》んだ。一度目は流れ、二度目は出産に漕《こ》ぎ着けたものの、子は早世した。助次郎は斉道に側室を持つことを強く勧めた。斉道はその度に首を振った。遊の言葉が助次郎の喉元まで出掛かったが、助次郎はどうしても口にすることができなかった。遊のことを少しでも口にすれば助三郎のことを喋《しゃべ》ってしまいそうだった。

日々成長する助三郎の存在を知ったら、斉道は身も世もなく瀬田村に駆けつけるだろう。

そして助三郎は遊から引き離される。それは遊のために断じて避けねばならないことだった。しかし、舅《しゅうと》、治房との確執が大きくなる斉道を見ていると助次郎の気持ちは時に揺らいだ。

榎戸角之進は斉道の寵臣《ちょうしん》家老として治房側の家老、高山仙之介《たかやませんのすけ》と強く対立していた。

国許《くにもと》において、治房は隠居所と称する浜御殿で藩政の指図をし、一方、斉道は自身が新たに建てた湊《みなと》御殿で采配を振るう。ために城は式典のみに使用される空き城の様を呈していた。

斉道が側室を持つことを決心したのは菊姫にこれ以上、懐妊の見込みがなくなってからである。それは菊姫の了解を得てのことだった。しかし、治房の権力は斉道がどれほど対抗しても叶《かな》わないほど強力なものだった。

ついに榎戸も高山との抗争に破れ、致仕に追い込まれた。もはや榎戸がいない斉道にとって藩政の実権を握る機会は永久に失われたも同然である。

斉道は失意の内に江戸に向かい、以後、紀州に足を踏み入れることはなかった。

隠居したはずの治房が藩政を執り、藩主であるはずの斉道が隠居暮しをするという、極めて特異な藩政が紀州藩には続いた。

斉道は菊姫の亡くなった翌年、自らも病のために三十七歳の生涯を終えた。皮肉なことに斉道が没した半月ほど後に、側室お秀《ひで》の方が男子を出産した。

斉道は自分の血を引く子の顔をとうとう見ずに終わったのである。助次郎が遊のために助三郎の存在を明かさなかったことは、本当によかったのかどうか。助次郎はそれから長い間、悩むことになった。いまわの際に斉道が残した言葉は「遊、遊はどこじゃ」というものであった。榎戸と助次郎以外の者は、それを生母、お遊の方のことと思い、哀れと涙をこぼした。

紀州藩の後嗣問題はその後、紆余曲折《うよきよくせつ》を経て伊予西条松平家から養子を迎えることになる。お秀の方が産んだ男子慶富《よしとみ》は後に将軍家の養子となり、ついには将軍に就任するのである。

斉道が没した後、榎戸はそのまま隠居暮しに入ったが、助次郎は幕府の御作事奉行所に配属された。長く行動を共にして来た榎戸ともそれから滅多に顔を合わせる機会もなくなった。

榎戸からは非番の折に酒でも酌み交わそうと再三の誘いがあったけれど、助次郎はついにその誘いに応じることはなかった。榎戸に会えば斉道の話になる。遊の話になる。酔った挙句に助三郎のことを洩《も》らす恐れもあった。

榎戸も助三郎の存在を知らずに今日に至っていたのである。

二十九

六十八歳の榎戸角之進は、とうとう瀬田村に辿《たど》り着いた。かつて鄙《ひな》びた印象のこの村は街道がさらに整備され、様々な商店も増えた。峠の茶店で一緒になった二人の手代とは岩崎村で別れた。茶店の老婆が語った遊の話に、二人は眠るのも忘れて聞き入った。だが、老婆の話は、遊が斉道と辛い別れをしたところで終わった。二人の手代は、遊が側室に上がらなかったことを惜しみながらも、それはそれで納得した様子でもあった。

瀬田山を通って、村と江戸を繋《つな》ぐ近道ができたので、瀬田村には江戸から運ばれる品物も多くなった。村は榎戸の眼に繁栄しているように思えた。

加えて、今でも秋月藩の黄金伝説を信じて一攫《いっかく》千金を夢見る輩《やから》が訪れると、峠の茶屋の老婆は話していた。しかし、それを実際に見つけた者などいなかった。

瀬田家の周辺も様変わりしていて、そこに着くまで榎戸は通り過ぎる村人に何度も道を訊《たず》ねたものである。とは言え、眼前に拡がる瀬田山の姿は昔と少しも変わっていなかった。

「ごめん」

長屋門をくぐり、広い庭を通って瀬田家の玄関に立った榎戸は中に向かって訪《おとな》いを入れた。女中らしい女が出て来て用件を訊《き》いた。

「拙者、江戸から参った榎戸角之進と申しまする。瀬田助太郎殿はご在宅でありますかな？」

「榎戸様でごぜェますね？　少しお待ち下せェまし」

女は奥に入って、しばらく出て来なかった。

榎戸は苛々《いらいら》して待っていた。若い頃は何んの苦もなかった旅が年老いた身体には思わぬほどこたえる。早く腰を下ろしたかった。

呆《あき》れるほど長く待たされた後で、ようやく三十歳前後の男が羽織姿で榎戸の前に現れた。

どうやら着替えに手間取っていた様子である。

「お待たせ致しました。当家の長男でありまする瀬田助右衛門でございます」

男は慇懃《いんぎん》に頭を下げた。榎戸は微《かす》かな記憶のある五歳ほどの分別臭い顔をした少年を頭に思い浮かべていた。

「瀬田助太郎殿にお目に掛かりたく伺いました」

そう言うと助右衛門は眉間《みけん》に皺《しわ》を寄せて困惑した表情になった。

「瀬田助太郎はわたしの父親でございますが、生憎《あいにく》、三年前に中風《ちゅうぶう》を患い、寝たきりの暮しをしておりまする。頭もぼけておりますので話すことも叶いません」

「さようでございまするか。それは残念。いや、拙者はあなたの叔父《おじ》に当たる瀬田助次郎殿と務めを同じくしていた者。この瀬田村にも二度ほど参ったことがございます。あなたは憶《おぼ》えておられますかな？　ちょうど二十五年ほど前のことになりますが」

「さて……助次郎は確かにわたしの叔父でございますが、わたしは物覚えが悪いのでお客様のお顔は申し訳ございませんが……」

助右衛門は気の毒そうな顔で応《こた》えた。しかし、榎戸への警戒心は解けた様子で、こんな所では何んですからと中へ入るように勧めた。

さきほどの女を呼び、濯《すす》ぎの用意を言いつけた。榎戸は内心でほっとしていた。足を洗うと榎戸は客間に通された。襖《ふすま》も調度品も様変わりしていたが、縁側から瀬田山が見えるのは変わっていなかった。

助右衛門は榎戸に茶を勧めてから、ぽつぽつと昔話を語り始めた。助左衛門が亡くなったのは助次郎の口から聞いていたが、妻のたえは五年前にみまかったという。遊の世話をかいがいしく焼いていた年寄りの下男もすでにこの世の人ではないのだろうと榎戸はぼんやり思った。

助太郎の妻の初は倒れた助太郎の世話をしていたが、看病疲れで具合を悪くし、今は骨休みのために京の実家に戻っているという。

「それでは助太郎殿の看病はお遊様がなさっているのですか」

榎戸は思い切って遊の名を口にした。助右衛門は苦笑混じりに「おんばに病人の看病はできませぬ。わたしの妻がやっております」と応えた。

「お遊様は、今、どこにおられるのですか」

榎戸は首を伸ばすようにして訊いた。助右衛門はすいっと瀬田山に視線を向け「相変わらず山におります」と言った。投げやりな感じに思えた。

「さようでござるか。瀬田山に行かねばお遊様にお会いできませぬか……」

言葉尻《ことばじり》に吐息が混じった。

「榎戸様、まさか山においでになるおつもりでは？」

助右衛門は年寄りには無理、という顔で訊く。

「いや、できればお遊様に是非ともお会いしたいので、これから参りたいと思っております」

榎戸は気丈に応えた。

「もはや日暮れが近うございます。山は明日になさってはいかがでしょう。今夜はこちらにお泊まり下さいませ」

助右衛門は如才なく勧めた。

「さような雑作は掛けられませぬ」

榎戸は遠慮して言う。

「いやいや、明日はちょうど助三郎が山へ行くと言っておりましたので、ついでにおんばの所にご案内致します。その方がよろしゅうございます」

「しかし……」

「どうぞご遠慮なく。叔父がお世話になった方で、しかもおんばをご存じとあらば、それぐらいさせていただきたいものです」

助右衛門は渋る榎戸ににこやかな笑顔で言った。

「それではお言葉に甘えてそうさせていただきまする。もう少し若ければ、このような図々しいお願いはするつもりもござらんが……年を取ると情けないものです」

榎戸は自嘲的《じちょうてき》に言い訳した。

「時に助三郎殿とは、あなたのご子息ですかな」

聞き覚えのない名に榎戸は寛《くつろ》いだ様子で訊ねた。

「いえ、わたしの義理の弟でございます。父の養子で……早い話がおんばの息子であります」

「え？」

どきりと榎戸の胸が音を立てた。そんな話は助次郎の口から聞いたこともなかった。不意を喰《く》らった気がした。

「それではお遊様は、あれからご祝言を挙げられたのですね」

榎戸の問い掛けに助右衛門は首を振った。

「そうではございません……」

助右衛門はいかにも言い難そうだった。

「おんばは、いつの間にか助三郎を産んでおりました。わたしは当時、子供だったので詳しい経緯はわかりません。村の皆も、わたしも、おんばが天狗《てんぐ》の子を孕《はら》んだものと考えておりました。まさか、そんなこともありますまいが」

何か訳のわからないものが榎戸の胸からせり上がって来た。榎戸は息苦しさに咽《むせ》んだ。

「大丈夫でございますか、榎戸様」

助右衛門は榎戸の背中を摩《さす》ってくれた。榎戸は拳《こぶし》を口に当て、何度も咳《せ》き込んだ。

ようやく落ち着くと「瀬田は、いや、あなたの叔父さんはお遊様が子を産んだ話は拙者にしなかったと思います。叔父さんもご存じないのですか」と訊いた。

「いえいえ。もちろん、叔父は、おんばのことは承知しております。兄妹ですから」

助右衛門は当たり前のような顔で応えた。

「して、助三郎殿の父親はどなたでありますか」

榎戸は畳み掛けて訊いた。

「ですから、それはわたしにもわかりません。父も祖母も、おんばも口を閉ざして言いません。母もおんばのお産の手伝いをしましたから知っていたのでしょうが、わたしは聞いたこともないのです」

「そうですか」

「もはや、うちの者も村の人も助三郎の父親が誰であるかなどと詮索《せんさく》は致しません。おんばが誰の子を産もうと、ここでは大した問題ではないのです。おんばも女の端くれであったと思うだけです」

助右衛門の口吻《こうふん》には遊を揶揄《やゆ》するような響きがあった。榎戸にはそれがひどく不愉快にも思える。しかし、世話になる手前、助右衛門を非難する言葉は口にしなかった。

助三郎は分家を立てて、別の家で暮しているという。遊は山から下りると助三郎の家で寝泊まりしていた。助三郎にはすでに妻子もいて、畑仕事をする傍ら、助右衛門の手助けをしたり、山へ遊の食料を届けたり忙しく暮しているという。

榎戸はその夜、床に就いてからもなかなか眠られなかった。いったい、助三郎は遊と誰の間にできた子なのだろうかと。

翌朝、朝飯を済ませて仕度を調《とと》のえると、縁側に山子《やまご》のような恰好《かっこう》をした男が現れた。それが助三郎であった。

「おんばの所にご案内致します」

助右衛門より幾つか若く見える助三郎は気後れした表情でそう言った。助右衛門から知らせが行っていたようだ。榎戸はその男の顔を見て、一瞬、言葉を失った。あまりに、あまりに斉道の顔に似ていた。瓜二《うりふた》つと言っても過言ではない。痩《や》せぎすの身体も浅黒い肌も、少し大きめの口も、低くよく通る声も。

黙っている榎戸を意に介する様子もなく「兄さん、馬を借りてもいいか？　お侍さんを乗せて行った方がいいから」と、助三郎は助右衛門に言った。

「ああ、その方がいい。帰りも一緒に戻って来るだろうな？」

助右衛門は心配そうに確かめた。

「ああ、そのつもりだ。道に迷ったら大変だから」

助右衛門はすぐに馬小屋に向かった。助右衛門と妻の梅が外まで見送りに出た。女中と思っていた女は、実は助右衛門の妻であった。

助三郎は榎戸に手を貸して馬に乗せると、自分はたづなを引いて前を歩き出した。遊に届ける物だろうか。かなり大きな荷を背中に背負っていた。榎戸は見送る助右衛門と梅を何度も振り返って頭を下げた。

「助三郎殿はお遊様の息子さんとお聞きしましたが」

歩く道々、榎戸は助三郎の背中に言葉を掛けた。

「はい、そうです」

「お幾つになられるのかの」

「二十六でございます」

「さようでござるか。失礼ながら村の言葉ではござらぬが」

助三郎の訛《なま》りのない言葉に榎戸はそんなことを言った。

「瀬田の家に生まれた息子は年頃になると都へ出て学問と剣術を修業する仕来たりになっております。父も祖父もそうでした。わたしも江戸に五年ほど暮しておりました」

「ほう」

かつての助次郎と同じだと榎戸は思った。

「寄宿先はどちらに？」

「はい。番町の中田という武家屋敷におりました。叔父《おじ》の連れ合いの実家になります。大層、よくしていただきました」

「中田殿の……」

「ご存じですか」

助三郎は振り向いて笑顔を見せた。その笑顔が胸を締めつけるほど懐かしく感じられる。

「沙江殿のご実家ですな」

「さようでございます。お侍さんは初めてお会いするのに何んでもご存じですから、初めてのような気が致しませぬ」

　助三郎は最初、緊張していた様子であったが、半刻《はんとき》も過ぎた頃には気軽な話をするようになっていた。

「拙者も助三郎殿には初めてのような気が致しませぬ。ずっと以前から存じ上げていたようです」

　榎戸はそう応《こた》えたが、鼻の奥につんとした痛みを覚えた。痛みはすぐにひと筋の涙となった。

　天女池から山へ登るのは昔と同じであった。

「ここは菜種道《なたねみち》と言います」

　助三郎は榎戸に説明した。

「菜種道？」

「はい。村では十年ほど前から菜種の栽培をするようになったのです。それを江戸の油問屋に運びますので、いつの間にか菜種道と呼ばれるようになったのです。わたしはどちらかと言えば桜道とする方がふさわしいような気も致しますが」

「そうですな。瀬田山は桜の名所でござるから助三郎殿の意見に拙者も賛成です」

　榎戸は朗《ほが》らかに応えた。山道はかなり整備され、かつてのように鬱蒼《うっそう》とした感じではなかった。

「昔はこの山に登る者はいなかったのです。お遊様がいたからこそ、今日、瀬田山の通行が便利になったのです」

榎戸はしみじみとした口調で続けた。

「さようですか。しかし、今でも道に迷う者が時折出ます。おんばが苦もなく捜してくれるので助かっておりますが、おんばがいなくなった時、どうすればよいのかを考えると不安で仕方がありません」

助三郎は僅《わず》かに顔を曇らせて言う。

「なになに、助三郎殿はお遊様の息子。よっく山のことをお訊《たず》ねになって跡を継いで下され」

榎戸は助三郎を励ますように言った。

一刻ほど過ぎると千畳敷に着いた。榎戸はきょろきょろと辺りを見回した。千畳敷も樹木が生長して昔の景色と少し違って見える。

「雷桜はどこかの？」

榎戸は助三郎に訊ねた。瀬田山で一番最初に眺めたいものだった。

「雷桜もご存じでしたか」

助三郎は感心した声になる。

「むろん。雷桜はお遊様の桜でござる」

「おっしゃる通りです。おんばの生まれた時から生えている樹です。下が銀杏《いちょう》で上は桜。全く奇妙な樹です」

細かった幹は年輪を重ねて以前より太くなっているように見えた。榎戸は馬から下りると雷桜に近づき、そっと幹を撫《な》でた。

「お久しぶりです。榎戸でございます。榎戸角之進でございまする。その節は大層、お世話になり申した……」

助三郎は榎戸の様子にくすくすと笑った。

「お侍さんもおんばと同じですね。雷桜へ人のように話し掛ける」

「この樹にはお遊様の魂が宿っておるのだ。侮ってはなりません」

「そうですか……」

助三郎は榎戸の話にまともに相手にせず、遊の庵《いおり》に行くことを急《せ》かした。

三十

「遅かったの。何をぐずぐずしておった。ぬしが来なければ、おれは明日にでも、のたれ死にするところであった」

そそけた髪を後ろで一つに束ねた中年の女が助三郎に悪態をついた。もはや、その女が遊であるとは信じられない気持ちである。二人の間には二十五年の歳月が茫々《ぼうぼう》と流れていた。

「また大袈裟《おおげさ》な。おんば、お客様をお連れしたぞ」

助三郎は馬上にいる榎戸を振り返って言った。遊は怪訝《けげん》な顔で榎戸を見つめた。榎戸は覚つかない仕種《しぐさ》で馬を下りようとした。助三郎が慌てて手を貸した。

「かたじけない」

榎戸は馬を下りてたづなを助三郎に渡すと遊に向かって丁寧に頭を下げた。

「御無沙汰《ごぶさた》致しておりました。元清水家に仕えておりました榎戸でございまする」

「ご用人様……」

遊の声が掠《かす》れた。榎戸は大きく肯《うなず》いた。かつて剃刀《かみそり》の刃のように鋭い目付きをしていた少女は、僅かにできた皺《しわ》のせいか柔和で人なつっこい眼になって榎戸に笑った。前歯が二、三本、欠けていた。少し白いものが混じる髪と、その前歯の欠損が遊の老いの兆候であったが、身のこなしは相変わらず軽かった。筒袖《つつそで》の上着、たっつけ袴《ばかま》、獣の皮で拵《こしら》えた袖なしという恰好も変わらなかった。

「お遊様におかれましては息災で何よりお喜び申し上げまする」

「何んと堅苦しい。昔のように遊と呼び捨てにして下され」

「そういう訳には参りますまい。お遊様は助三郎殿のご生母でありますれば……」

「助三郎のこと、兄者からでもお聞きになりましたかの」

遊は少し疑わしいような表情で榎戸に訊《き》く。

「いやいや。瀬田のお家を訪ねるまで存じ上げませんでした。今朝、初めて助三郎殿とお会いして、拙者、心底驚きました。殿と瓜二《うりふた》つでございまする」

「…………」

助三郎が榎戸と遊のやり取りにふっと笑った。

「峠の茶屋の婆《ばば》がそろそろ炭がなくなると言っていたぞ」

助三郎は背中の荷を下ろして口を挟んだ。

「ああ。明日にでも届けてやるわ」

「岩崎村のめし屋の親父も届けてくれと言っていた」

「わかった、わかった。小うるさい。そのような話、後で聞く。おれはご用人様と話をしておるではないか」

遊は助三郎に癇《かん》を立てる。

「何度も念を押さなければ忘れるくせに」

「忘れるものか」

遊と助三郎の会話に榎戸が微笑んだ。口調は荒いがよい母子《おやこ》だと感じた。

「立ち話をせずに、座敷に上がって貰《もら》ったらいい。わたしが茶を淹《い》れますから」

助三郎はいつまでもそうしている母親を急かした。

「茶はおれでも淹れられる」

「そうか？　それならわたしは水汲《みずく》みをする」

助三郎はかいがいしく土間口の前の手桶《ておけ》を取り上げると裏口へ廻《まわ》った。遊は庵の中へ榎戸を促した。榎戸は草鞋《わらじ》を解いて囲炉裏の傍に腰を下ろした。

遊が茶の入った湯呑《ゆのみ》を榎戸の前に差し出すと「なぜ、今まで助三郎殿のことを黙っていたのですか」と榎戸は訊いた。

「あれのことを話せば、連れて行っただろうに」

遊は当然という顔で応えた。

「殿はとうとうご自分の御子の顔を見ずにご生涯を終えられた。それが不憫《ふびん》でなりませぬ。せめて助三郎殿をひと目なりとも……」

「言うて下さいますな。ひと目がひと目で済みませぬ。殿と同じで窮屈なお屋敷暮しをせねばならぬ。それこそ不憫なことだ」

「しかし、望めば御三家の当主にも、いや将軍にさえも昇ったかも知れないのですぞ」

榎戸は今更詮《せん》ないこととわかっていても言わずにはいられなかった。

「兄者も最初はそう言った。しかし、おれはあれと別れたくなかった。殿とおれを繋《つな》ぐただ一つの証《あかし》だ。あれが傍にいるだけでおれは殿との思い出に生きられる」

「…………」

榎戸は感動に眼を潤ませた。遊にとっては星の瞬きにも似た儚《はかな》い思い出である。

遊はそれを後生大事に胸に抱えて生きて来たというのか。

助三郎が水汲みを終えると囲炉裏の傍に来て座った。

「では、助三郎殿も殿のことはご存じないのですね」

榎戸は遊と助三郎の顔を交互に見て訊いた。

助三郎は曖昧《あいまい》に笑った。

「ご用人様、こやつは人の悪い男ですぞ。知らぬ振りをして、その実、ちゃんと知っておった」

遊は悪戯《いたずら》っぽい表情で言った。

「瀬田の父が江戸へ行く前に話してくれました。わたしは心からほっとしました。それまで、狼女の子だの、天狗《てんぐ》の子だのと苛《いじ》められたこともありましたから」

助三郎は遊の手前、少し罰の悪そうな顔で応《こた》えた。

「何が狼女だ。おれはぬしを立派に育てた母親ではないか」

「育てたのは瀬田の祖母と瀬田の母だ」

「…………」

「おんばはおれを産んだだけだ」

助三郎の声に溜《た》め息が混じった。遊を母親に持った助三郎の気持ちが榎戸には察せられた。

「助三郎殿、しかし、お遊様はあなたの倖《しあわ》せのために必死で頑張って来られたのです。お気持ちを察して差し上げなければ罰が当たるというものです」

榎戸は助三郎に言った。

「それはわかっております。瀬田の父はわたしに、この先の人生は自分で選べと言いました。名乗りをあげて大名に取り立てていただくことも可能だと……」

「それで助三郎殿は？」

榎戸はつっと膝《ひざ》を進めて助三郎の唇を見つめた。

「わたしは瀬田村の暮しを選びました。実の父がどのように尊い御仁でも、わたしの生まれた所は瀬田村で、母親は狼女のごとき女です。分というものがあります。わたしには大名となる器量はありません」

助三郎はきっぱりと応えた。その潔さは遊と共通するものがあった。遊もまた側室になることを拒んだ過去がある。榎戸は長い吐息をつくと肯いた。

「拙者はこれから紀州に行って、殿の墓参りをする所存です」

榎戸は話題を換えるように言った。

「殿の墓は紀州にあるのか……」

遊は初耳という顔をした。

「さようでございます。殿は紀州藩の藩主でいらしたので、お墓もそちらになります。紀州の浜中村にある正保寺《しょうほうじ》という所が殿の菩提寺《ぼだいじ》になります」

「正保寺……」

遊は榎戸の言葉を繰り返した。

「ご法名は至徳道光顕龍院《しとくどうこうけんりゅういん》でございます」

榎戸が言い添えると遊は助三郎を急《せ》かして法名を書き留めさせた。

「何んぞ、殿の墓前にお供えする物がございましたら、この榎戸が間違いなくお届け致しますが」

榎戸は遊の気持ちを慮《おもんぱか》って言った。

「さて、急なことで気の利いたものもない」

「雷桜の一枝なりとも……」

榎戸の言葉に助三郎が苦笑した。

「そんな物は紀州に着く前に枯れてしまいます。どうせなら、おんばの焼いた炭にした方がいい」

「炭？」

遊は呆気《あっけ》に取られた顔で助三郎の顔を見た。

「炭を殿の墓に供えたら殿に笑われてしまう」

遊は恥じらいの表情を見せて言った。

「雷桜の枝を払って炭にしたろうが。まるで楊枝《ようじ》のようで売り物にならぬと炭焼き小屋に放り出したのがある」

「…………」

「雷桜の炭ならば殿はことの外、お喜びになられましょう」

榎戸がそう言うと二人は顔を見合わせた。

遊が顎《あご》をしゃくった。助三郎は腰を上げる。

「小さな束にするのだぞ。掌《て》に載るほどの」

遊が助三郎の背中に覆い被《かぶ》せた。助三郎はうるさそうに「わかっている」と応えた。

「お遊様、榎戸は年を取りました。お目に掛かるのもこれで最後かと思いまする」

助三郎が出て行くと榎戸は座り直して深々と頭を下げた。

「ご用人様には大層、お世話になりました。おれは言葉にできぬほど感謝しておる。どうぞ、殿にはおれが達者でいるから案ずるなと伝えてくれ。その内にお傍へ行くとな」

「はい……」

榎戸の声がくぐもる。堪《こら》え切れずに榎戸は咽《むせ》んだ。

「何も彼《か》も夢のようだ。おれは未《いま》だに夢を見続けているのかも知れないと思うことがある」

遊は榎戸から視線を避けてしみじみと言った。

「拙者もです」

「道中、恙《つつが》なく過ごされますよう……」

「ありがたきお言葉。お遊様もお達者で」

助三郎が小さな炭の束を拵《こしら》えて戻って来た。

ほんの小さな、ままごとに使うような炭の束だった。渋紙で包み、それを麻紐《あさひも》で縛った。榎戸は炭の束を懐に入れた。

榎戸は遊に何度も別れの言葉を呟《つぶや》いて庵《いおり》を後にした。助三郎は来た時と同じように荷物を背負っている。炭である。馬の尻《しり》にも炭の荷が括《くく》りつけられた。

再び千畳敷に戻って来た時、榎戸は馬を止め、名残りを惜しむように雷桜に見入った。

「もう少し早くおいでになれば花見ができましたのに。ほんの三日前まで咲いておりました」

助三郎は残念そうに言うと「どうぞ、今度は花見に間に合うようにお越し下さい」と言い添えた。

「ありがとう存じまする」

また……訪れる機会があるのかどうかを榎戸は内心で己れに問うてみる。恐らく、そういうことはないのだと、もう一人の榎戸が呟く。

そうでなければ自分は先刻、遊に今生の別れを告げるはずがないのだ。

山を下り、助三郎は瀬田村の外れまで榎戸を見送ってくれた。

「お遊様のこと、くれぐれもよろしくお願い致します」

榎戸は馬から下りると助三郎にそう言った。

「もったいないお言葉。榎戸様こそ、道中、お気をつけて」

「それでは……助右衛門殿にもよろしく」

「はい」

別れる刹那《せつな》、榎戸は助三郎の顔をじっと見た。助三郎が照れたように笑う。その顔が斉道と重なった。

「殿、榎戸、おいとまを致します。ごめん」

くるりと助三郎に背を向けた。身体が熱くほてった。助三郎は自分のことを耄碌《もうろく》したとでも思っただろう。しかし、榎戸は殿と呼び掛けずにはいられなかった。

半町ほど行って振り向くと助三郎は手を振って、まだそこに佇《たたず》んでいた。

街道を歩く榎戸の足は心なしか軽かった。

気掛かりを一つ片付けたせいかも知れない。

次の宿場まで畑の中の一本道となる。街道は人影もまばらであった。

しばらく歩いていると前方から修験者の一団が経を唱えながらこちらに向かって来るのに気づいた。

兜巾《ときん》、白い結袈裟《ゆいげさ》、金剛杖《こんごうづえ》に高足駄の修験者はお札を配り、加持祈禱《かじきとう》して山々を修行して廻《まわ》っている。恐らく、これから瀬田山に行くのかも知れない。助三郎は遊が修験者に一夜の宿を貸して面倒を見ているようなことも言っていたからだ。

修験者は来世を待たずに、今生において悟りを開き、人々に救いの手を差し伸べる者達である。暑さ寒さと闘いながら修行を積み、霊験力や呪術《じゆじゆつ》を身につけるのだ。験者声《げんざごえ》と呼ばれる押し潰《つぶ》しただみ声も悪鬼を退散させるものだった。なるほど、遠くから聞こえるそれは地鳴りのような迫力を感じさせる。

榎戸は立ち止まり、彼等のために道を空けた。修験者達は榎戸に一礼して通り過ぎた。

その瞬間、彼等の経がひどく明瞭《めいりょう》に榎戸の耳に届いた。

南無帰命頂礼、慚愧《ざんき》懺悔《さんげ》、六根清浄《しょうじょう》、大峯《おおみね》八大、金剛童子、大山大聖不動明王、石尊大権現、大天狗《おおてんぐ》小天狗……

榎戸はその声を聞いて江戸の両国橋の下の垢離場《こりば》で垢離を掻《か》いていた人々のことを不意に思い出していた。

身内に大病を患う者や妻の安産を願う男が水に入って一心に祈るのである。そこで唱えられる経は修験者達も発するものであった。

榎戸は己れの無力を恥じていた。自分も垢離場で一心不乱に垢離を掻くべきだったと思う。さすれば今のこの、やり切れないような気持ちから少しでも解放されたのではなかったか。

遊の顔が榎戸の脳裏に甦《よみがえ》る。数奇な運命を生きた女の顔に榎戸は何を見ていたのだろう。

その答えが榎戸にはわからなかった。溜《た》め息をついて大きく首を振った時、懐の桜炭が軋《きし》んだ音を立てた。

解説

北上次郎（評論家）

美しい小説だ。胸に残る小説だ。

この小説のもっとも美しいシーンを引く。それは、馬に乗った二人が山から降りてくる場面だ。馬上にいるのは、斉道と遊。斉道が背後から遊を掻《か》き抱き、遊は首をねじ曲げて斉道の唇を受ける。傾きかけた夕陽がその二人に茜色《あかねいろ》の光を浴びせ、その光のシャワーの中に斉道と遊が浮かび上がるシーンである。絵のように美しい。

本書のラスト近くに出てくるシーンをいきなり引いてしまったが、読み終えてもこの美しさが残り続ける。この一幅の絵を描くために本書があると言っても過言ではない。それまでのストーリー、人物造形、そして構成にいたるまで、すべてがこのシーンに集約されている。

なぜこのシーンが美しいかを語るためには、本書のストーリーをいくぶん紹介しておかなければならない。小説を読むことの喜びは、何が書かれているかを知ることにもあると思うので、なるべくならストーリーは紹介したくないのだが、この場合はそうも言っていられない。したがって、この先は本書を読了してからお読みになることをおすすめしておきたい。美しい小説がお好きな方なら、そして、人が人を愛することの切なさと喜びを描く恋愛小説がお好きな方なら、絶対に堪能《たんのう》できるはずなので、ストーリーは知りたくないと思われたら、この解説は先に読まれないように、と書いておく。

では、いいですか。まず、遊という少女の特異性がある。この少女は庄屋の娘に生まれながら、初節句の夜に何者かにさらわれてしまうのである。で、十五年後に突然、山から降りてくるのである。その姿は「長い髪を後ろで一つに束ね、筒袖《つつそで》の上着、たっつけ袴《ばかま》、袖なしを重ねている。草鞋《わらじ》を履いた素足は黒く汚れていた。若者はまだ夏の季節には早いというのに、すでに陽灼《ひや》けした顔をしている。しかし、くっきりした眼、濃い眉《まゆ》、鼻筋は通り、きっと引き結んだ唇は微《かす》かに桜色をしていた」というもので、つまり誰が見ても女性には見えない。父親に会っても、「おれは雷《らい》という名であるが、昔々は遊と呼ばれていたそうじゃ。ぬしの息子で助次郎という者がおろう。おれの兄者だと言うた。その話はまことかどうか、ぬしに確かめに来た」と、男のような口調なのだ。

だから、帰ってきたものの、里の暮らしになかなか馴染《なじ》めない。なにしろ、陽灼けだと思っていたら積年の垢《あか》だったと母親が驚くくらいで、ようするに体の洗い方も満足に知らない山育ちである。男のような口調もかわらず、愛馬に乗っては駆け回るので、「おとこ姉様」と呼ばれたりする。この特異なヒロイン像が一つ。

もう一つは、斉道の事情だ。この男はなんと、将軍家斉の十七男である。どうしてこういう男が遊と一緒に馬上にいるのかというのが、この小説の最大のミソなのだが、もちろん理由がある。この青年は気の病で時々発作を起こすのである。家臣にいきなり刀を向けたりするから、清水家の用人榎戸角之進も休まる暇がない。この斉道は、のちに紀伊五十五万石の殿様となるのだが、その直前、遊のいる里に静養にやってくるのは、遊の兄助次郎が、斉道を当主とする御三卿清水家の中間《ちゅうげん》として雇われていた縁にほかならない。助次郎から幾たびか、遊の話を聞いていた斉道がどうせ静養に行くなら助次郎の村に行きたいと言いだして、お忍びの旅が始まり、かくて二人は邂逅《かいこう》する。いや、この二人を邂逅させるために、作者がこのように周到な舞台を作り上げたということだ。

ようするに、山育ちの「おとこ姉様」と、わがまま放題の青年殿様の出会いである。二人がそうなってしまったのにはそれぞれ事情があり、同情の余地はあるけれど、身分も性格もまったく不釣り合いの二人といっていい。最初の出会いは井戸の脇。「そちは誰だ」と見知らぬ若者に声をかけられ、その物言いにむっときた遊は、「ぬしは礼儀知らずだの。おれが誰かと問う前にぬしから名を名乗れ。おれが応えるのはその後だ」と対するから、穏やかではない。こうして運命的な出会いをするのである。

馬上のシーンが美しいのは、本来なら出会うべきではない二人が出会ってしまい、それぞれの事情から心を閉ざしていた二人が、山の自然の中で心を開き、結ばれていく姿がそこに集約されているからである。私たちが日々の暮らしの中で忘れてしまいがちな、人を恋することで自分を開放していく充実感が、ここにあるからである。それを、世界を肯定する力、と言い換えてもいい。だから、たとえようもなく、美しい。

この小説には他にもさまざまな趣向が凝らされている。そのことも指摘しておかなければならない。そもそも、遊がなぜさらわれたのかという謎があるのだ。その背景も作者は周到に作り上げているが、これ以上は本書を繙《ひもと》かれたい。

宇江佐真理にとって本書がきわめて異例の作品であることにも触れておく必要がある。オール讀物新人賞を受賞した『幻の声』から始まる「髪結い伊三次捕物余話」シリーズ（伊三次とお文の関係はいったいどうなるんだ！）に代表されるように、宇江佐真理の作品には江戸下町を舞台にした人情小説が少なくない。この傑作シリーズ以外でも、岡っ引き稼業を描く『泣きの銀次』、代書屋五郎太を主人公にした『春風ぞ吹く』、そして武士の世界を描く『余寒の雪』、ええい、まだあるな。『あやめ横丁の人々』『深川恋物語』と人情味あふれる作品が数多い。思いつくまま書名をあげているだけで、まだまだ作品はあるが、宇江佐真理の凄《すご》さは、そのどれもが傑作であることで、こういう作家が数少ないことは書いておく。特に、「髪結い伊三次捕物余話」シリーズから一冊選べ、と言われたら絶対に頭をかかえてしまうだろう。

それはともかく、宇江佐真理はいつも、男と女の、家族の、淡く哀しいつながりを、人情というスパイスをかけて実に巧みに描きだすのである。そういう作品群を一方に置くと、この『雷桜』はきわめて異色の作品といっていい。隣接する二つの藩の、ちょうど境界に位置したために瀬田村をめぐる争いがあり、その庄屋の娘に生まれた遊の悲劇があり、そして一方に気の病で発作を起こす斉道の悲劇がある。すなわち、ストーリー性の濃さが際立っている。さらに、複雑な舞台を作り上げたあとはまっすぐに二人を対面させること。つまり、ある種のシンプルさが、この物語に絶妙な強弱のリズムを与えている。結果として、奇蹟《きせき》的な恋愛物語が現出するから、計算されつくした長編といっていいが、複雑でありながらシンプル、というのはこの作家にとって異例なのである。

ともあれ、この恋愛物語をたっぷりと堪能されたい。まったく、絶品である。

本書は、二〇〇四年二月に小社より刊行した
文庫を改版したものです。

雷桜《らいおう》

新装版《しんそうばん》

宇江佐真理《うえざまり》

平成16年 2月25日　初版発行
令和6年 2月25日　改版初版発行

発行者●山下直久

発行●株式会社KADOKAWA
〒102-8177　東京都千代田区富士見2-13-3
電話　0570-002-301(ナビダイヤル)

角川文庫 24040

印刷所●株式会社暁印刷
製本所●本間製本株式会社

表紙画●和田三造

ISBN 978-4-04-114314-8　C0193

◇◇◇

角川文庫発刊に際して

角川源義

第二次世界大戦の敗北は、軍事力の敗北であった以上に、私たちの若い文化力の敗退であった。私たちの文化が戦争に対して如何に無力であり、単なるあだ花に過ぎなかったかを、私たちは身を以て体験し痛感した。西洋近代文化の摂取にとって、明治以後八十年の歳月は決して短かすぎたとは言えない。にもかかわらず、近代文化の伝統を確立し、自由な批判と柔軟な良識に富む文化層として自らを形成することに私たちは失敗して来た。そしてこれは、各層への文化の普及滲透を任務とする出版人の責任でもあった。

一九四五年以来、私たちは再び振出しに戻り、第一歩から踏み出すことを余儀なくされた。これは大きな不幸ではあるが、反面、これまでの混沌・未熟・歪曲の中にあった我が国の文化に秩序と確たる基礎を齎らすためには絶好の機会でもある。角川書店は、このような祖国の文化的危機にあたり、微力をも顧みず再建の礎石たるべき抱負と決意とをもって出発したが、ここに創立以来の念願を果すべく角川文庫を発刊する。これまで刊行されたあらゆる全集叢書文庫類の長所と短所とを検討し、古今東西の不朽の典籍を、良心的編集のもとに、廉価に、そして書架にふさわしい美本として、多くのひとびとに提供しようとする。しかし私たちは徒らに百科全書的な知識のジレッタントを作ることを目的とせず、あくまで祖国の文化に秩序と再建への道を示し、この文庫を角川書店の栄ある事業として、今後永久に継続発展せしめ、学芸と教養との殿堂として大成せんことを期したい。多くの読書子の愛情ある忠言と支持とによって、この希望と抱負とを完遂せしめられんことを願う。

一九四九年五月三日

角川文庫ベストセラー

角川文庫ベストセラー

冬ごもり
時代小説アンソロジー

池波正太郎、宮部みゆき、松本清張、南原幹雄、宇江佐真理、山本一力
編／縄田一男

本所の蕎麦屋に、正月四日、毎年のように来る客。彼の腕にはある彫ものが……／「正月四日の客」池波正太郎ほか、宮部みゆき、松本清張など人気作家がそろい踏み！　冬がテーマの時代小説アンソロジー。

忘れ扇
髪ゆい猫字屋繁盛記

今井絵美子

日本橋北内神田の照降町の髪結床猫字屋。そこには仕舞た屋の住人や裏店に住む町人たちが日々集う。江戸の長屋に息づく情を、事件やサスペンスも交え情感豊かにうたいあげる書き下ろし時代文庫新シリーズ！

寒紅梅
髪ゆい猫字屋繁盛記

今井絵美子

恋する女に唆されて親分を手にかけ島送りになった黒岩のサブが、江戸に舞い戻ってきた――!?　喜びも哀しみもその身に引き受けて暮らす市井の人々のありようを描く大好評人情時代小説シリーズ、第二弾！

いのち燃ゆ

北原亞以子

関ヶ原の前哨戦、安濃津城の戦いで、一人の美しい武者がいた。富田信高の妻、茎姫の戦中での活躍を描いた表題作に加え、女性の切ない生き方を描いた作品を多数収録。北原亞以子、幻の時代小説を集めた短編集。

春遠からじ

北原亞以子

関宿城下で塩を商う蔵次の娘・あぐりは、父の片腕である伍平太に恋心を抱いていた。しかし蔵次は、店を手伝っている仲助にあぐりを娶らせようとするが……戦国を舞台に女たちの生き様を描く、長編小説。

角川文庫ベストセラー

吉原代筆人　雪乃　二　みだれ咲
髙山由紀子

すべてを奪った火事の真相を探るうちに、不可解な事件に巻き込まれる代筆人の雪乃。苛酷な人生に向き合い、したたかにみだれ咲く遊女たちに助けられ、真実に迫る雪乃の活躍を描く大人気謎解き長編第二弾！

ちっちゃなかみさん　新装版
平岩弓枝

向島で三代続いた料理屋の一人娘・お京も二十歳、数々の縁談が舞い込むが心に決めた相手がいた。相手はかつぎ豆腐売りの信吉。驚く親たちだったが、なんと信吉から断わられ……豊かな江戸人情を描く計10編。

密通　新装版
平岩弓枝

若き日、嫂と犯した密通の古傷が、名を成した今も自分を苦しめる。驕慢な心は、ついに妻を験そうとするが……表題作「密通」のほか、男女の揺れる想いや江戸の人情を細やかに描いた珠玉の時代小説8作品。

江戸の娘　新装版
平岩弓枝

花の季節、花見客を乗せた乗合船で、料亭の蔵前小町と旗本の次男坊は出会った。幕末、時代の荒波が、恋に落ちた二人をのみ込んでいく……「御宿かわせみ」の原点ともいうべき表題作をはじめ、計7編を収録。

千姫様
平岩弓枝

家康の継嗣・秀忠と、信長の姪・江与の間に生まれた千姫は、政略により幼くして豊臣秀頼に嫁ぐが、18の春、祖父の大坂総攻撃で城を逃れた。千姫第二の人生の始まりだった。その情熱溢れる生涯を描く長編小説。